유럽의 고성이
말을 걸어오다

국립중앙도서관 출판시도서목록(CIP)

유럽의 고성이 말을 걸어오다: 부르크가이스트와 마고할미
/ 지은이: 김부환. -- 파주: 한울, 2007
p. ; cm

ISBN 978-89-460-3787-8 03810

982.02-KDC4
914.04-DDC21 CIP2007002424

유럽의 고성이 말을 걸어오다

부르크가이스트와 마고할미

김부환 지음

한울

머리글

꿈의 열쇠를 던져준 고성으로의 여정을 시작하며

17여 년에 걸친 유럽 생활을 정리하고 귀국하기 전, 마지막으로 들러본 곳은 늘 즐겨 찾았던 메어스부르크Meersburg 고성古城이었다. 북부 스위스와 남부 독일의 국경을 이루는 보덴 호수Bodensee 옆에 우뚝 솟은 그 고성은 때로는 깊은 침묵으로, 때로는 무거운 웅변으로 나를 맞아주었던 곳이다. 믿기지 않는 일이지만 마지막으로 들른 그 곳에서 나는 참으로 귀한 열쇠를 발견했으며, 지금까지 혼자서 그 열쇠를 깊은 곳에 소중하게 간직하고 있었다. 그 열쇠 이야기를 더 이상 나만의 것으로 남겨두어서는 안 되겠다는 생각이 이 책을 쓰게 만들었다. 이 책은 유럽의 고성이 들려주는 '함께 잘사는 사회'에 대한 이야기이다.

지금 우리 사회가 맞닥뜨린 정치 · 경제 · 사회 · 문화 등 모든 방면의 양극화는 선진 서유럽에도 똑같이 존재하는 문제이다. 그러나 최없는 어린자식과 함께 세상을 등질 정도로 극단적인 생활고나 사회 시스템에 대한 원초적인 불복 등은 적어도 그들에겐 한 발짝 비켜서 있는 이야기이다.

그것이 단지 사회 안전망 때문만은 아닐 것이다. 그렇게 쉽게 생각하고 지나쳐 버릴 수 없는 문제이다. 그것은 사실이 아닐뿐더러, 선진국 진입이라는 과제를 안고 있는 우리 스스로에게 아무런 도움이 되지 않는다.

모두가 희망을 가지고 살 수 있는 길을 이대로 놓칠 수는 없다. 잡을 수 없는 별을 잡자는, 이룰 수 없는 꿈을 꾸자는 이야기를 하려는 것이 아니다. 거창한 이야기도, 비약적인 이야기도 아니다. 이 책은 선진국 진입을 꿈꾸는 모든 국민에게 드리는 희망 보고서이다.

다양한 역학 관계가 얽힌 국제무대에서 우리는 선진국 문턱을 눈앞에 두고 있다. 이런 현실에서 누가 뭐래도 세계화를 주도하는 미국과 투쟁의 역사를 통해 유구한 문명을 일구어낸 선진 유럽을 균형적으로 바라보지 않을 수 없다. 많은 사람들이 미국을 배워왔고 그만큼 잘 알고 있지만, 유럽에 대해서는 그렇지 못하다. 얼핏 많이 알고 있는 듯해도 서유럽 사람들의 일상과 유기적으로 얽힌 그 근원적인 실체에 대해서는 제대로 읽어내질 못했다. 라인 강과 알프스는 친숙했지만, 거기에 서려 있는 그들의 저력과 희망, 고민은 제대로 읽지 못했던 것이다.

한국의 모 일간지 스위스 현지 특파원 신분으로 스위스 경제부처를 찾았을 때의 일이다. 서유럽 중에서도 비교적 빨리 선진국으로 진입할 수 있었던 비결과 차별화된 전략에 초점을 맞추어 여러 가지 궁금한 것을 물어보았지만, 돌아온 답변은 그야말로 상투적인 것뿐이었다. 최고 수준의 교육 투자와 인적자원 개발에 관한 이야기, 그리고 그에 상응하는 여러 가지 수치가 전부였다. 물론 중요한 이야기요 자료들이었지만 그것은 모든 나라가 구사하는 전략이었고, 의미를 부여하며 찬양할 수는 있어도 결코 비법을 찾을 수 있는 자료는 아니었다. 그야말로 우문현답이라고나 할까. 나름대로 교육 투자와 인적자원 개발에 힘쓰지 않은 나라가 어디 있을 것이며, 선진국으로 가는 길이 그처럼 간단하다면 어느 나라가 개도국으로 바동거리고 있겠는가? 선진국 진입은 정치인들의 화려한 공약과 로드맵만으로 이루어지는 것이 아니라는 사실을 새삼 확인한 셈이다.

어떤 사회를 삼각형의 피라미드 구조에 비교해 보자. 그 사회의 지도층, 즉 삼각형의 위쪽 꼭짓점만을 읽는 것은 비교적 단기간에 가능한 일이다. 정치인, 고위 공직자, 교수 등 사회 지도층의 이야기는 어느 곳에서나 다소 정형화된 틀을 가지고 있기 때문이다. 그것은 읽는 사람으로 하여금 표면적인 흥미를 돋우어줄지는 모르겠지만, 사회의 실제 모습과는 거리가 있다.

오늘날 우리에게 진정으로 필요한 것은 이런 판에 박힌 이야기가 아니다. 선진 사회의 실체를 제대로 파악하고 희망을 가지며 고민하기 위해서는 훈련받은 엘리트들의 이야기보다는 삼각형의 밑변에서 많은 것을 일구어내는 평범한 보통사람들의 일상을 잡아야 한다고 생각했다. 나는 이 고집을 꺾지 않기로 했다.

어릴 적 군밤을 구워주던 우리 할머님 같은 스위스의 할머니도 만나보고, 독일과 유럽의 평범한 아저씨들도 만나보자. 막연히 서구 지향적으로 바라보는 유럽인들의 의식과 문화에 관한 이야기는 접어두고 그 영혼과 유기적으로 얽힌 일상의 실체를 만나보자. 그것을 통해 우리만이 가질 수 있고 우리만이 찾을 수 있는 꿈과 희망을 좇기 위해서이다.

이 책을 우리의 희망 보고서로 전달하는 것이 주된 목적이지만, 그것으로 그치는 것만은 아니다. 이 책은 17여 년의 오랜 유럽 생활을 응축한, 지금까지와는 또 다른 유럽 사회 체험기이기도 하다. 이 책을 통해 선진 서유럽이 어떻게 만들어졌고 어떻게 변모해 갈 것인지, 그리고 지금 변하고 있는 것은 무엇인지를 살펴보고, 정치 · 경제 · 사회 · 문화에서 비즈니스에 이르기까지 일정한 잣대를 발견하며 응용해 갈 수 있으리라 생각한다.

유럽을 떠나면서 마지막으로 들렀던 고성에서 발견한 그 열쇠를 모든 국민들의 가슴에 소중히 바치고자 한다. 주식 투자나 부동산 이야기를 잠시 접어두고 온 국민이 함께 더 잘살아갈 수 있는 희망 보고서에 잠시 귀와 마음을 열어주시길 간곡히 부탁드린다. 우리 모두 넉넉하게 살아갈 수 있다. 물론 앞으로도 계속 땀은 흘려야겠지만, 그것은 분하고 억울한 고통의 땀이 아닌 희망의 땀이어야 한다. 나는 모두가 희망을 가지며 살아가는 일이 결코 꿈이 아니라는 사실을 발견했다.

이제 열쇠는 그것을 주워 간직하기만 했던 어리석고 둔한 저자의 손을 떠나 현명한 독자들의 손에 쥐어졌다. 자, 그럼 진귀한 열쇠를 던져주었던 고성, 이제 그 고성으로의 여정을 시작해 보자.

2007년 7월

김부환

차 례

제2부 부르크가이스트로 열어본 서유럽과 우리의 마고할미

제3부 집시 여인 에리카와 부르크가이스트

제4부 부르크가이스트가 흐르는 유럽의 기업과 비즈니스 문화

제1부

고성이 던져준 진귀한 꿈의 열쇠

01

한 송이의 꽃을 밖으로 던져 꽃동산을 만드는 동네

살 만큼 살면서도 우리를 고민하게 만드는 것

스위스에서 거주하며 남부 독일의 작은 대학 도시인 콘스탄츠Konstanz를 오간 지도 벌써 15년을 넘기고 있었다. 내가 살았던 지역은 스위스 북동 지역으로 남부 독일과 국경을 접하고 있는 크로이츨링겐Kreuzlingen이라는 작은 도시이다.

유럽 생활을 마감하고 마지막으로 자주 찾았던 고성을 들러보기 위해 나섰던 때는 스위스 동네들이 무성한 꽃으로 뒤덮이기 시작한 여름날이었다. 동네 꽃들은 농익은 치즈와 포도주 맛이 절정에 달하는 늦가을을 지나 초겨울까지 동네 전체를 장식한다. 이른 봄 한 톨 두 톨 뿌려졌던 꽃씨들의 결실이다. 우리가 겨울을 앞두고 김장을 담그듯, 봄이면 동네 사람 모두가 연례행사처럼 꽃을 심는다.

재미있는 사실은 꽃을 자기 거실이나 발코니 안으로 들이지 않고 밖으로 밖으로 밀기만 한다는 사실이다. 발코니가 있는 연립주택에 사는 사람들은 발코니 바깥에 고리를 만들어 화분을 걸어둔다. 단독 주택의 창에도 화분들이 바깥을 향해 머리를 내밀고 있었다. 집 안에서 식구들끼리 바라보면 화분의 뒤통수만 보이는 경우가 많아 별로지만, 모두가 밖으로 꽃을 민 결과 나의 꽃이 아니라 우리의 꽃, 나아가 '우리의 꽃동산'이 되었다.

거리에 나가보면 알록달록한 꽃들이 조화를 이루면서 아름다운 꽃동네의 절경을 만들어낸다. 마을 사람들 각자가 밖으로 밀어낸 꽃들이 어우러져 동네 전체에 풍성한 향기를 뿜어준다. 동네가 온통 꽃이다. 유럽의 다른 나라와 마찬가지로 스위스도 집집마다 담이 없어서 내 마당 네 마당이 구분되지 않는다. 열린 공간을 향해 한 송이의 꽃을 밀어냄으로써 천 송이의 꽃을 함께 소유하는 모습. 한두 해 보아온 것도 아닌데 그날따라 더욱 아름다웠다. 한 송이의 꽃으로 천 송이의 꽃을 만들어내는 스위스는 작지만 진정 강하고 아름다운 나라다.

기원전 1세기 독일 지역의 헬베티아인Helvetian들이 남하하여 정착하기 시작한 나라, 면적이 남한의 절반에도 못 미치는 작은 나라 스위스. 1291년 8월 1일 북부 산악 지역의 3개 칸톤Kanton*이 공동방어를 위해 영구 동맹 서약을 맺음으로서 지금의 스위스 연방의 효시가 됐

---

* 칸톤은 자치주를 의미한다. 현재 스위스에는 26개의 칸톤이 있지만 이 중에서 6개는 '절반 칸톤'이기 때문에 통상 23개 칸톤으로 일컬어진다.

이처럼 밖으로 향한 꽃들은 삶의 여유를 함께 나누는 스위스인들의 마음을 잘 보여 준다.

다. 칸톤 밑에는 우리나라의 군 · 면 · 동에 해당하는 약 3,000개의 게마인데Gemeinde가 있다. 게마인데의 인구는 평균 2,300명인데, 적게는 500명인 경우도 있다. 연방정부 밑에 칸톤, 칸톤 밑에 게마인데가 지역의 실정에 맞는 지역 밀착형 정치 행정 시스템을 가동하고 있다.

게마인데에서는 정기적으로 주민에게 초청장을 발송한다. 거기서 게마인데가 추진한 사업 내역이 주민에게 보고되고 세입과 세출 내역이 밝혀지면서 정확한 민의民意가 수렴된다. 마치 우리나라 국회에서 펼쳐지는 예산 · 결산 및 심의 장면을 방불케 한다. 주민 모두가 국회의원인 셈이다. 국민발의 등 국가의 중대 사안이 국민투표를 통해 이루어진다. 원자력 발전소 허용에서부터 맥주병에 음주로 인한 건강의 유해 정도를 알리는 소소한 것까지도 국민투표로 결정된다. 과연 직접민주주의의 산실이라고 할 만하다.

인구 700만의 작은 나라 스위스에서 사용되는 언어만 해도 독일어(75%), 프랑스어(20%), 이탈리아어(4%), 그리고 극소수이긴 해도 레토 로만어(1%)를 합치면 4개나 된다. 나라 이름도 영어로 스위처란드 Switzerland, 독일어로 슈바이츠Sweiz, 프랑스어로 스위스Suisse, 이탈리아어로 스비체라Svizzra, 레토 로만어로 스비츠라Svizra 등 여러 가지이다. 그러나 공식 명칭은 라틴어로 '스위스연방공화국'을 뜻하는 콘페드라치오 헬베티카Confoedratio Helvetica. 자동차 번호판이나 우편, 인터넷 주소 등에 사용되는 약자 CH가 바로 여기서 나온 것이다.

그나저나 이 바쁜 세상에 갑자기 한가롭게도 꽃 이야기를 꺼낸 이유는 무엇일까? 그것은 꽃이 그들의 삶의 여유를 함축적으로 보여주는 상징이기 때문이다. 사실 스위스뿐만 아니라 많은 유럽의 국가들 역시 이처럼 꽃동네를 만든다. 우리는 유럽 여행이나 영상 매체를 통해 이 사실을 잘 알고 있지만, 대개는 대수롭지 않게 생각하고 넘겨버린다. "여유로운 선진국이니 그렇겠지"라고 생각하고 말이다. 이것은 틀린 답은 아니지만 그렇다고 정답도 아니다. 태양만이 작열하는 황량한 사막 위에서 꽃씨를 생각할 여유를 가질 사람은 생각보다 많지 않다. 꽃을 피울 수 있는 땅과 여유를 가졌다 해도 꽃동네의 기적이 쉽게 일어나는 것은 아니다. 그러면 도대체 무엇이 이런 차이를 가져왔을까? 이제 살 만큼 살게 되었으면서도 변함없이 불안하고 바쁘게 하루를 살아가는 우리들로서는 한 번쯤 생각해 볼 필요가 있지 않을까?

선진국이란 과연 어떤 나라일까

많은 학자들이 역사적으로 제대로 된 봉건제도를 거치지 않은 나라는 선진국으로 진입하기 어렵다고 말하곤 한다. 20세기 초 독일의 사회학자 막스 베버Max Weber는 『프로테스탄티즘의 윤리와 자본주의 정신』이라는 저서를 통해 청교도적인 기독교의 원리가 합리적인 직업의식과 함께 선진 자본주의 정신을 발전시켜 나간 동인이었고 앞으로도 그럴 것이라 주장하기도 했다. 물론 이러한 주장은 기독교가 다른 종교보다 우월하다는 입장에서 저술했다는 점에서 비판을 받기도 하지만, 선진 사회로 나아가는 데에는 물질적인 조건 외에 어떠한 정신적인 조건이 필요하다는 매우 중요한 사실을 암시하고 있다고 할 수 있다.

땀 흘려 일해 발전 국가를 이룩하고 다음 단계로 나아가려는 우리에겐 섬뜩한 이야기가 아닐 수 없다. 우리 한반도는 세계사학자들이 말하는 봉건제도를 거치지도 않았고 청교도적인 윤리가 지배한 적도 없기 때문이다. 물론 이것이 절대적인 진리는 아니기 때문에 미리부터 좌절할 필요는 없겠지만, 무엇인가 우리에게 생각할 거리를 던져주는 것은 사실이다.

선진국advanced country이란 무엇인가에 대한 국제적인 합의와 정확한 기준은 없지만, 그래도 선진국이라면 국민소득이 3만 달러는 되어야 할 것 같다. 그런 나라들을 꼽아보면 유럽에 룩셈부르크, 노르웨이, 스위스, 덴마크, 아이슬란드, 스웨덴, 아일랜드, 영국, 핀란드, 오스트리아, 네덜란드, 벨기에, 독일, 프랑스, 리히텐슈타인 등이 있고, 그 외의 지역에서는 미국과 일본, 호주와 캐나다, 산유국 정도를 꼽을 수 있을 것이다. 재미있는 사실은 일본은 기독교와 거리가 먼 나라지만 봉건제도를 거쳤고, 미국은 봉건제도를 가질 만큼 건국의 역사가 길지 않지만 청교도적인 기독교 정신이 흘렀던 나라라는 사실이다.

어쨌건 이러한 국민소득이 선진국의 충분조건은 될 수 없다는 것은 자명한 사실이다. 진정한 선진국이라면 국민소득 3만 달러를 넘기면서도 동시에 모든 사회 구성원의 기본권이 보장되는 나라, 경쟁의 투명한 규칙이 지켜져서 부와 기술의 확대재생산이 이루어지는 나라, 비교적 사회 통합이 이루어져 사회 인프라적인 시너지를 갖추며 경쟁력을 가지는 나라, 가난이 대물림되지 않는 나라, 그래서 상대적인 패자와 빈자 모두 불안해하지 않고 정당한 미래의 희망을 가지며 넉넉히 살아가는 나라라고 말할 수 있다. 하기야 이렇게 거창하게 이야기할 것까지도 없다. 신분이 다르고 빈부의 격차가 있어도 구성원 모두가 사람답게 사는 나라가 선진국이 아닐까?

02

정치는 모르쇠, 스위스 사람들

모르쇠의 속내는?

한 송이의 꽃으로 천 송이의 꽃을 만들어내는 스위스인들, 하지만 자기 나라의 정치판엔 그야말로 까막눈이다. 스위스에도 경제 분석 기사에서 세계적인 권위를 얻고 있는 ≪노이에취리히 차이퉁Neue Zürich Zeitung≫을 비롯하여 지역마다 유력지들이 있지만, 유럽에서도 스위스 신문만큼 정치면이 재미없게 편집되는 경우도 흔치 않다. 진보 정당과 보수 정당, 환경 정당 등이 있기는 하지만 신문에 진보나 보수 같은 단어가 실제로 등장하는 경우는 거의 없다. 기껏해야 어느 당에서 혹은 누가 어떤 사안에 대해 입장을 밝혔다는 식의 객관적인 사실 보도가 대부분인 데다가 내용도 딱딱한 편이니 이만저만 재미없는 것이 아니다. 이렇다 보니 대부분의 스위스인은 어지간해서는 정치면에 눈길을 주지 않는다.

정치인이 기침하면 그 진의가 무엇인지 숨은 뜻을 해석하려고 언론과 독자가 땀 흘릴 필요가 없다. 특별한 자리가 아니고서는 우리가 생각하는 식의 정치 이야기는 하지 않는 게 좋다. 해봐야 모른다. 택시기사를 붙들고 한국인들에게 익숙한 당의 역학관계니 정치인의 속내니 하는 것들을 물어봐도 헛수고다. 그들은 하나같이 "카이네 아눙Keine Ahnung(몰라요)"이라고 대답하기 일쑤다.

스위스인들은 자기 나라 대통령 이름을 생각해 내는 데도 한참이 걸린다. 아니, 아예 모르는 사람도 많다. 스위스는 장관들이 돌아가면서 대통령을 맡기 때문이다.* 아마 최근 들어 그나마 이름이 알려진 대통령은 1999년 선출된 루트 드라이푸스Ruth Dreifuss 정도일 것이다. 그것도 탁월한 정치력 때문이 아니라 최초의 여성 대통령이자 유대인 출신이란 점 때문에 조금 유명세를 탔을 뿐이다.

그렇다고 스위스 정치가 엉망이고 불안하다는 이야기는 절대 아니다. 정치가 불안한 나라가 어떻게 선진국이 되겠는가? 그들은 비교적 정치와 무관한 일상을 보낼 뿐이다. 베를린과 파리 등지에서 공부한 미국의 정치학자 라스웰Harold Lasswell은 정치적 무관심의 유형을 세 가지로 분류했다. 정치에 참여해 봤으나 이상에 못 미쳐 정치에 환멸을 느끼는 탈정치적 무관심, 정치의 흐름이 자기가 추구하는 기류와 근본적으로 충돌하여 아예 관심을 꺼버리는 반정치적 무관심, 학문이나 예술에 지나치게 열중하여 정치에 관심을 갖지 않는 무정치적 무

---

* 4년 임기의 장관은 연방의회에서 선출되며, 대통령은 국방부, 내무부, 법무부, 교통동력부, 재무부, 경제부, 외무부 장관이 1년씩 돌아가면서 맡게 된다.

관심이 그것이다.

하지만 안타깝게도 라스웰은 스위스의 경우를 간과한 것 같다. 정치에 관한 스위스인들의 무관심은 위의 세 가지 중 어느 것에도 해당되지 않으니 말이다. 스위스인들의 사고방식은 정치인들을 믿으니 맡겨두고 제 할 일이나 하자는 식이다. 모든 국민이 자기 업무에 충실하듯 정치인도 자기가 맡은 정치라는 업무에 충실하리라고 생각하는 것이다. 투명한 사회이고 이권이 얽힐 게 없으니 정치인에게 특별히 관심을 기울일 이유가 없다. 하기야 교육, 의료, 연금, 생활보장 등이 거의 완벽하게 해결된 나라에서 굳이 탁월한 정치력이 필요할까? 정치인은 당연히 본업에 충실해야 하며 또 그렇게 하고 있으니 관심을 끌 이유가 없는 것도 당연하다. 게다가 직접민주주의의 산실답게 웬만한 사안은 국민투표로 직접 해결해 버린다. 어떻게 보면 참 재미없고, 또 어떻게 보면 참 편한 나라이다.

국경에서 본 오늘의 신중세

스위스는 우리나라와 닮은 점이 많다. 알프스의 아름다운 자연을 가졌지만 땅속에 특별히 묻혀 있는 것도 없고 솟아나는 것도 없는 자원 빈국이다. 강대국 사이에서 거친 격랑의 역사를 헤치며 살아왔다는 것도 비슷하다. 하지만 우리와는 다르게 이러한 지리적 · 역사적 · 정치적 불리함을 보란 듯 역전시키는 데 성공한 나라다.

스위스는 금싸라기와도 같은 스위스프랑을 찍어내는 부자 나라다.

스위스와 국경을 접한 다른 나라들도 모두 국제적으로 힘이 센 화폐를 찍었다. 하지만 독일의 마르크, 프랑스의 프랑, 오스트리아의 쉴링은 이 나라들이 유럽연합 회원국이 되면서 유로화로 통합되었다. 반면 스위스는 자국의 이익을 극대화하기 위해 아직 유럽연합에 가입하지 않고 있다. 그래서 자기의 실익만 챙기는 '유럽의 외로운 섬나라'라고 표현되기도 한다. 하지만 장기적으로 자국의 이익을 치열하게 저울질하지 않는 나라가 어디 있으랴?

오늘날 국경의 통제적 성격은 점점 약해지고 있으며 사람들은 허물어진 국경 사이를 누비고 다닌다. 독일과 스위스의 국경 지역인 이곳 크로이츨링겐에서는 그 모습이 생생하게 펼쳐진다. 국경을 넘으며 쇼핑하는 사람, 국경을 넘으며 직장을 오가는 사람, 하물며 거주지를 물색하는 사람들까지. 물론 국경 지역이라고 해서 아무나 이웃나라로 이주할 수 있는 것은 아니다. 엄격한 통제와 심사를 거쳐야 하고, 당연히 나라 간의 이해관계도 저울질된다.

변변한 국경이 없는 한국인에게 '국경'은 왠지 이국적인 정서와 동경으로 다가온다. 그러나 현실이 항상 그렇지만은 않다. 특히 삶을 향한 처절한 몸부림이 국경에서 좌절되는 모습은 많은 것을 생각하게 한다. 다음과 같은 그림이 그려진다. 한 남자가 고개를 숙인 채 떨고 있다. 희망을 잃어버린 모습. 그 옆에는 헝클어진 머리칼과 남루한 옷차림의 아내가 주저앉아 있다. 그들 앞에는 무장한 경찰과 세관원이 버티고 서 있다. 공포에 질린 어린 딸은 축 늘어진 아빠의 손가락을 놓지 못한다. 어린 딸의 공포는 무장한 경찰 때문만은 아닐 것이다. 누구보다도 크고 든든하다고 생각했던 아빠의 작은 모습에 떨고 있는 것이다. 동구권 사람들이 풍요로운 서유럽으로 가기 위해 자동차 트렁크 안에 숨어 불법으로 국경을 넘으려다 적발당하는 장면이다. 국경에서는 종종 이런 안타까운 장면들을 접할 수 있다.

이탈리아 볼로냐 대학의 교수로 역사가이자 작가인 움베르토 에코 Umberto Eco의 신중세neo-medievalism가 떠오른다. 소설 『장미의 이름』과 함께 해박한 지식으로 우리에게도 잘 알려진 에코는 오늘날을 가리켜 탈냉전의 시대도, 포스트모더니즘의 시대도 아닌 신중세의 시대라고 말한다.

오늘날, 마치 중세의 영주가 칼과 창으로 성을 함락시켜 영토를 늘려가듯, 실제의 영토뿐만 아니라 마우스로 국경을 넘는 사이버 영역에서도 세력에 따라 숨 가쁜 재영토화re-territorialization가 진행되고 있다. 여기에는 누구도 예외가 될 수 없다. 중세 후반 농노와 농민들이 자의 혹은 타의에 의해 쫓기는 몸으로 도심 공장지대를 떠돌았듯이, 오늘날 많은 사람들이 신유목민처럼 직장을 찾아 생존을 찾아 국경을 넘나들며 떠돌고 있다.

그렇게 보면 많은 것을 공유할 것 같으면서도 사적인 것은 더욱 사유화되고 요새화되는 것은 중세 이상으로 더욱 집요하게 요새화되는 것이 오늘날의 현실이다. 물론 그렇다고 국가가 허물어지는 것은 아니다. 개방할 것은 개방하면서도 막아야 할 것은 확실히 틀어막아야 하는 국가의 역할은 어느 때보다도 더 커지고 있다. 외교 · 안보 ·

무역 등의 분야에서 더더욱 그렇다.

이러한 세계화의 현실에서 개인은 개인대로 경쟁력을 갖추고, 사회는 통합되어 있어야만 한다. 그렇지 않으면 이러한 현실은 기회가 아닌 위기가 될 수도 있다. 시장과 상품은 국경을 마음대로 넘나들지만, 한 나라의 사회적 가치를 품고 있는 광장은 절대로 국경을 넘나들지 않는다. 사회는 국가가 스스로 만들어가는 것이기 때문이다.

어느 나라든 사회적 통합을 외치지 않는 나라는 없고, 선진 사회를 갈망하지 않는 나라도 없다. 모든 나라가 그것을 위해 온갖 전략과 비전을 제시하며 노력하고 있다. 그러나 실제로 사회적 통합을 이루어 선진 사회로 진입하는 데 성공하는 나라는 쉽게 찾아볼 수 없는 것이 엄연한 현실이다. 이는 선진 사회란 결코 단순한 땀과 노력만으로 쉽게 이룰 수 있는 것이 아니라는 사실을 방증하는 것일지도 모른다.

물론 땀은 흘려야 한다. 연간 약 2,300시간으로 경제개발협력기구 OECD 회원국 중 최고 노동시간을 기록한 우리나라는 세계에서 가장 열심히 일하는 나라라고 할 수 있다. 그런 우리가 희망까지 버릴 필요는 없다. 단순한 땀을 넘어서는 그 무엇인가를 찾으면 충분히 선진 사회에 이를 수 있다는 꿈을 가져도 좋을 우리들이다.

03

고성으로 향하는 기차

규칙과 불규칙을 반복하는 기차역의 시계

거주지인 스위스 크로이츨링겐에서 독일 메어스부르크 성까지 걸리는 시간은 30분이면 족하다. 독일의 콘스탄츠까지 15분, 그리고 콘스탄츠에서 보덴 호수를 가르는 배를 타고 15분이면 성에 도착하는 것이다.

콘스탄츠까지 기차를 타기 위해 역으로 갔다. 스위스 기차역 플랫폼의 시계를 보면 재미있는 사실을 관찰할 수 있다. 초침이 여느 시계처럼 규칙적으로 가는 것이 아니라 숫자 12 위에서 잠시 멈춰 섰다가 도는 것이다. 꼭 고장 난 시계 같지만 세계에서 이처럼 정확한 시계도 없다. 한 치의 오차도 허용하지 않고 돌아가는 정확한 분침은 '시계의 나라' 스위스의 명성이 헛된 것이 아님을 보여준다.

기차역에서는 누구나 한 번쯤 시계에 시선을 돌리게 된다. 처음 그 시계를 보는 사람도, 늘 그 시계를 보던 사람들도 쉽사리 눈을

기차역의 시계 하나도 평범하게 해놓지 않은 점에서 스위스인들의 관광 테크닉과 시계 산업에 대한 자존심을 엿볼 수 있다.

떼지 못한다. 그것은 이 시계가 시계바퀴 돌듯 돌아가는 우리네 삶에서 조금은 다른 이야기를 하고 있기 때문이 아닐까? 비록 쳇바퀴 돌듯 살아갈지라도 규칙과 불규칙을 반복하는 것이 인생사가 아니냐고 말이다.

여기서 또 하나 엿볼 수 있는 것은 관광객을 붙잡으려는 관광 테크닉과 시계 산업에 대한 자존심이다. 좋게 이야기하면 아이디어와 전략이고 삐딱하게 보면 속내가 보인다고나 할까. 독일과 프랑스 등 유럽의 강국들 틈바구니에서도 실속 있게 살아온 그들 역사의 일면을 보는 것 같다.

사실 스위스에는 화학이나 제약 · 광학 · 금융 등 시계 산업을 압도하는 분야들이 많이 있지만, 역시 우리에게 친숙한 것은 '시계의 나라'라는 이미지이다. 스위스 시계의 명성은 예나 지금이나 변함이 없다. 저렴하면서도 실용적이라 우리나라를 비롯한 지구촌에서 사랑받는 시계 스와치Swatch는 스위스 청소년들에게도 인기가 높다. 비싸야

100프랑(7~8만 원)을 넘지 않는 스와치는 청소년들의 취향에 맞추어 1년에 한두 번씩 새로운 기능이 첨가된 모델이 출시된다. 국제 채팅을 위해 일반 시간과 인터넷 표준시를 동시에 볼 수 있도록 하여 세계의 네티즌을 열광시킨 것도 스와치의 작품이었다. 요즘에는 손목보다는 목걸이 형태로 만들어 목에 걸거나 발목이나 가방 끈에 매다는 장식용이 많이 팔린다.

스위스는 18세기부터 제네바 지역을 중심으로 금 세공 기술이 발달하면서 시계 산업의 메카로 발돋움했다. 스와치 그룹에 속한 블랑팡 Blancpain의 역사 또한 이때부터 시작되었다. 블랑팡은 철저한 장인정신으로 무장한 장인들이 수작업으로 생산하는 최고급 시계로서 수억 원을 호가한다. 기계가 아무리 정교할지라도 결국 인간의 손길을 넘어서지 못한다는 오묘한 진리를 담고 있다고나 할까? 2000년대에 들어 블랑팡이 스와치 그룹에 합병될 때 장인정신을 그대로 이어갈 것을 서로가 맹세했다는 사실은 살아 있는 역사가 무엇인지 잠시나마 생각하기에 충분한 사건이었다.

연인의 모습일까 할아버지의 모습일까

셀 수 없을 정도로 자주 찾아갔던 메어스부르크 성. 때로는 지혜롭고 인자한 할아버지의 모습으로, 또 때로는 한 발짝 다가서면 한 발짝 물러서는 황홀한 여인의 모습으로 나를 맞아주었던 신비한 성이다. 아득한 시간에 묻혀버린 오랜 과거의 역사를 들려주다가도 성문을 나설 때면 별안간 현재와 미래의 이야기를 쏟아내며 시공時空을 달리했던 성. 나는 유럽 생활을 접으며 마지막으로 이 성을 찾고 싶었다.

딱히 바람 쐬러 멀리 갈 필요 없이 가까이 있었기에 찾아간 적도 많았다. 외국 생활에서 어려울 때도 고성은 위로가 되었다. 어려움도 기쁨도 결국은 역사의 시간 속으로 묻혀간다는 사실을 생생하게 보여주었기 때문이었다. 문화와 역사가 다른 외국 생활을 쉽게 하려면 이처럼 단순하게 생각하는 것도 하나의 방법이 된다. 선진국이든 후진국이든 배고프면 먹고, 밤이 되면 자고, 사랑하고 숨 쉬고 똑같이 살아간다고 말이다.

독일 국경으로 향하는 차창에는 눈에 익은 정경이 정답게 스치고 있었다. 기차나 자동차, 때로는 자전거로 10년 이상 이용한 길이다. 말이 국경이지 처음엔 전혀 실감이 나지 않을 정도로 멋없는 국경이었다. 달랑 길목 하나가 독일과 스위스를 갈라놓고 있다. 하지만 불과 집 한 채를 사이에 두고 분위기가 달라진다. 같은 독일어를 사용하지만 억양 등이 완전히 다르다.

표준 독일어Hochdeutsch를 배운 외국인들은 스위스인들의 독일어Schwitzerdeutsch를 알아듣기가 어렵다. 신기한 일이다. 언어가 주위 환경에 따라 자연스럽게 변모해 간다는 언어학자들의 말은 적어도 여기서는 통하지 않는 것 같다. 길목 하나를 두고서 스위스와 독일의 독일어가 정확히 갈라지니 말이다. 그것이 또 다른 국경을 실감케 한다.

일기예보와는 달리 약한 빗발이 차창에 사선을 그으며 스치고 있었다. 잠시 스치는 빗발이리라. 사람들은 날씨 탓인지 별 말이 없이 침묵을 지키며 앉아 있었다. 모두 어느 곳을 향해 가는 사람들일까? 마주앉은 사람이 인사를 건넨다. 스위스 사람들은 모르는 사람과 마주칠 때도 "그뤠치grüetzi!"라고 인사말을 건넨다.* 도심의 군중 속에서는 인사가 필요 없지만 개인적으로 마주칠 때는 반드시 인사말을 건네는 것이 예의이다. 더불어 살아가는 사람들이니 친분이 있거나 없거나 안부를 묻는 것이다.

여기서 한 가지. 외국인에게도 당연히 인사를 건네지만 "당신은 어느 나라에서 왔습니까?"라는 질문은 하지 않는다. 이는 스위스뿐만 아니라 독일이나 오스트리아도 마찬가지인데, 그러한 질문이 외국인에 대한 잘못된 차별의식으로 비칠까 염려하기 때문이다. 서유럽 각국은 오래전부터 동구권 등지에서 값싼 노동력을 유입했던 나라들이니만큼 이해가 가는 대목이다.

누군가의 헛기침 소리가 차 내의 적막을 가른다. 그들의 눈에 비친 이 동양인의 모습은 무엇일까? 단순한 이방인일 수도 있겠고 함께 살아가는 이웃일 수도 있겠다. 그래도 그네들의 성숙한 의식이라면 후자라고 생각할 가능성이 더 클 것 같다. 어색함 속에서도 마음을 털고 손만 잡을 수 있다면 모두가 정다운 이웃이니까.

* 우리말의 '안녕하세요'에 해당한다. 할로(Hallo)나 그뤼스 곳(Grüss Got) 역시 통상적인 인사말이다. 구텐 탁(Guten Tag, 낮인사), 구텐 모르겐(Guten Morgen, 아침인사), 구텐 아벤트(Guten Abend, 저녁인사) 등 표준 독일어의 인사말도 모두 통한다.

04

프라이부르크의 노신사를 떠올리며

대학 식당에서의 기억

차창에 기대어 눈을 감고 잠시 유럽 생활 초기를 떠올려본다. 언뜻 스쳐가는 얼굴이 하나 있다. 독일 프라이부르크Freiburg에서 만난, 절대로 잊을 수 없는 노신사의 얼굴이다. 독일 대학의 어학시험을 준비하느라 6개월간 머물렀던 프라이부르크는 내가 처음 유럽 생활을 시작한 곳이다.

울창하기로 유명한 독일 '슈바르츠발트Schwarzwald'* 지역의 자연 생태도시 프라이부르크는 영화나 그림으로만 봤던 중세도시의 모습을 그대로 간직하고 있었다. 건물의 색깔도 회색 아니면 연한 갈색이었고, 첨탑에서는 골동품상에서나 볼 수 있는 고풍스런 시계들이 시

* 독일 남부에 자리 잡은 숲으로 면적이 6,009km²에 달하고 침엽수가 우거져 매우 울창하고 깊다. 슈바르츠발트라는 말 자체가 '검은 숲〔黑林〕'을 의미한다.

세수하고 싶은 충동을 느낄 정도로 맑은 물이 프라이부르크 도심 곳곳의 수로를 관통하고 있다.

간에 맞춰 깊은 종소리를 냈다. 도심 곳곳의 작은 수로에는 맑은 물줄기가 흐르고 있었는데, 이 수로는 중세 때 화재에 대비해 만들어진 것이라고 한다. 그것이 지금은 도시의 미관과 생태를 위해 흐르고 있으니 마치 중세의 세월이 현재를 관통하는 것 같다. 마차라도 달렸으면 여지없는 중세의 거리였을 이 도시. 도시 전체에서 느껴지는 단아함과 여유로움이 부럽게 밀려들었다. 사람들은 자전거를 타고 도시를 누비고 있었다. 참으로 평화로운 광경. 하지만 진정한 여유는 역시 여유로운 마음으로 느껴야 하는 것일까. 고국에서 느껴보지 못했던 낯선 여유는 내게 진정한 여유가 될 수 없었다. 유럽 생활을 처음 시작한 이국 도심의 평화스런 여유로움 속에서도 홀연히 마음이 바빴고 초조했던 기억을 지금도 지울 수 없다.

첫 어학 수업을 끝내고 점심을 해결하기 위해 대학 식당인 멘자

Mensa를 찾는 것은 그리 어려운 일이 아니었다. 물론 독일어를 잘 알아들어서가 아니다. 세계 각국에서 온 외국인들 틈에 끼어 함께 움직여주면 그만이었다. 모든 것이 신기했던 그 시절에는 교수 식당이 따로 없고 멘자에서 학생과 교수, 직원들이 함께 식사를 하는 장면까지도 신기하게 보였다.

줄을 서 있는데 쉴 새 없이 입맞춤 소리가 들려왔다. 식사 차례를 기다리던 대학생 연인들이 거침없이 나누는 키스 소리였다. 녀석들, 그 사이를 참지 못할까? 이국 문화의 높은 장벽은 마치 외국어 사전처럼 두껍게 다가왔다. 1457년에 세워졌다는 오랜 전통을 가진 프라이부르크 대학 멘자 앞에서 다가온 독일 대학생들의 인상적인 첫 모습은 키스만큼이나 공부도 열심히 할 것이라는 예감이었다.

하지만 기억에 더 강하게 남아 있는 것은 멘자에서 먹은 독일 음식이다. 음식이 훌륭했다거나 양이 많았다거나 하는 그런 이유 때문이 아니다. 그 투박한 고깃덩어리며, 통째로 프라이팬에 튀긴 생선하며……. 저 재료들이 만약 우리나라에서 요리되었다면 갖은 조리법과 양념이 어우러진 화려한 음식으로 변할 수 있었을 것이라는 엉뚱하고도 안타까운 생각이었다. 나도 어쩔 수 없는 한국인이었던 것이다. 훗날 느꼈지만 음식뿐만 아니라 제도나 의식을 포함하여 실로 많은 것이 그랬다. '저런 것들이 만약 한국에 있었다면' 하는 생각을 지울 수 없었던 것이다.

베테랑 노신사와 함께 한 추억의 방뇨

식사를 마치고 멘자 앞에서 노신사 한 분을 만났다. 1960년대 한국에서 의과대학을 졸업하고 독일로 유학을 와서 프라이부르크 대학 부속 연구실에서 근무하는 분이었다. 작은 키에 친근한 인상을 풍겼지만, 오랜 외국 생활에서 어쩔 수 없이 맞아야 할 깊은 외로움을 알아차리기는 어렵지 않았다. 그분은 내가 한국에서 막 나왔다고 인사를 드리자 반갑다며 집으로 초대해 주시기까지 했다.

노신사는 저녁때가 되자 손수 냉면을 준비하시겠다며 부엌으로 향했다. 부담스럽기도 하고 불편하기도 해서 그냥 앉아 있질 못하고 도울 것이 없느냐고 부엌으로 들어가려 하자 부엌문이 찰카닥 잠겼다. 요리하는 모습을 드러내고 싶지 않다는 노신사의 의지에서 외로움과 고집이 드러났다. 내막은 알 수 없으나 혼자 사시는 것은 분명한 것 같았다.

식사 후 어둠이 깔리자 노신사는 단골 선술집으로 나를 이끌었다. 산책하면서 갈 수 있는 정도의 거리다. 가는 길에 가정집 같으면서도 규모가 다소 큰, 납작 웅크린 형태의 집들이 보였다. 노신사는 독일에서는 저런 곳에서도 군사무기와 관련된 연구들이 이루어지고 있다고 소리 낮춰 이야기해 주었다.

선술집에 도착한 노신사는 여자주인 남자주인 할 것 없이 반갑게 유럽식으로 빰을 맞대며 숙달된 인사를 주고받았다. 역시 외국 생활의 베테랑! 감히 흉내 낼 수 없는 그 모습은 유럽 생활 초년생인 내게 일종의 경외감으로 다가왔다. 최전방에서 제대를 앞둔 고참을 보는 신참의 기분이랄까.

선술집이란 쉽게 말해 동네 호프집이다. 술과 담배를 무척이나 좋아하셨던 노신사는 취기가 돌자 이런저런 이야기를 풀어놓았다. 당시엔 이해하기 힘들었던 유럽인들의 일상과 삶의 실체, 1960년대 지독히도 어려웠던 고국 이야기, 교육 현실에 대한 이야기, 외국 생활 초기에 참고할 만한 이야기, 1960~1970년대 독일에 와서 고생한 광부와 간호사들의 이야기, 외국 생활의 애환 등.

그러나 막 유럽을 밟은 나로서는 한국에 관한 이야기보다는 신비하고도 묵직한 중세풍의 낯선 건물 속에서 바동거리지 않는 그들의 삶이 더 궁금했다. 나는 궁금증을 풀기 위해 성급하게 몇 가지 질문을 던져보았지만 노신사의 대답은 그리 친절하지 않았다. “유럽에서 살다보면 저절로 알게 될 것이다. 느끼게 될 것이다. 하지만 시간이 필요하다”라는 것이었다. 노신사의 이런 설명에 고개를 끄덕일 수 있게 된 것은 시간이 지나 유럽 생활에 익숙해지기 시작한 무렵이었다. 지독할 정도의 준법정신, 페어플레이, 전체를 위하는 개인주의, 연대감……. 당시 막연하고도 화려한 수식어로만 겉돌았던 단어들이 뒤늦게서야 피부로 와 닿았던 것이다.

취기가 오른 노신사가 향수에 빠진 듯 잠시 말을 멈추었을 때, 어색한 침묵에 적당한 말을 찾지 못해 무심코 “남들처럼 적당히 일찍 귀국하셔서 자리 잡으셨다면 지금쯤 아주 편하게 계실 텐데요?”라고 말했다. 그것이 사건의 발단이었다. 노신사는 갑자기 격노하시더니 나의 멱살까지 잡았다. 하지만 그렇게 호되게 야단을 치시면서도 화를 낸 이유를 직접적으로 설명하지는 않으셨다. 나로서는 오랜 외국 생활에서 오는 스트레스 때문일 것이라고 생각했을 뿐, 그 분노의 실체를 당시에는 이해하지 못했다.

그러나 10년이란 세월을 보내고 유럽 생활에 익숙해질 무렵이 되어서야 그 노신사의 마음이 참으로 가슴 아프게 다가왔다. 남들처럼 적당히 귀국하여 자리 잡고 편하게 사시라는 권유는 어찌 보면 쉽게 던질 수 있는 말이었겠지만, 그분에겐 참으로 건방지고 가당치 않은 말이었을 것이다.

노신사는 한국을 갈기갈기 비판했지만, 따지고 보면 누구보다도 깊은 애정을 가졌던 분이었다. 그 어려운 시대에 우리의 형과 누이, 오빠, 언니들이 간호사나 광부로 독일로 날아와 상상키 어려운 고생을 하며 받은 봉급을 어려운 고국으로 송금했던 사실을 지켜보며 자신의 학업도 고국의 발전에 도움이 되기를 갈망하셨을 것이다. 그런 분께 그런 말을 하다니……. 노신사는 더불어 살아가지 않고 오직 혼자서만 잘살려는 사회가 종국적으로는 어떤 사회가 될 것인지 한 마디의 힌트도 없이 오직 멱살로만 대신하였던 것이 틀림없었다.

비틀거리며 거리로 나왔을 땐 자정이 지났을 무렵이었다. 똑바로 걸으려 했지만 그조차 쉽지 않았다. 공중화장실을 찾고 있는데, 희미하게 시야에 들어오는 널찍하고 깨끗한 광장. 노신사는 도심의 광장에서 같이 방뇨할 것을 명령했다. "누가 보고 신고해도 괜찮아. 생리현상이니까 벌금도 없고 겁낼 것도 없어!" 수많은 전투를 체험한 든든한 노장老將은 이미 화를 삭인 듯 자상한 말투로 나를 부추겼다. 초여름 인적이 끊긴 늦은 밤, 싱싱한 나무 냄새가 은은히 풍겨오는 독일 프라이부르크 도심 광장에서 평생 잊지 못할 추억의 방뇨는 그렇게 시작됐다. 옷매무새를 추스른 노장은 멱살 잡혔던 목의 안부까지 물어보시고는 광장을 빠져나갔다. 첫사랑의 기억을 잊지 못하듯이, 유럽에서 처음 만난 노신사와 그 광장은 유럽 생활에서 여러 가지 의미로 다가왔다.

나중의 이야기를 하자면, 내가 어학 코스를 마치고 남부 독일의 콘스탄츠 대학으로 와서 몇 년이 지난 후 그 노신사는 유명을 달리하셨다. 프라이부르크의 어느 교회에서 친지와 유학생, 교민들이 지켜보는 가운데 마지막 길을 가셨다고 한다. 당시 프라이부르크에서 유학 생활을 했던 한국 학생들은 그분께 야단도 많이 맞았고 도움도 많이 받았다. 든든한 우리들의 아버지 같았던 변 선생님! 고성으로 향하는 차장에 기대어 잠시나마 깊이 명복을 빌었다. 생전에 술과 담배를 그토록 좋아하셨던 노신사. 성에 다녀온 뒤, 생맥주 한 통 정도는 가슴에 안고 프라이부르크 묘지로 달려가 봐야겠다고 다짐했다.

광장이 품고 있는 의미

광장을 뒤로 하고 걸어가는 노신사의 모습을 지켜보며 이런저런 생각에 잠겼다. 고등학교 3학년 때 돌아가신 아버님을 떠올렸고, 부지런히 살아가는 고국의 이웃들의 바쁜 얼굴도 상상해 보았다. 하지만 무엇보다도 크게 다가온 것은 광장이란 어떤 곳일까 하는 생각이었다.

유럽에는 유서 깊은 광장이 많다. 웬만한 시청사 앞마다 광장이 있고 도심 가운데에도 나름대로의 역사를 간직한 크고 작은 광장이 시민들을 품어준다. 이 광장들은 수많은 시민혁명과 사회적 갈등을 빠짐없이 지켜보았을 것이다. 우리가 잘 아는 예로 파리의 바스티유 광장Place de La Bastille이 있다. 1789년 성난 시민들이 구체제*의 상징이었던 바스티유 감옥을 습격함으로써 대혁명의 신호탄을 하늘 높이 쏘아 올렸던 그곳. 그곳에는 지금도 새로운 변화를 꿈꾸는 사람들이 모인다. 이처럼 사회의 공동선을 추구하면서 사회적 합의를 도출하려는 의지가 담긴 곳이 바로 광장이다. 광장은 정치와 사회를 안고 있으며 국가의 의지가 작동되는 곳이기도 하다.

이에 비해 시장은 개인의 절대적 이윤 추구를 목적으로 하는 치열한 경쟁의 장소다. 광장은 다수결의 원칙이 통하는 곳이지만 시장은 독단의 이윤 추구도 가능한 곳이다. 그래서 사람들은 광장과 시장을 대립되는 장소로 비유하곤 한다. 하지만 그러한 이분법이 언제나 맞아떨어질 수는 없다. 개인이 없는 사회나 국가가 존재할 리 만무하고 사회나 국가 없는 개인 역시 상상하기 어렵기 때문이다.

---

* 앙시앵 레짐(Ancien Régime)이라고 불리는 구체제는 제1계급인 성직자와 귀족, 제2계급인 부르주아지, 제3계급인 평민으로 이루어져 있었다. 당시 프랑스 사회는 전체 국민 가운데 1~2%에 불과한 제1계급이 70% 이상의 토지를 점유하고 있는 등 신분에 따른 각종 불평등과 모순으로 가득 차있었다.

광장에서 열리는 야시장의 모습은 시장과 광장의 조화를 잘 보여준다.

오늘날 유럽의 크고 작은 광장들은 시민들의 휴식처로도 한몫을 하고 있다. 여름철에는 시민들이 더위를 식히러 나오기도 하고 축제가 벌어지기도 한다. 따뜻한 봄이 오면 도심 광장 곳곳에서는 야시장이 열린다. 마치 우리네의 시골 재래시장을 연상케 하는데, 오스트리아 빈Wien의 군것질 시장Nasch Markt이나 1807년부터 있었던 독일 뮌헨의 빅투알리엔 시장Viktualienmarkt 같은 것이 대표적인 예이다. 왁자지껄한 사람들 틈바구니에 끼어 이것저것 기웃거리며 봄을 즐긴다. 양배추를 절인 자우어크라우트Sauer Kraut, 집에서 만든 식초, 올리브에 절인 고추 등에다 빵 조각을 씹으며 봄의 정취를 만끽하는 재미가 아주 쏠쏠하다. 이러한 야시장은 어김없이 도심의 널따란 광장 품에서 열리고 있다. 사회적인 공동선을 추구하기 위해 마련된 광장에서도 결국은 개인의 이윤 추구가 목적인 시장이 열리는 것이다.

오늘날 어떤 나라든 광장과 시장은 대립과 조화를 반복한다. 광장과 시장이 어떻게 조화롭게 공존하느냐에 따라 미래 사회의 모습은 달라질 것이다. 폐쇄적인 후진 사회로 갈 것이냐 열린 선진 사회로 갈 것이냐가 여기서 결정될 것이다. 사회적 공동선의 추구가 필요한 만큼 시장 메커니즘 역시 필요하다. 하지만 광장과 시장이 공존해야 하는 이유를 인정한다 하더라도 그것을 조화시키는 문제는 절대로 간단하지 않다. 어떻게 조화시키는 것이 최선일까? 시장만이 비대하도록 내버려둘 수도 없고 광장만이 끝없이 뻗어가게 할 수도 없는 것이 현실이다.

그것은 다시 시민의 몫으로 돌아간다. 어떤 사회를 만들어갈 것인가는 사회적 합의와 제도를 통해 시민들이 이뤄야 하는 몫이기 때문이다. 모든 사회 구성원이 소비자요 생산자로서 시장을 열어가야 하는 동시에 또한 모든 시민이 주인으로서 광장을 열어가야 한다.

05

육체와 문화의 자유 공간, 에프카카

친칭어를 사용하는 세관원

기차가 콘스탄츠 역에 도착했다. 콘스탄츠는 4세기 중반 로마제국 황제 콘스탄티우스 클로루스Konstantius Chlorus가 만든 도시이다. 콘스탄츠는 스위스와 국경을 이루기 때문에 콘스탄츠 기차역과 스위스 기차역이 나란히 붙어 있다. 정확히 이야기하면 독일연방공화국 콘스탄츠 기차역과 스위스연방공화국 크로이츨링겐 기차역이 같이 붙어 있는 것이다. 비행기나 배를 타지 않으면 국경을 접할 수 없는 우리로서는 한 건물 안에서 독일 역이니 스위스 역이니 하며 경계를 짓는 것이 쉽게 상상되지는 않는다.

여권을 제시하고 역을 나서면 독일 땅이다. 독일에서 스위스로 나가는 사람은 스위스 세관원에게, 스위스에서 독일로 나가는 사람은 독일 세관원에게 여권을 제시해야 한다. 스위스는 유럽연합 회원국도 아니고 회원국 간에 무비자 통행과 자유로운 이동을 보장하는 솅겐

Schengen 조약 가입국도 아니기 때문에 항상 여권을 소지해야 하는 번거로움이 있다.

10년 이상 같은 길을 다녔기 때문에 낯이 익은 세관원도 있었지만, 형식적이나마 여권을 요구하는 경우가 대부분이다. '당신Sie'이라는 호칭과 딱딱한 존칭어를 사용한다. 원래 관공서에서는 존칭어를 사용하는데, 정확히 말하자면 존칭어라기보다는 낯선 사람들 사이에서나 공적인 업무에 주로 쓰이는 말이다. 그러나 요즘 들어 젊은 세관원들은 몇 번 보고 얼굴이 익으면 '너Du'라고 부르거나 이름을 불러주며 비존칭어를 쓰기도 한다. 소지하는 물건에 따라 관세를 물어야 하는 경우도 있기 때문에 상대에 대한 검색이 이루어지는 세관에서 친칭어를 사용한다는 것은 친하면서도 믿는다는 의미가 섞여 있으니 기분이 좋지 않을 리가 없다.

일반적으로 서로 처음 만나 소개를 주고받을 때에는 반드시 존칭어를 사용한다. 남녀 사이에는 더욱 그렇다. 그러다가 서로 친해지고 친칭어를 사용하자고 약속하게 되면 비로소 나이와 상관없이 친칭어를 사용한다. 특정 집단 내의 동료들끼리는 바로 친칭어를 사용하기도 한다. 같은 대학의 학생끼리는 처음 만나도 동료이기 때문에 친칭어를 사용하는 것이 더 자연스런 어법인 것이다. 친칭어는 우리말로 생각하면 서로 말을 놓는다는 것인데, 물론 그렇다고 해서 상대를 존중하지 않는다는 의미는 아니다. 친하고 믿는 사이로 발전해 간다는 의미를 지니고 있다.

교수와 학생 사이에는 대체로 서로 존칭어를 사용한다. 이때 학생이 교수에게 '당신'이라고 부르는 것은 존칭어가 되지만 교수가 학생에게 '당신'이라 부르는 것은 존칭어라기보다는 '인격어'에 가까운 것이라 할 수 있다. 오늘날 독일이나 스위스의 일부 젊은 대학교수들은 파격적으로 학생과 서로 '너'라고 부르기를 원한다고 한다.

그날은 마틴이라는 이름을 가진 세관원이 "김, 어떻게 지내냐?"라면서 인사까지 건네주었다. 예전에는 쉽게 상상할 수 없었던 것이다. 영원할 것만 같은 딱딱한 관행도 이처럼 세월과 함께 변하는 것이다.

생각의 옷까지 벗어야 한다

사시사철 많은 유럽인이 몰려오는 보덴 호수는 독일 · 스위스 · 오스트리아 3개국에 걸쳐 있다. 그래서 독일인들은 독일의 콘스탄츠를, 스위스인들은 스위스의 크로이츨링겐을, 오스트리아는 오스트리아의 브레겐츠Bregenz를 제각각 보덴 호수의 호반의 도시라고 소개한다. 호수의 연안에 접하는 길이는 독일이 약 170km, 스위스가 70km, 오스트리아가 25km로서, 접하는 길이에 따라 3국이 관리 비용을 분담한다.

콘스탄츠 역 앞에 있는 선착장에서 배를 타고 보덴 호수를 가로질러 15분이면 메어스부르크의 고성에 도착한다. 배가 보덴 호수의 물을 가르기 시작했다. 푸른 호수를 가르는 하얀 동선이 아름답다. 나는 성으로 향하는 배 안에서 현대 수학의 아버지인 독일 수학자 힐베르트David Hilbert를 떠올렸다.

쾨니히스베르크Köigsberg*에서 태어난 힐베르트는 1900년 파리에서 열린 국제수학자대회에서 수학자가 풀어야 할 23개의 문제를 제시, 지금까지 20개만 풀렸고 3문제는 아직도 풀리지 않은 채 남아있다고 한다. 메어스부르크 성도 마치 이와 같아서 성의 구석구석 남아 있는 미지의 세계가 상상력을 자극한다. 고성은 힐베르트가 만들어낸 힐베르트 호텔 이야기를 통해 '무한대'의 신비로움을 깨우쳐준다. 힐베르트 호텔에는 무한대의 객실이 있고 무한대의 손님이 투숙하므로 언제나 빈방을 구할 수가 없었다. 그러나 힐베르트는 언제나 새 손님에게 빈방을 제공하는 마법사였다. 과연 그것이 어떻게 가능했을까?

알고 나면 허무한 것이 바로 비결이다. 힐베르트의 비결은 이러했다. 그는 손님에게 정중하게 객실을 옆방으로 한 칸씩 이동해 달라고 부탁했다. 1호실 손님은 2호실로, 2호실 손님은 3호실로, …… 100호실 손님은 101호로……. 그리하여 힐베르트는 언제나 새 손님에게 1호실을 제공할 수 있었다. 무한대에서 1을 더해도, 그리고 1을 빼더라도 무한대이기 때문이다.

메어스부르크 성의 일부 방들은 낡은 열쇠로 굳게 잠겨 있다. 언제나 변함없이 상상력을 무한대로 자극하는 고성의 방들이다. 고성을 자주 찾았던 이유, 그리고 마지막으로 고성을 찾으려는 이유 중 하나도 바로 이것이다.

---

* 칸트(Immanuel Kant)의 출생지로 유명한 도시로서 당시에는 독일령에 속했지만 1945년 이후 소련령 칼리닌그라드(Kaliningrad)가 되었다.

FKK에서 일광욕을 즐기고 있는 독일 시민들. 실오라기 하나 걸치지 않은 알몸으로 태양을 받아들이기에 '태양욕'이라고 부르고 싶다.

보덴 호수 건너편에 '에프카카FKK'* 지역이 보이기 시작했다. 나체로 일광욕과 수영을 즐기는 곳이다. 여름이라 많은 사람이 일광욕을 즐기고 있었다. 호숫가에 숲이 적당히 드리워진 그곳에는 남녀노소를 막론하고 누구나 출입을 할 수 있다. 누구나 공유할 수 있는 자연의 문화 공간이기 때문에 당연히 주인도 없고 입장료도 없다. 단, 옷을 걸쳐서는 안 되며, 옷을 걸치는 순간 그곳에서 벗어나야 한다. 그것이 예의다. 누구나 똑같은 자연인의 모습으로 어울려 평화와 자유를 만들어내는 공간이어야 하기 때문이다.

빈부의 옷, 잘난 자와 못난 자의 옷, 자유주의자와 평등주의자의 옷, 사상의 옷마저 벗으라는 뜻이다. 옷을 벗어버리면 특별한 사람이 없다. 모두가 같은 알몸, 모두가 보통 사람들이다. 이곳에서 사람들은

---

* FKK(Frei Körper kultur)는 우리말로 옮기면 '육체와 문화의 자유'로서, 나체주의(nudism) 운동과 깊은 관련이 있다. 독일 곳곳에는 호수를 끼고 FKK가 산재해 있다.

가정사나 일상사 등 모든 생각을 털어버리고 오직 호숫가의 물과 태양만을 받아들인다.

이런 장소는 독일 곳곳에 있다. 유럽에서 부분 노출은 19세기 초부터 시작됐지만, 적극적인 노출이 시작된 것은 20세기 초반부터였다. 특히 1930년대 말 프랑스의 유명 디자이너 코코 샤넬Gabrielle Coco Chanel은 여름휴가에서 온통 그을린 갈색 피부로 파리의 사교계에 혜성같이 등장하여 유럽 사회를 뒤흔들었다. 갈색 피부가 미의 이상향으로 부각되면서 노출을 최대화하는 일광욕 차림이 순식간에 퍼지게 되었다.

지금도 여름이 되면 유럽인들은 환상적인 갈색 피부를 꿈꾸며 휴가지로 향한다. 영국의 토니 블레어Tony Blair 총리가 '제3의 길'이라는 새로운 이념을 제시했을 당시, 알몸의 광장에서는 이를 갈색 피부에 비유하기도 했다. 흑과 백 사이의 제3의 길이 갈색이라는 것이다. 유럽의 정치판에서도 스스로를 절대적 정正이라며 우기고 상대를 반反으로 몰아치는 극단이 종종 눈에 띈다. 알몸의 광장에서 시민들은 갈색 피부를 통해 그토록 어렵다는 새로운 합合을 쉽게 도출해 내어 그것을 정치에게 되돌려준다. 이곳은 진보니 보수니 하는, 편을 가르는 단어들을 부끄럽게 만들고, 진심이 담기지 않은 정치적 수사를 무장해제시켜 버리는 곳이다.

광장은 구성원 모두가 함께 숨 쉬며 조화를 이룰 때 생명력을 얻는 법이다. 제 팔을 제각기 흔드는 광장은 생명을 잃고 무너져내릴 수 있다는 메시지를 알몸의 광장 에프카카가 모든 것을 벗은 채 적나라하게 던져주고 있었다.

06

맥주 한 잔의 여유에서 놓칠 수 없는 것들

독일의 맥주 문화

호수의 갈매기들이 떼를 지어 성으로 향하는 배를 따라붙는다. 승객들이 던지는 빵 조각을 채가기 위해서다. 하얀 동선을 에워싸는 흰 갈매기 떼가 빵 조각을 잽싸게 가로채며 허공을 순회하는 모습이 평화롭다. 멀리 푸른 하늘 위에는 오색찬란한 열기구들이 느릿느릿 떠다니고 있었다.

호수 건너편 언덕에 넓은 호프Hop, Hopfen 밭이 보인다. 노란 방울꽃 모양을 하고 있는 호프는 아시다시피 맥주의 원료가 된다. 여러 번 보았지만 그것이 호프인 줄은 몰랐는데, 언젠가 한 독일 할아버지가 호프 꽃은 암·수가 다른데 노란색이 수컷이라고 설명해 준 적이 있다. 명색이 맥주의 나라답게 여름에 특히 남부 독일을 여행하게 되면 넓은 들판에 울타리를 세워 호프를 기르는 것을 흔히 볼 수 있다.

시원한 맥주를 생각하면 더운 여름을 떠올리는 사람이 많지만 유럽의 선술집에는 오히려 추운 겨울에 손님이 더 많이 몰린다. 연말과 새해를 맞고 곧 이어질 각종 축제를 떠올리며 마음이 한껏 들뜨는 모양이다. 고대 유프라테스 강과 티그리스 강 주변에서 이미 "맥주를 모르면 인생의 뜻을 헤아릴 수 없다"라는 속담이 유행했다고 하고 독일인들이 맥주를 즐기기 시작한 것은 10세기로 추정된다고 하니, 참으로 유서 깊은 일상의 술이라 하겠다.

가정에서 맥주를 대중적으로 빚기 시작한 것은 중세부터라고 한다. 설사나 구충, 부인병을 예방하는 약초를 섞어 함께 담았다는 기록도 있다. 그런데 맥주에 갖은 약초를 사용하다 보면 환각의 유혹에 빠질 수도 있고 자칫하면 죽음에 이를 수도 있다. 빌헬름 4세Wilhelm IV가 1516년에 공표하여 지금까지도 엄격히 지켜지고 있는 '순수 맥주 제조법Reinheitsgebot'도 사실은 이 때문에 생겨난 것이다. 이것은 맥주를 만들 때 물을 포함해 맥주보리, 호프, 이스트 등 일정한 원료만을 사용케 하는 것으로, 독일 순종 맥주의 혈통을 이어가기 위한 것이다.

이는 오늘날 독일 맥주의 자존심을 나타내는 상징과도 같은 것이 되었다. 지난 2005년 순수 맥주 제조법을 예외로 인정한 독일연방법원이 판결이 있었다. 구동독 지역의 양조회사 클로스터 노이첼레Kloster Neuzelle가 설탕시럽을 섞은 흑맥주를 맥주로 인정받기 위해 10년간의 소송 끝에 승소한 것이다. 독일에 음료를 섞은 맥주는 많지만, 맥주라는 이름을 붙이는 것은 엄격히 금지되어 있다. 상표에 맥주라는 단어를 넣기 위해 이처럼 오랫동안 법정투쟁이 있었던 것이다.

맥줏집에서 순하게 맥주를 마시고 싶으면 '라들러Radler'를 주문하면 된다. 라들러는 맥주에 사이다 등 탄산음료를 섞은 것을 말하는데, 의외로 주문하는 사람이 많다. 특히 축제 때나 밤새도록 흥을 돋우며 놀아야 할 경우엔 순한 라들러가 제격이다. 맥줏집에서 병맥주를 주문하는 경우는 거의 없는데, 병맥주는 집에서도 마실 수 있지만 생맥주는 집에서 마실 수 없기 때문이다. 물론 유통과 제조 과정이 더 엄격하고 맛도 더 신선한 생맥주가 병맥주보다 고급으로 취급받는다.

독일은 '맥주 여행Bier Reise'이라는 말이 있을 정도로 마을마다 특색 있는 맥주가 있는 나라이다. 이 마을과 도시들이 각자 여는 맥주 축제의 숫자와 규모만 봐도 실로 어마어마하다. 특히 세계 최대의 맥주 축제로 꼽히는 '옥토버페스트Oktoberfest'는 한국에도 잘 알려져 있다. 120만 명이 살고 있는 뮌헨München에 그곳 인구의 5배나 되는 600만 명이 세계 곳곳에서 찾아와 맥주잔을 부딪치며 하나로 어우러져 즐기는 모습은 가히 장관이라 할 수 있다.

우리나라에서도 1930년대 맥주 회사가 설립되면서 함남 지역에서 최초로 호프가 재배되었다고 알려져 있지만, 독일은 14세기부터 호프를 재배해 왔다. 우리나라에서는 호프집이 생맥줏집을 의미하지만 원래의 뜻은 그게 아니다. 독일에서 호프란 뒤뜰이나 마당을 뜻한다. 그래서 독일의 호프집에는 마당쯤 되는 작은 공간을 갖춘 집이 많다. 특히 그 공간이 정원 뒤뜰에 위치할 때 더욱 운치를 자아낸다. 그곳은 때때로 작은 광장이 되기도 한다. 이웃사람과 함께 사회 현안이나 정치에 대해 가볍게 이야기를 나누기도 한다. 독일 사람들은 추구하는 이념이나 취향에 따라 각자 지지 정당이 있는 경우가 많기 때문에 정치 이야기도 곧잘 하는 편이다. 하지만 이런 자리에서 지나치게 요란하고 과격한 정치 토론은 금물. 그저 사람들과 가볍게 이야기를 나누면서 맥주를 즐기는 곳이 정통 호프집이라고 할 수 있다.

개인주택이나 연립주택에서 벌어지는 그릴 파티에도 맥주를 빼놓을 수 없다. 주말 저녁 이웃끼리 오순도순 모여 삼겹살이나 돼지목살을 그릴 기계에 올려놓고 맥주를 마시며 여유를 만끽하는 것이 그네들의 보통 여름날의 모습이다. 삼겹살에는 소주도 어울릴 법하지만, 독일 사람들은 소주와 비슷한 '슈납스Schnapps'라는 술이 있어도 맥주만 마셔댄다. 취하는 재미보다는 대화하는 윤활유로 술을 선택하는 음주 문화 때문일 것이다. 그렇기 때문에 술잔을 돌리기는커녕 쉽사리 상대에게 술을 따라주지도 않고 권하지도 않는다. 이성은 흘러도 정은 흐르지 않는 것 같다. 우리로 봐서는 영 재미없고 밋밋한 술판이겠다.

누구에게나 최소한의 여유는 있어야 한다

언제부턴가 맥주는 독일인을 비롯한 서유럽인의 여유롭고 일상적인 삶의 상징으로 여겨져 왔다. 유럽 생활을 막 시작했을 때는 독일인들이 맥주 마시는 모습을 보고서 '과연 맥주의 나라구나'라고만 생각했었다. 하지만 어느 정도 시간이 흐르고 보니 그들이 여유롭게 맥주 한 잔을 즐기는 모습에서조차 사회적인 갈등과 불만이 상대적으로 최소화되고 있음을 알 수 있었다. 어느 사회든 갈등과 불만은 있는 법이겠지만, 동네마다 맥줏집이 흔함에도 불구하고 밤늦게 휘청거리거나 허공으로 울분을 토해내는 사람을 찾아보기는 쉽지 않았다.

돌출 변수에 의한 막대한 의료비 지출이나 사교육비, 입시 지옥이 없고 투기 열풍이 쉽사리 일어나지 않는 나라이기 때문만은 아닐 것이다. 승자든 패자든 빈자든 부자든 사회에 적대심을 품고 사는 사람이 비교적 적다는 이야기로 해석할 수 있지 않을까? 기회가 비교적 균등하고 능력과 적성에 따라 누구나 어디로든 나아갈 수 있는 열린 공간이 마련되어 있기 때문이기도 할 것이다. 물론 그렇다고 모두가 부자로 잘사는 나라일 수는 없다. 게으르거나 능력이 없는 사람은 상대적인 빈곤을 감수하며 최소의 삶으로 만족해야 한다. 어쨌든 중요한 것은 내가 지켜본 독일에는 상대적인 빈곤은 있어도 선술집에서 마시는 한 잔의 맥주, 그 최소한의 여유까지는 박탈하지 않는다는 데 합의하고 있다는 사실이다.

이런 서유럽 국가들의 안전망을 두고 다른 나라에서 딴죽을 거는 경우가 종종 있다. 예를 들면 "과도한 복지로 휘청거리는 독일" 등으로 생각 없이 제목을 뽑는 언론 기사들이다. 하지만 그들의 복지는 그 나라 국민들 스스로의 합의에서 도출된 것이다. "과도한 복지로 휘청거리는 독일" 같은 표현은 적어도 독일 언론이나 독일인들 자신들만이 할 수 있는 이야기다. 독일보다는 복지라고 말하기조차 어려운 미미한 사안을 두고 이 눈치 저 눈치 살피며 겉도는 토론만을 되풀이하는 나라가 휘청거릴 확률이 더 높지 않겠는가?

어쨌든 모든 사람이 즐길 수 있는 맥주 한 잔의 여유와 그것을 가능케 하는 합의의 원천은 도대체 무엇일까? 또한 통일로 인한 재정 부담, 가속화되는 세계화 등 급변하는 환경에도 불구하고 그러한 합의를 손질하는 데 엄청난 에너지를 쏟아 부으며 신중한 행보를 하고 있는 그들의 실체는 과연 무엇일까?

01

작은 마을 메어스부르크의 많은 건물

지방자치의 현주소 게마인데

배가 메어스부르크에 도착했다. 사람들이 먼저 내리고 배에 실린 자동차들이 질서 있게 빠져나간다. 메어스부르크는 인구 6,000명 정도의 작은 도시로, 바다나 호수를 뜻하는 메어스Meers와 성城을 뜻하는 부르크burg가 합쳐져 붙여진 이름이다.

메어스부르크의 주요 건물을 살펴보면 독일인과 서유럽인들의 생활양식의 윤곽을 훔쳐볼 수 있다. 미세한 차이는 있겠지만, 독일 · 스위스 · 오스트리아 · 프랑스 등 선진 서유럽 국가들의 근본적인 사회적 시스템은 큰 틀에서 보면 유사하기 때문이다.

가톨릭교회, 개신교회, 병원, 초등학교, 우리나라의 중 · 고등학교에 해당하는 김나지움Gymnasium, 실업계 학교, 음악 학교, 예술 학교, 유아원을 겸한 유치원, 병원, 양로원, 서점, 소방서, 자원 재활용 센터, 수질 및 환경관리소 등을 비롯하여 마을의 오케스트라, 윈드서핑 클

공중에서 내려다본 메어
스부르크의 모습.

럽, 스키 클럽, 고전무용 클럽, 체조 스포츠 클럽, 동구권 지원을 위한 자원봉사 클럽……. 이처럼 메어스부르크 성을 중심으로 동네에 산재해 있는 건물을 보면 마을 사람들의 삶의 윤곽이 살며시 드러난다.

마을 주민의 긴밀한 협조와 직접적인 참여를 통해 총체적인 행정을 관할하는 게마인데는 스위스의 게마인데와 비슷한 것으로 지방자치제도의 기초 단위가 된다. 규모는 지역에 따라 인구 수백 명에서 수십만 명, 혹은 100만이 넘는 곳이 있을 정도로 다양하다. 일찍이 1794년 「프로이센지방법」이 통과됨으로서 지방자치단체에 대한 통합 등이 최초로 단일 법률화되었다.

자치권의 행사 방식과 범위 등에서 우리나라의 읍 · 면 · 동과의 단순 비교는 무리가 있다. 독일과 스위스 등 서유럽의 게마인데는 광범위한 자치권이 보장되어 지역사회의 행정 사무를 독자적으로 처리하는 등 상당한 독립성이 보장되어 있으며, 특정 목적을 띤 조합 등과 협력하여 학교를 설립하거나 교통 및 도시계획에 관여하는 등의 권한까지 가지고 있다. 그야말로 서유럽의 완벽한 지방차치제도의 표상이라고 할 만하다. 광범위한 자치권이 주어져 있다는 것은 그만큼 주민들의 자발적인 사회적 연대와 지역에 대한 책임의식이 뒷받침되고 있다는 이야기이다. 지역의 제후와 봉건 영주를 중심으로 살아왔던 그들의 중세 역사와도 무관치 않으리라.

많은 분야가 그러하듯 1990년 독일 통일 이후 지방자치제와 게마인데 역시 변화의 바람을 맞고 있다. 연방정부와 주정부로부터 재정 지원이 줄어드는 한편 행정의 효율성, 경제 자립도, 지역개발의 중요성 등을 감안하여 지방자치단체 간의 경쟁과 혁신을 추진하는 등 새로운 패러다임을 향하여 변화해 가는 중이다.

쓸쓸해 보인다는 것도 사치

인구가 고작 6,000명에 불과한 작은 도시 메어스부르크에도 양로원이 있다. 노인복지 분야도 대도시 · 시골도시 할 것 없이 균형 있게 발달되어 있음을 짐작할 수 있다. 독일뿐만 아니라 다른 서유럽 국가들도 마찬가지다. 독일과 프랑스 등 서유럽 국가들은 아주 오래전부터 고령사회로 진입했다. 인구 문제로 골치를 썩는 것은 서유럽 국가들뿐 아니라 북유럽 · 남유럽 역시 마찬가지다.

고령사회*에서 노인 문제는 저출산 문제와 따로 돌지 않는다. 고령화사회를 지나 고령사회로 진입하더라도 인구를 지탱하는 평균 출산율이 유지되면 봉합할 수 있는 문제이기 때문이다. 그래서 서유럽 각국은 출산장려수당을 지급하는 등 출산율을 높이기 위해 여러 가지 정책을 실시하지만 아무래도 뜻대로 되지 않는 눈치다.

유로화가 도입되기 이전, 독일에서는 한때 독일 내 모든 거주자에게 1년간 매달 1,000마르크(당시 65만 원 정도)의 출산장려금을 지급하기도 했다. 1,000마르크는 유학생 가족들의 한 달 생활비에 해당하는 액수라 당시 독일에 거주한 한국 유학생들도 톡톡히 덕을 봤다. 독일 국적을 갖고 있지도 않고, 곧 고국으로 돌아갈 외국인까지도 준準독일인으로 간주했던 것이다. 사회 기본 안전망이 잘 갖춰진 이곳에서도 출산 문제만큼은 쉽지 않은 모양이다. 아기를 낳지 않는 엄마와 부모를 두고 '까마귀엄마Rabenmutter', '까마귀부모Rabeneltern'라고 부른다. 까마귀는 새끼를 키우기 싫어 둥지에서 떨어뜨린다는 데서 유래된 말이다. 어쨌든 독일 정부는 다각도로 저출산 시대를 대비하고 있다. 「이민법」을 완화하고 고급 인력의 유치 및 귀화를 용이하게 하는 법률들이 속속 정비되고 있다.

한편 몇 년 전 스웨덴 기독민주당의 한 여성의원은 "포르노 필름으로 출산율을 높이자"라는 이색적인 주장을 펼치기도 했다. 주말 늦은 밤, 정규 채널로 포르노 필름을 방영해 부부들 간에 사랑의 욕구를

---

* 고령화사회는 총인구 중에 65세 이상의 인구가 차지하는 비율이 7% 이상인 사회이며, 이것이 심화되어 14% 이상이 되면 고령사회로 분류된다. 비율이 21%를 넘으면 초고령사회라고 한다.

한껏 불태워주자는 것이다. 하강하는 출산율을 반전시키는 것이 그만큼 어렵다는 역설적인 의미로 다가온다.

메어스부르크 양로원은 옛 메어스부르크 병원 건물을 개조한 것이다. 연한 미색 건물의 양로원 뜰에는 인생의 황혼에 선 노인들이 탁자에 앉아 조용히 얘기를 나누며 여유롭게 여생을 보내고 있었다. 여생餘生은 말 그대로 남은 인생이라는 뜻. 그러나 자연의 사계절이 제각각 생략할 수 없는 의미를 가지고 있듯 최선을 다한 젊음을 보내고 맞는 황혼이라는 계절도 나름대로 커다란 의미를 지닐 것이다.

그래도 인생의 황혼에서 소리 낮춰 얘기하는 모습이 한편으로는 고독하고 왠지 쓸쓸해 보이기도 한다. 그러나 그것도 잠시, 우리에게는 쓸쓸해 보인다고 말하는 것조차 사치일 수 있다는 생각이 스쳐갔다. 우리 사회에 엄연히 존재하고 있는, 절대적 빈곤층에 속한 수많은 노인들의 모습이 떠올랐기 때문이다.

독일을 비롯해 프랑스·스위스·오스트리아 등 서유럽 국가들의 포괄적 양로 시설 개념인 노인 거주 시설은 여러 가지 형태로 구분된다. 자립 가능한 노인을 대상으로 하는 시설, 건강하지만 자립 불가능한 노인에게 생활 주거를 제공하는 곳, 만성질환 등으로 신체의 종합적인 보살핌을 필요로 하는 노인을 상대로 하는 양로 병원 등이 그것이다. 영리기관도 있고 비영리기관도 있다. 노인들은 자신의 경제력에 따라 시설을 택하게 된다. 연금 수입이 적거나 기타 경제력이 부족한 노인들도 주정부 등으로부터 지원을 받을 수 있기 때문에 최소한 인간다운 노년을 보내는 데는 부족함이 없다.

누구에게나 노년은 찾아오는 법, 별다른 걱정 없이 여생을 마무리하는 것만큼 소중한 것도 없을 것이다. 노인 복지의 수준 역시 일반적인 생계나 교육 · 의료 복지와 마찬가지로 사회적 합의에서 출발한다. 누구나 노년을 맞게 되지만, 서유럽인들의 이러한 사회적 합의의 바탕을 경제적인 여유에서만 찾기는 어렵다. 이곳에서도 엄연히 시장경제가 작동하고 세대 간의 엇갈린 이해가 존재하기 때문에 그것만으로는 충분한 설명이 되지 않는다.

어쨌든 작은 마을 메어스부르크에 있는 많은 시설을 보면 대도시에서나 시골에서나 균형적인 삶을 추구할 수 있다는 것을 알 수 있다. 교육도 물론 예외일 수 없다. 대도시와 메어스부르크 같은 시골마을 사이에 우리가 생각하는 학력 격차는 없다.

08

독일인들의 가슴에 묻힌 시인 안네테

호수처럼 출렁이며 다가오는 역사의 향기

이처럼 시골 마을 같은 작은 도시 메어스부르크에 메어스부르크 성이 있다. 독일에서 가장 오래된 성으로 기록되어 있으며, 여느 성과 마찬가지로 적의 공격을 효과적으로 방어할 수 있도록 높은 언덕지대에 위치해 있다.

예쁜 와인 집, 맥줏집, 그리고 작은 음식점들이 마주보고 있는 좁은 골목길 언덕을 오르자 고성의 몸체가 서서히 모습을 드러내기 시작했다. 작은 숲에 쌓여 높이 솟은 성의 꼭대기엔 깃발이 난공불락의 철옹성을 과시하는 표상처럼 펄럭이고 있었다. 성은 그렇게 나를 맞아주었다.

메어스부르크 성은 7세기에 지어진 고성古城과 1712년에 축조된 신성新城이 함께 서 있어서 수백 년에서 천 년의 숨결을 동시에 만날 수 있는 곳이다. 수백 년, 수천 년의 풍상 속에서 치열했던 수많은 반란과 혁명, 전란의 역사를 생생히 지켜봐온 증인이 그렇게 모습을

작은 숲으로 둘러싸인 메어스부르크 고성. 사시사철 변하는 자연과 숲의 모습에 따라 고성도 사계절 다른 모습을 드러낸다.

드러내고 있었다. 하지만 성은 언제나 침묵을 지켰다. 그저 오늘의 어제가 쌓여 과거가 되고 오늘의 내일이 쌓이면 미래가 될 것이라는 진리만을 전할 뿐이다.

그러나 지나간 역사의 한 부분을 날카롭게 베어내면 가끔은 예전엔 몰랐던 역사의 향기가 호수처럼 출렁이며 새롭게 다가오기도 한다. 성을 둘러보면서 한 몸이 되어 호흡하면 성은 서서히 살아 꿈틀거리는 열린 공간이 되어 생명을 얻는다. 기록되지 않고 묻혀버린 아득한 옛날이야기는 물론 오늘과 내일의 이야기까지 들려준다. 성은 중세 봉건사회와 15~16세기의 절대왕정, 17~18세기의 절대군주, 20세기 중반부터 시작된 현대 복지국가의 터를 닦은 근대국가의 역사까지 한 몸에 안고 있다.

언덕길가의 작은 계곡에는 변함없이 맑은 물이 흐르고 있었다. 성에 들어서기 전, 계곡물을 보며 안네테Annette von Droste-Hülshoff*를 생각해 본다. 메어스부르크 성에는 늦가을 달밤, 계곡 물을 힘차게 거슬러 오르는 힘찬 물고기처럼 역류의 삶을 살았던 그녀의 침실과 서재가 그대로 보존되어 있다. 안네테의 역류는 계곡의 물과 주위의 달밤을 힘차게 소생시킨 시대적 저항이자 개성이었다. 그녀는 문학을 통해 균형적이고 초월적인 자연의 작용을 형상화하는 데 성공한 시인이다.

안네테의 영혼을 만나기 위해 수시로 메어스부르크 성을 찾는 사람들도 많다. 베스트팔렌 주 뮌스터Münster 근교인 휠스호프의 귀족으로 태어난 안네테는 거친 세파로부터 멀리 떨어져 은둔자 생활을 하면서도 내면적으로 치열하게 시류를 거부하며 반항하는 삶을 살아갔다. 휠스호프에서 태어났지만, 한동안은 역시 뮌스터 근교인 뤼슈하우스Rüschhaus에서 살다가 마지막으로 이곳 메어스부르크 성에서 평생 독신으로 일생을 마쳤다.

열정과 고독의 시인

로마 가톨릭 신앙의 규수였던 안네테는 초기에 쓴 희곡 <베르타>

* 19세기 독일 최고의 여류 시인이자 사실주의 문학가. 대표작으로는 시집 『영적인 세월(Das geistliche Jahr)』, 소설 『유태인 너도밤나무(Die Judenbuche)』 등이 있다.

메어스부르크 성에 보존되어 있는 안네테의 침실. 키가 작았던 안네테의 침대가 아담하다.

에서 당시의 상식과는 너무나 다른 일탈적인 여성상을 그려냈다. 지적 능력을 남성의 전유물로만 여겼던 당시 세태에 반항하여 여성 주인공에게 지적 능력을 부여하고 남성을 깎아내리는 데 주저하지 않았다. 여성에게 강압적으로 부과된 사회적 역할에 정면으로 반기를 드는 일은 당시로서는 상상하기 어려운 것이었다.

그리고 안네테는 귀족으로서의 자신의 삶이 소외된 빈곤층의 존재와 불가분의 관계에 있다는 인식을 강하게 드러낸다. 그녀는 서사시를 통해 하층민의 고통을 치밀하게 감지하면서도 다가오는 세기에 대한 현대인의 불안 심리를 끊임없이 고민하였다.

안네테의 역류에는 가슴을 쓸어안고 아파해야 할 섬세함과 따뜻함, 그리고 애틋함이 있다. 사랑도 그렇다. 평생을 독신으로 살았지만, 죽을 때까지 사랑했던 연인은 바로 친구의 아들인 레빈 쉬킹Levin Schücking이었다. 그녀는 메어스부르크 성에서 생활하면서 연인인 쉬킹과 함께 있으려고 발버둥 친다. 쉬킹이 성의 도서관 업무를 관장할 수 있도록 온갖 노력을 기울인 끝에 뜻을 이룬 것이 1841년. 40대 중반의 안네테와 20대 후반의 쉬킹은 눈 내리는 겨울의 호숫가를 산책하며 뜨거운 정열을 불태운다. 쉬킹은 아름다운 보덴 호수에서 안네테에게 깊고 그윽한 향기가 나는 서정시가 탄생될 것이라는 희망으로 그녀에게 사랑과 격려를 아끼지 않는다. 실제 그 이후로 안네테는 사회 · 역사 · 종교적 서사시를 접어두고 서정시를 주로 쓰기 시작했다고 한다. 사랑의 힘이 그처럼 무섭고 위대한 모양이다.

하지만 황홀하고 달콤했던 시간은 고작 반년에 불과했다. 쉬킹은 개인 사정에 의해 다시 메어스부르크를 떠나게 된다. 그가 떠난 후 평소 병약했던 안네테의 건강은 급속히 악화되고 죽음을 예감케 하는 무서운 고독함과 외로움과 싸우게 된다. 3년 후인 1843년 쉬킹이 아내와 함께 메어스부르크를 방문했을 때, 안네테는 장차 출간될 시집을 이들 부부에게 넘겨준다. 그 시집에 실린 「잘 가시오, 잘사시오 Lebt wohl!」라는 시는 쉬킹과 쌓았던 모든 것들을 청산하며 다시는 건널 수 없을 것만 같은 마음의 다리를 무너뜨리고 있다. 'Lebt wohl'이란 표현은 독일어의 접속법 표현으로 여기서는 막연한 기원을 말하는 것이 아니라 진심으로 자기의 마음과 애타는 염원을 전달하는 기법이다. 쉬킹을 떠나보낸 안네테는 1848년 5월 메어스부르크 성에서 영원히 잠들게 된다.

쉬킹을 떠나보낸 안네테의 깊은 적막과 외로움은 그녀의 시에도 처절하게 녹아 있다.

저녁에 나는

보덴 호수 너머를 바라본다.

……

멀리서 연기가 길게 피어오른다.

섬 너머로 자욱하게

……

기다리던 레빈은 오지 않고

—「나의 인도는 뤼슈하우스에 있었다 Mein Indien liegt in Rüschhaus」

귀족이면서도 하층민의 고통을 깊이 고민하면서 치열한 역류의 삶을 살았던 안네테는 고독하게 생을 마감했다. 지금은 유로화의 등장으로 사라졌지만, 2002년까지만 해도 그녀는 20마르크짜리 독일 지폐 위에서, 독일인들의 삶 속에서 살아 숨 쉬고 있었다. 독일연방은행이 안네테의 초상화를 선택한 것은 단지 그녀가 위대한 시인이었기 때문만은 아닐 것이다. 아팠던 그녀의 사랑을, 그리고 신분을 떠나 함께 더불어 살아가자는 고뇌를 끊임없이 이어갔던 휴머니스트의 정신을 기억하자는 의미가 아니었을까.

09

농기구에 깃든 농민항쟁의 역사

감옥에서의 마지막 절규

나무로 만든 짧은 다리를 지나 성문을 들어선다. 다리를 지나지 않고서는 성으로 들어갈 수 없는 구조다. 다리가 없다면 성은 현실세계로부터 고립되는 것이다. 역사와 현실을 이어주는 가교이자 일상과는 전혀 다른 시공간을 이어주는 다리라고 할 수 있다. 15m 정도의 짧은 다리였지만, 다리 밑은 아찔할 정도로 깊이 파여 있었다. 관광객들은 다리 밑을 훔쳐보며 흠칫흠칫 놀라면서 건넌다.

성 안에 들어서니 옛 물건과 성벽에서 우러나는 특유의 냄새가 물씬 풍겨왔다. 오랜 세월과 역사를 품고 있는 물건에서는 깊고 은은한 원시의 냄새가 난다. 포도주를 만들고 사냥에서 잡아온 고기로 파티를 열었던 귀족, 영주들의 웅장한 연회장의 생생한 유물과 흔적, 갖가지 갑옷과 대검과 창, 성을 침범한 외부의 적을 겨누었던 화포, 영지 탈환을 위한 전투에서 가문을 표시하며 펄럭였던 화려한 문장紋章, 15

메어스부르크 성에 보관되어 있는 옛 농노들의 농기구. 이것으로 많은 것을 창조했지만 자신들의 몫을 소유할 수는 없었다.

세기 용병들이 들고 싸우던 무기……. 이것들은 모든 파괴의 몸짓을 거둔 채 조용히 누워 있었다. 유물에서 풍겨나는 묘한 냄새들이 나를 당시의 격렬했던 시간 속으로 단숨에 빨아들였다.

용병의 나라로 유명한 스위스이지만, 15~16세기에는 독일 출신 용병이 더 많았다. 자신의 영주나 군주를 위해 싸워야 했던 용병들은 같은 민족끼리, 같은 지역 출신끼리 심장을 겨눠야 했던 경우도 많았다. 당시에 "아침엔 홍안Rot, 저녁엔 해골Tod"이라는 유행어가 있었다고 한다. 그만큼 한 치 앞을 내다볼 수 없는 삶이었으리라.

옆에는 삽, 괭이, 긴 낫 등 농노들이 사용했던 농기구들이 전시되어 있었다. 푸른 녹이 군데군데 배어 있다. 푸른 녹은 농민과 농노들의 피와 땀과 원성 그 자체로 다가온다. 농노들의 원성은 오랜 역사 속에서도 사라지지 않고 푸른 녹을 만들어내고 있었던 것이다.

불만을 품은 내부의 적이나 노동을 거부하는 농노를 다스리기 위한 감옥은 수십 미터의 깊이로 아득히 파여 있어 보기만 해도 아찔할 정도다. 주린 배를 움켜쥐며 캄캄한 감옥의 벽을 향해 내뱉었을 마지막 절규들이 떠오른다. 중세의 어느 수감자는 죽어가면서 손톱을 찢으며 "사랑하는 예수여Ich liebe Jesus!!"라고 썼다는 기록도 있고, 1527년의 한 수감자 역시 손톱으로 "나에게 자유를 달라Gib mir Freiheit"라고 썼다고 한다. 손톱이 아니라 영혼의 고통으로 쓴 것이 아닐까?

문서 기록이 역사의 전부는 아닌 법이다. 기록되지 않은 시퍼런 원성과 절규의 아비규환이 그날따라 감옥에서 회오리바람처럼 솟구쳐 올랐다. 영주의 부와 권력을 두고 벌어지는 측근들 사이의 치열한 내부 투쟁이 상상되었다. 영주의 손동작 하나에 생사가 결정되는 그들의 파리 목숨. 공포의 구덩이에는 수많은 아우성과 원성이 그렇게 맴돌고 있었다.

느끼는 역사의 무서움

법은 왕과 귀족, 영주를 위한 것이었지 농노를 위한 것은 아니었다. 영주가 직영지를 갖고 부역농노제를 기반으로 했던 8~9세기의 초기 장원제도에서는 더 말할 필요가 없었을 것이다. 영주와 기사는 왕으로부터 영지에 대한 질서를 유지하고 법률을 관장하는 권한을 부여받았기 때문이다. 성 내부의 투쟁만 있었던 것이 아니었다. 탐욕과 부가 균형을 이룰 때까지 성끼리의 투쟁도 끊임없이 이어졌다. 유럽 전역의 대부분 성들이 그러하듯 메어스부르크 성도 외부의 침입을 효과적으로 방어하기 위해 보덴 호수 바로 옆 언덕 꼭대기에 버티고 있다. 성과 성 사이에 빈부의 격차가 확연해 지거나 힘의 균형이 틀어지면 바로 무차별 공격과 사생결단의 방어로 이어졌다.

꼬리를 물고 이어지는 먹고 먹히는 약육강식이 성과 성 사이에서만 일어났던 것은 아니다. 집단과 집단 사이에도 그러한 피와 투쟁의 역사가 있다. 농노와 민초에게 뿌려진 원한의 씨앗은 분노를 빨아들이며 잠복하다가 훗날 농민반란으로 타오르게 된다. 봉건 시대 초기 자연경제하에서는 영주와 귀족층의 농민 지배와 착취가 비교적 쉬워서 별다른 문제가 없었다. 하지만 차츰 교환경제(상품 및 화폐경제)가 전개되자 일부 농민들의 상대적인 자립이 이뤄지고, 이에 비례해 영주와 귀족층이 궁핍해지면서 억압과 착취의 강도가 더욱 높아지게 된다. 여기서 농민의 역사적 반격이 시작된다.

농민인 민중이 유럽 전역에서 조직적으로 반란을 일으키기 시작한 것은 14~15세기였다. 영주 · 귀족과 농민 민중 사이의 계급 대립이 첨예화되면서 삶의 질과 공존을 열망하는 조직적인 시민의식이 최초로 발아하기 시작한 것이다. 벨기에의 플랑드르Flandre, 프랑스의 보베Beauvais, 영국의 앵글리아Anglia 등에서 농민반란이 크게 일어났다.

독일에서는 1524~1525년 남부의 슈바르츠발트 지역에서 불붙기 시작한 농민반란이 전역으로 확산돼 독일 전체를 흔들었다. 반란이기보다는 운동이며 봉기이자 항쟁이었다. 원인은 복합적이었고 요구 사항도 지역에 따라 달랐지만, 대부분은 경제적인 요구와 인권의 보장이었다. 아득한 농노 시절에는 감히 상상도 할 수 없었던 일이다. 지방 영주들이 과다한 공납과 부역을 부과하고, 법률을 남용하며, 농민의 공유지 이용을 제한한 데 대한 불만이 일시에 터진 것이다.

당시 루터Martin Luther의 개혁 정신도 농민항쟁에 불을 댕겼다. 성직과 속직의 구분을 부정하고, “하나님은 가톨릭교회의 교황이나 밭을 일구는 농민을 모두 같은 사람으로 보고 있다”라는 그의 발언은 그야말로 무시무시한 폭탄선언이었다. 마른하늘에 터진 천둥 같은 루터의 설파는 농심을 강타한 기폭제였던 것이다.

하층 농민과 일반 농민, 도시의 하층민까지 무려 300만 명이 가담해 세속 영주와 교회 영주를 처참하게 짓밟아버린다. 그러나 운동이 지나치게 과격해지고 루터가 주춤하는 사이 구심점 없는 농민들은 영주들에 의해 다시 무참하게 진압되었고, 종교개혁도 서서히 수그러들었다. 그러나 유럽의 역사에서 이 농민운동은 민중이 주도한 사회 변혁 운동의 효시로 평가되고 있다.

고성에 놓인 농기구들은 이 같은 분노의 역사를 그대로 간직하고 있었다. 그러나 분노의 역사가 그 시대에만 존재했던 것은 아닐 것이다. 역사에는 시작도 끝도 없다. 분노의 역사는 시대를 넘어 형상과 정도를 달리할지언정, 언제나 인간 사회의 깊은 곳에 살아 꿈틀거리며 분출구를 찾아가게 마련이다. 마치 깊은 지하의 뜨거운 마그마처럼 억눌려 있다가 언젠가는 분출구를 찾아 무섭게 솟아올라 주위를 녹이며 지형을 바꾸어버린다. 분노의 역사를 알기는 쉬운 일이지만, 역사를 느낀다는 것은 이처럼 무서운 것이다.

10

호수 위에서 여유를 즐기는 시민들

중세였다면 농노나 평민이었을 사람들

성의 주변은 밀집된 촌락으로 이루어지는 것이 일반적이다. 메어스부르크의 경우도 보덴 호수의 언덕 고지대에 위치한 성 아래는 밀집 촌락이었을 것이다.

잠시 성내를 빠져나와 보덴 호수를 바라본다. 쪽박으로 한 모금 목을 적시고 싶을 정도로 청명하다. 동쪽으로는 오스트리아, 바로 맞은 건너편에는 스위스가 보인다. 보트를 타고 호수를 떠도는 사람들의 모습이 한가롭다. 초여름의 날씨에도 윈드서핑을 즐기는 젊은이들이 섞여 나비처럼 희고 푸른 삼각형의 날개가 바람과 물결을 헤치고 있다. 쪽빛 화폭에 담은 그림처럼 아름다운 풍경이다. 성의 참담했던 과거의 역사는 아랑곳없이 호수 위에서 여유를 즐기는 그들, 지금의 보통 시민들이다.

그들의 선조들 대부분이 그랬듯이 저들도 중세에 태어나 포악한 영주를 만났다면 노동력을 착취당하고 생산물을 수탈당했던 농노나 평민이었을 것이다. 우리가 흔히 듣는 독일 이름에서 그 흔적을 찾아볼 수 있다. 방앗간지기를 뜻하는 뮐러Müller, 푸줏간지기를 의미하는 메츠거Metzger를 비롯하여 그릇이나 항아리를 굽는 사람인 베켄바우어Beckenbauer, 빵 굽는 사람인 베커Becker, 신발 만드는 사람 슈마허Schumacher, 대장장이 슈미트Schmidt 등이 그 예이다. 세계적인 테니스 선수 베커Boris Becker나 독일월드컵 조직위원장 베켄바우어Franz Beckenbauer, 자동차 경주 포뮬러원Formula 1의 슈퍼스타 미하엘 슈마허Michael Schumacher나 전 총리 슈미트Helmut Schmidt 등도 당시엔 모두 농노나 평민이었을 것이다.

그들 모두 교회에 내는 십일조와 왕에게 바치는 혈세에 시달리고 장원재판소에서 이뤄지는 영주의 판결에 무조건 복종해야 했을 것이다. 영주나 귀족이 소유한 생산수단인 물레방아, 푸줏간, 제분소, 가마 등에서 혹사당하며 마른 빵을 곱씹었을 것이며, 영주의 허락 없이는 꼼짝할 수 없는 영어囹圄의 몸으로 일생을 마친 사람도 있었을 것이다.

영주는 자신의 지배권 강화를 위해 왕과 결탁했다. 법과 질서, 특히 소유권과 재산권의 인정은 소수의 지배층을 위한 것이었다. 창과 칼은 외부와 싸우지 않을 때는 농민과 노동자를 효과적으로 억압하는 도구로 사용되었다.

하기야 오늘날 현대사회에서도 법과 경찰력은 아무것도 가진 것 없는 사람보다는 많은 것을 소유한 사람에게 훨씬 긴요한 게 사실이다. 법과 경찰력만 그러겠는가? 국가기관이나 공공시설도 라면 한 그릇으로 끼니를 때우고 골방에 웅크리고 지내는 사람보다는 '가진 사람들'이 더 많이 활용하지 않을까? 그러고 보면 많이 벌어서 세금 많이 내는 것이 그렇게 억울한 일만은 아닐 것이다.

영원하지 않은 영주의 금고

중세의 봉건 영주나 군주들은 금과 은을 가득 쌓아놓은 대형 금고를 가지고 있었다. 그것은 전쟁 대비를 위한 것이기도 했고 개인의 사치와 향락을 위한 것이기도 했다.

노동의 강도는 시계의 발명과 영주나 귀족 등 생산수단을 소유한 자의 탐욕의 크기에 비례해 강해졌다. 유럽의 자본주의 경제와 사회주의, 그리고 장인정신의 본격적인 싹은 여기서부터 시작된다. 본격적인 자본주의가 태동한 것은 영국에서 산업혁명이 시작되면서부터지만, 거슬러 가면 로마의 경제 제도나 노예에 의해서 경작된 거대한 토지소유권과 노예의 소유에서 그 기원을 찾을 수 있다. 당시 사유재산을 인정하는 소유권은 거창한 것이 아니었다. 지배층의 편의적 입법에서 소유권이 출발했을 뿐이다.

훨씬 역사를 거슬러 올라가면 집단 구성원이 일상에 필요한 대부분의 자원을 공유했던 원시적인 공산주의 형태의 사회도 분명히 있었다. 개인적인 이기심과 집단을 위하는 공동의식, 개인의 이기심과 자유는 집단 내에서 보호받으며 확장될 수 있었기 때문에 시장과 광장은 아득한 원시사회부터 있어온 인간사회의 자연적인 유산이라 할 수 있다. 물론 더욱더 세월을 거슬러 간 아득한 과거에는 생산수준이 낮아 잉여생산이 없었고 사유 개념이 없었으므로 노예제도는 없었을 것이다.

제분소는 제분소대로, 물레방앗간은 물레방앗간대로 협업과 분업이 이뤄지기 시작했다. 제분소에서 곡물을 퍼 넣는 사람은 숙달된 동작으로 주어진 시간에 최대의 곡물을 넣어야 했고, 물레방앗간에서는 마모되는 나뭇조각만을 깎아주는 사람도 등장하기 시작한다. 봉건경제의 이러한 과정은 뒷날 산업혁명과 자본주의의 씨앗이 된다.

영리한 생산수단 소유자는 노동자들의 근육을 키워주기 위해 식량을 넉넉히 지급했으며, 노동자에 딸린 자식의 몫까지 챙겨주었다. 머지않아 자식의 노동까지 제공받을 수 있을 것이란 계산 때문이다. 오늘날의 포괄임금제를 연상시키는 대목이다. 노동자는 근육을 키우고 더욱더 열심히 일했다. 쇠잔한 노동자는 자연 도태됐지만, 일부 노동자는 일정 기간 연명할 수 있는 곡물을 포상으로 지급받기도 했다. 소유자들은 이처럼 노동자의 사기를 진작시키는 한편, 다른 한편으로는 노동자끼리의 경쟁을 유발해 갔다. 덕분에 시간이 흐를수록 생산물의 종류도 다양해졌고 부의 축적도 가속화되기 시작한다.

여기서 오늘날 자본가라고 불리는 부르주아bourgeois가 탄생한다. 부르주아는 당시 국왕, 성직자, 영주, 귀족 등 권력층과 농노와 농민, 평민 등 하층 사이의 징검다리가 되는 중간계층을 의미한다. 원래 평민 계층이었다가 조금씩 부를 축적하여 생산수단을 소유하게 된

결과 일정한 권리를 가지는 계층인 것이다. 오늘날 부르주아의 권리는 시민이라는 인권적 차원의 권리로 해석되지만, 당시에는 권력층과 하층민의 중간에서 취할 수 있는 이기적 권리, 그 이상도 그 이하도 아니었다. 어쨌든 이러한 과정을 통해 부르주아라는 새로운 계층이 탄생하게 되었다. 왕정과 봉건 세력에 협조하여 이익을 챙기는 부르주아지도 많았다.

그러나 봉건 영주의 금고는 영원하지 않았다. 11세기 초에 십자군 전쟁이 일어났다. 성지 탈환이라는 명목 아래 권력과 탐욕이 얽혀 시작된 이 전쟁은 성지순례를 방해하는 투르크족을 물리치기 위한 것이었다. 200년 동안이나 계속된 이 전쟁은 비잔틴 황제가 서유럽의 로마 황제에게 도움을 요청하면서 실패로 돌아가게 된다. 이 전쟁을 기점으로 황제의 권위는 무너지기 시작했고 전쟁을 지원한 영주와 귀족, 기사 계급도 지쳐갔다. 게다가 신의 분노로 불리는 흑사병이 유럽을 쑥대밭으로 만들고, 일부 농노들이 도시로 탈출하면서 장원이 무너지기 시작하자 봉건사회는 서서히 몰락의 길을 걷게 된다.

11

자본주의와 공산주의를 탄생시킨 유럽

민중을 두 번 울린 부르주아지

시대가 조금씩 달라지기 시작한다. 봉건 영주가 몰락하고 군대가 해산되면서 생겨난 많은 유랑민들이 도시로 쏟아져 들어온다. 무토지 농민들과 농노들도 생존을 위해 도심으로 몰려들었다.

유랑민은 곧 빈곤층이다. 거슬러 올라가면 유럽에서는 빈곤이 꼭 부끄러운 것만은 아니었다. 사제처럼 도를 닦으며 떳떳이 가난하게 살아가는 베드로 유형도 있고, 원래 가난할 수밖에 없다는 정직한 나자로 유형도 있었다. 하지만 이러한 성인들의 빈곤상은 이 시기에 이르러 '부랑민'의 이미지로 대체되었고, 유랑민은 사회계층화된다. 당국에서 이들 유랑자 문제에 대한 해결책을 논의하지만 쉽게 합의를 이루지 못한다. 일부 부르주아지는 이 기회를 재빨리 이용하여 공동선을 명분으로 요양소를 건립하고 몇 조각의 빵으로 값싸게 노동력을 이용하면서 부를 축적했다.

요양소에서의 생활이 넉넉할 리 만무했다. 그나마 요양소에라도 있는 것이 감지덕지였다. 유랑민은 대부분 도심의 공장지대를 향해 구름 떼처럼 몰려다니며 생존을 부지했다. 이러한 농노, 농민, 평민들 중 일부가 도시 근로자로 신분이 바뀌어 요행히 부를 축적하는 경우도 있었지만, 대부분은 살아가기 위해 몸뚱이로 노동을 파는 길밖에 없는 사람들이었다. 이들은 훗날 독일의 유명한 사회과학자 마르크스 Karl Marx에 의해 무산계급자요 노동계급자인 프롤레타리아트Proletariat로 불리게 된다. 마르크스의 눈에 비친 프롤레타리아트는 몇 조각의 빵을 얻기 위해 생산수단의 소유자인 부르주아지에게 노동을 착취당하는 억울하고 가련한 존재였다.

많은 농민과 근로자들은 국왕과 영주, 부르주아 공장주들에게 삼중으로 시달리고 있었다. 15~16세기 절대왕정 시기에는 십자군전쟁의 실패와 화폐경제 등의 요인으로 교황과 영주들의 쇠락을 틈타 다시 왕권이 강화되기 시작했다. 왕들은 과도하게 화폐를 만들어 남발했다. 가치가 떨어진 화폐로 영주들에게 빌린 돈을 갚자, 영주들의 경제력은 떨어지기 시작했다. 절대왕권에 의한 인권 유린과 과도한 납세로 인한 노동의 수탈은 또 다시 반복된다. 그러나 이 시기의 절대왕정도 결국 해체되어 가는 농노제에서 농노들의 잉여를 수탈하기 위한 봉건국가의 최종 형태에 불과했다. 국왕을 중심으로 민중의 잉여를 전국적인 차원에서 수탈했기 때문이다. 17~18세기에 와서야 프랑스 정부 형태인 절대군주제를 유럽의 제후와 제왕들이 받아들여 미약하나마 현대국가의 틀이 만들어지기 시작한다. 독일 북부의 가장 강력한 나라 프로이센이 등장한 것도 바로 이때이다.

부르주아지도 최고 지배층으로부터 자유로울 수는 없었다. 축적된 부가 절대왕권의 과도한 조세로 빠져나가자 서서히 불만이 쌓이기 시작한다. 봉건 영주나 귀족들의 잔재 또한 부르주아지의 목을 죄기는 마찬가지였다. 이 시기에는 시민의 개념이 성립되기 시작했으나 여전히 군주들은 시민(부르주아지뿐만 아니라 평민이나 노동자)의 자유와 권리를 억압한다.

이것이 곧 시민혁명의 불씨가 된다. 생활에 별다른 불편이 없었던 부르주아지는 18세기 절대왕정이나 봉건 세력에 맞서기 위해 살롱에서 귀족과 함께 담론을 즐기며 논리를 개발하게 된다. 담론과 풍자, 익살 등의 살롱 문화는 지금도 유럽의 선술집이나 카니발 등에 그대로 이어져 오고 있다. 민중들과 부르주아지는 절대왕권과 봉건 잔재를 일소하여 새로운 사회체제를 세우자며 자유·평등·박애를 앞세워 드디어 프랑스대혁명을 일으키게 된다. 민중과 부르주아지가 손을 잡은 것이다.

하지만 영원하지만 완전무결하지도 않은 것이 역사다. 혁명을 통해 왕족과 귀족의 독점 정치를 타파하고 정치 참여의 기회를 확대함으로써 시민사회를 만들어보려고 혁명의 피를 흘렸던 민중들은 실망에 빠지게 된다. 함께 혁명을 일으켰던 부르주아지 중 많은 이들이 기회를 보아 왕실에 재정을 지원하는 등의 행위를 통해 이익을 챙겼기 때문이다. 이 점에서 혁명의 참가한 민중들은 혁명의 수혜자인 동시에 희생자라는 평가를 받는다.

축복 뒤에 서려 있는 라플레시아적인 착복

18세기를 지나 19세기에 들어서도 유럽의 농민과 노동자, 도시 하층민들의 신음은 끝나지 않는다. 영국에선 모직물 공업의 발전으로 양털의 수요가 증가하자 농토에서 농민을 몰아내고 양을 풀어놓았다. 지주와 생산수단 소유자는 자신들의 경제적 이익을 위해 농민의 삶터를 빼앗았으며, 농민들은 양 떼처럼 도시의 공업지대로 다시 내몰리기 시작한다. 그러나 도심의 공업지에서 그들을 기다리고 있는 것은 끝없는 가난과 힘겨운 노동의 반복, 그리고 지독한 부의 불평등뿐이었다.

이것이 바로 인클로저 운동Enclosure Movement의 배경과 결과이다. 점잖은 사람들은 인클로저 운동을 토지 경영의 현대화 운동이라고 표현하지만, 이는 토지의 사유화와 소유권을 점령하려는 부르주아지들을 위한 운동이기도 했다. 토지 경영의 현대화는 부르주아지들에게는 축복이었지만 민중들에게는 착복을 의미했다. 라플레시아*적인 저 유명한 '지대의 착복'이라는 논쟁은 여기서 시작된다.

지대는 현대 경제학에서도 끊임없는 논란의 대상이다. 인클로저 운동은 중세 때부터 19세기에 걸쳐 유럽 전역에서 일어났으나, 특히 대

* 라플레시아는 세상에서 가장 거대한 꽃을 피우는 식물로서, 수정을 위해 썩은 향기로 곤충을 유혹하며 짙은 화장을 한 것같이 화려한 꽃을 피운다. 뿌리도 잎도 없이 남의 줄기에 붙어 자양분과 피를 빨아먹는 기생식물이다.

표적인 것은 15~16세기와 18~19세기의 두 차례 영국에서 모직공업 발달로 인해 시작된 것이라 할 수 있다.

"양이 인간을 잡아먹는다." 토머스 모어Thomas More가 『유토피아Utopia』에서 한 말이다. 지주들의 이익 극대화라는 자본 축적의 축복 뒤에는 도시의 빈민가와 열악한 공장으로 처참히 던져지는 농민들의 저주가 있었다. 축복과 저주를 품고 있는 토지는 더 이상 풍요로운 자연이 아니다. 토지로 인한 축복과 저주는 도시에서도 계속됐다. 인구 증가와 산업발전에 따라 어부지리 식으로 지대가 치솟았기 때문에 열악한 도시 근로자의 실질임금은 오히려 줄어들어갔다. 임금이 쪼그라드는 만큼 지대는 기름지게 살이 올랐다. 지대는 노동자의 임금만 갉아먹는 게 아니었다. 생산에 기여한 건전한 자본도 차곡차곡 빨아들였다. 제도권 경제학에서는 토지가 고전적인 생산요소의 하나로 간주되지만, 앙상한 노동자들의 눈에 비친 토지의 지대는 라플레시아적인 수탈일 뿐이었다.

이러한 현실은 자본은 노동자의 붉은 피이며, 축적은 노동을 통해서만 이루어진다고 주장하여 지배 계급과 부르주아지를 공포로 몰아간 독일 마르크스 공산주의 혁명가를 출현시키는 계기가 된다. 자본주의가 탄생한 유럽에서 바로 그 자본주의에 항거하는 마르크스주의가 태동한 것이다. 마르크스의 사상은 엥겔스와 레닌 등에 의해 발전 · 계승되어 부르주아지, 자본주의를 전복하려는 프롤레타리아의 극단적인 혁명으로 이어진다. 1917년 레닌이 주도한 러시아혁명, 동유럽과 중국 · 쿠바 · 베트남으로 확산된 프롤레타리아 혁명 등이 그 예이다.

그러나 1991년 소련이 붕괴함으로써 공산주의의 실험은 역사 속으로 가라앉게 된다. 정확히 얘기하면 함부로 공산주의라는 거창한 이름을 빌려 오히려 민중을 빈곤과 핍박으로 몰아간 잘못된 정치 실험이 막을 내렸다고 할 수 있을 것이다. 마르크스는 자본주의가 그 자체의 모순으로 멸망한다고 예언했지만, 아직까지 예언은 빗나가고 있다. 하지만 마르크스의 이념이 여러 방식으로 순화되고 정제되어 유럽뿐만 아니라 전 세계의 모든 나라에 커다란 영향을 끼치고 있음은 부인할 수 없는 사실이다.

보덴 호수에서 평화롭게 윈드서핑을 즐기는 그들. 20세기 중반 현대 복지국가를 만들고 오늘날 모든 국민이 주권을 가지는 국민주권주의의 선진 사회를 실현한 그들의 역사는 투쟁과 피의 역사이다. 여기서도 세상에 공짜는 없다는 진리를 확인하게 된다. 그래도 오늘날 서유럽 각국이 사회 구성원 모두가 사람답게 살아가는 선진국을 만들고 있는 현실과 그것이 어떻게 가능한지에 대한 구체적인 이유에 대한 의문은 여전히 남아 있다.

12

노동과 자본의 소유권 다툼

복잡하게 얽혀가는 소유 관계

메어스부르크 성에 전시된 농기구들을 보면서 노동에 대해 생각해 본다. 인간이 동물과 다른 점 중 하나는 노동을 한다는 사실이다. 그만큼 인간과 노동은 떼어놓을 수 없는 것이다. 그러나 따지고 보면 노동이란 얼마나 복잡한 것인가? 해외 자본시장을 향한 단말기 위의 손놀림은 고가의 노동이지만, 단순한 컴퓨터 게임을 위한 손놀림은 노동이라 말하기 어렵다. 그러나 프로그래머가 어떤 게임을 즐기다가 기발한 상상력을 얻는다면, 그 순간의 손놀림은 노동과 놀이의 복합일 수밖에 없다.

노동은 일반적으로 도구를 수반한다. 그리고 무엇인가를 창조한다. 문제는 그다음이다. 창조한 것에 대한 소유 문제가 복잡하게 얽혀 있기 때문이다. 혼자 일하고 먹고 살아가는 옛 원시경제가 아닌 이상, 이 문제에서 자유로워지기를 기대하는 것은 어려울 것 같다.

17세기 로크John Locke가 '자연이 허용한 상태에서 손과 발, 그리고 자기 육체적 노동이 투입되어 만들어진 것만이 진정한 그의 소유물'이라는 근대적 소유 관념을 철학적으로 합리화한 이래 모든 현대적인 소유 관념의 뿌리는 복잡하게 얽혀 오늘에 이르고 있다.

오늘날에도 모든 소유권이 명쾌하다고 생각하는 사람은 많지 않을 것이다. 정치와 사회, 그리고 각종 제도와 얽힌, 단칼에 벨 수 없는 수많은 소유 관계를 생각해 보면 더욱 그렇다. 이러한 소유에 대해 아메리칸 드림의 종말을 고하고 유러피언 드림을 외친 미국의 미래학자 제러미 리프킨Jeremy Rifkin은 소유가 아닌 접속의 시대가 온다며 '소유의 종말'을 주장했다. 그러나 접속의 시대가 온다고 해서 사유私有 대신 공유共有가 엄청나게 늘어나리라는 기대는 접는 것이 좋다. 소유의 종말이 오는 것이 아니라 소유 관계가 더 복합적으로 얽힐 가능성이 크다.

생명공학의 경우를 보자. 농부들이 종자를 보관하면서 그것을 자기만의 것으로 여기는 시대는 이미 오래전에 지나갔다. 오늘날 생명공학에서 복제동물을 만들어 특허를 취득하면 동일한 유전자를 가진 모든 후손에까지 지적소유권을 행사할 수 있으며 그 동물을 키우는 사람들은 새끼가 태어날 때마다 로열티를 내야 한다. 동물을 키우는 사람은 특허권자에게 접속권을 구입하는 것이며 로열티 형태로 접속료를 내는 것이다. 기술에 대한 로열티는 정당하지만, 신이 창조한 DNA는 특정인의 소유로 전락할 수 없다. 국제적으로 이것이 통용될 때 정당한지 부당한지는 일단 역사의 몫으로 미룰 수밖에 없다. 이처럼 복잡하게 얽혀가는 소유권과 살인적인 경쟁은 부의 양극화를 더욱 심화시켜 나갈 것이다.

잉여가치를 둘러싼 영원한 분쟁

유럽은 노동과 자본 사이, 민중과 권력 사이의 투쟁과 피의 역사가 비교적 심했던 대륙이다. 물론 노동이 유럽의 전유물은 아니지만 노동에 대한 비판과 학설에서 유럽이 주류를 이룬다는 것은 부인하기 어려운 사실이다.

18세기 경제학자 애덤 스미스Adam Smith는 『국부론The Wealth of Nation』에서 "그 나라의 부는 그 사회에서 국민들이 소비하는 모든 생산물의 양이며 그것은 노동의 직접적인 산물이다"라고 갈파함으로써 노동가치론의 시조가 되었다. 리카도David Ricardo와 마르크스의 손을 거쳐 수정 · 변경되며 이어져 간 스미스의 노동가치론은 생산수단의 소유자인 자본가에게는 청천벽력 같은 소리였고 노동자에겐 구원의 함성이었다. 이는 곧 노동운동의 본격적인 촉발점이 된다.

특히 노사를 대립 관계로 보고 노동의 잉여가치를 강조한 마르크스의 주장은 지금까지도 경제학자들 사이에서 연구되고 있다. 쉽게 얘기하면 잉여가치를 오늘날의 부가가치로 생각해도 무리가 없다. 마르크스의 주장을 단순화하자면 노동의 잉여가치가 결국 자본가의 이윤이 된다는 것이라고 요약할 수 있다. 자본과 노동이 결합되어 어떤 상품이 만들어졌을 때, 자본가가 제공하는 자본 비용이나 원료 등은 새로운 가치를 만들어내지 못하고 그대로 가격으로 이전되며, 노동에 의해서만 새로운 잉여가치가 만들어지는데 그것을 대부분 자본가가 가로챈다는 것이다.

좁은 의미에서 마르크스는 자본주의에 새로운 가치를 창조하는 생산적 노동은 임노동賃勞動에 의해서만 이루어진다고 보았다. 임노동에 의해서만 자본가를 위한 자본이 축적되어 간다는 것이다. 물론 눈에 보이는 상품뿐만 아니라 유통 과정에서 발생하는 운수·저장을 비롯하여 사용가치를 지닌 서비스에 투여되는 노동도 생산적이라고 보았지만, 광고·감독·부기 등은 비생산적인 노동으로 간주했다. 그만큼 인간의 원초적인 노동을 중요시한 것이다. 이 같은 노동의 착취는 고대 노예 사회나 초기 봉건 시대에서는 더욱 정도가 심했을 것이다. 중세 농노들의 잉여노동 대부분이 영주나 귀족들에게 수탈됐을 것이라는 상상은 어렵지 않다.

물론 상품이 팔리지 않을 경우에 자본가가 부담해야 할 위험이나 자본에 대한 복잡한 기회비용 등을 감안해야 하는 점은 있다. 또 자본 자체만으로 국경을 누비며 자본이득을 올리는 경우도 많다. 그러나 분명한 점은 노동자의 노동이 시장 메커니즘을 통해 새로운 가치를 창출함으로써 자본가를 위한 자본 축적에도 부분적으로 기여한다는 사실이다. 박봉에다 야근수당 한 푼 없이 밤 새워 작업한 성과물을 독차지하는 자본가들을 마르크스가 보았다면 잉여노동의 착취자라는 딱지에서 절대 자유롭지 못할 것이다.

물론 오늘에 이르러 자본가와 노동자를 몽땅 대립하는 계급으로 고착시키는 것은 무리가 있는 일이다. 노동자도 기업의 주식을 소유할 수 있음은 누구나 아는 사실이다. 그러나 자본주의가 존재하는 한 노사는 대립할 수밖에 없으며, 자본에 대응하기 위한 노동자들의 연대 또한 자연스러운 것이다. 자본주의가 비교적 일찍 시작된 영국에서는 다른 유럽 국가들보다 다소 빠른 1824년, 「노동자단결금지법」의 철폐와 함께 노동조합이 처음으로 등장하였다. 그것이 본격화되어 유럽 전역에 노동조합이 결성되고 조직적인 노동운동이 시작된 계기는 1848년 프랑스 · 독일 · 오스트리아 · 이탈리아 등 유럽 전역으로 퍼진 노동자들의 혁명이었다. 물론 그보다 훨씬 이전에도 노동자들이 주축이 된 상호부조단체 등 노동자의 몫을 위한 산발적인 노동운동이 있어왔다.

오늘날 유럽에서 벌어지는 노조들의 규칙적인 파업은 이처럼 깊은 역사적 뿌리를 갖고 있다. 결국 생산물에 대한 노동과 자본의 소유권 다툼인 것이다. 오늘날은 노동 속에도 수많은 형태의 자본과 노동이 섞여 있고, 자본 속에도 다양한 노동과 자본이 녹아 있는 복잡한 시대이다. 이러한 소유의 다툼은 형태를 달리해도 인간의 역사가 계속되는 한 영원할 것이다.

유럽인들에게 이러한 기원에 바탕을 둔 노사의 대립은 당연한 것으로 받아들여진다. 규칙적인 파업이 경제의 걸림돌이 되고 시민들이 불편을 겪어도 다소 용인되고 있는 것은 이 때문이다. 그러나 파업이 끝나면 금방 머리를 맞댄다. 노사가 불안한 나라치고 선진국인 나라는 없다. 급변하는 세계화 속에서 기업 경쟁력 제고 등을 위해 노사가 더욱 유연해져야 한다는 목소리는 비단 어제 오늘의 일이 아니지만, 타협을 위한 어느 정도의 대립은 불가피하다고 믿는 사람도 많다. 그것은 그들이 살아온 역사와 무관치 않은 것이다.

13

고성이 자극하는 무한한 상상력의 세계

완벽한 하나의 작은 공동체

성의 입구이자 출구를 향해 걸어 나간다. 갖가지 생각들이 머릿속을 스쳐 지나간다. 저 육중한 성문은 누가 여닫았을까. 성내의 감옥에서는 어떤 사람들이 죽어갔을까. 손톱으로 깜깜한 감옥의 벽을 긁으며 마지막 절규를 표현했던 그들은 어떤 사람들일까. 성 안의 우물에서 매일 보덴 호수의 물을 길어 올렸던 여인은 어떤 아낙이었을까. 두레박이 너무도 무거운 걸 보니 가장 힘센 하녀는 아니었을까. 공동부엌에서 우유를 휘저어 치즈를 만들었던 사람은 어떤 아낙이었을까. 중세 기사들의 식당에 걸린 야생동물의 뿔잔에는 어떤 술이 채워졌을까. 마상 시합을 마친 기사들이 성내에서 빚은 와인을 마시며 즐기는 연애 봉사Minne dienst*의 상대는 누구였을까. 밤에 식탁이나 홀의 맨 바닥에서 잠을 자야만 했던 하인들은 무슨 생각을 했을까. 봉토가 없는 기사는 상대적 박탈감 때문에 전투를 자청하며 재물을 모으려고 노력했겠지. 성 내의 대장간에서는 어떤 무기들이 만들어졌을까. 영웅담을 담은 고서를 쓴 수도사는 누구였을까. 영주가 주관하는 만찬에 초대된 사람들은 누구였을까. 성안에 들어와 영주의 몸을 돌보며 귀족 대접을 받으려는 의사들은 얼마의 재물을 바쳤을까. 만찬에 초대된 성직자는 평민들로부터 존경을 받았을까 원망을 받았을까. 하층민의 고뇌를 깊이 꿰뚫어본 귀족 여류시인 안네테의 시중을 든 여인은 누구였을까……. 성은 여느 때와 마찬가지로 무한한 상상력을 자극하고 있었다.

훌륭한 영주 치하의 성은 성내 구성원들의 역할이 정확히 나누어져 균형과 질서를 이룬 가운데 모든 것을 만들어내는 완벽한 하나의 작은 공동체였을 것이다. 증오와 수탈과 투쟁, 그리고 오랜 영욕의 역사와 함께 한 걸음 한 걸음 진화해 온 작은 공동체인 고성은 모든 시간과 역사를 압축하고 있는 결정체 그 자체였다.

들어올 때 지나친 도개교만 건너가면 이제 성의 순례는 끝나고 현실 세계가 펼쳐진다. 깊은 계곡처럼 아찔한 깊이의 아래를 가진 도개교였다. 못내 아쉬워 도개교 밑을 다시 내려다보며 한참을 서 있으려

---

* 중세 유럽에서는 궁정풍이라는 새로운 연애의 개념이 생겨났다. 기사들은 귀부인을 사모하는 감정을 담아 사랑을 속삭였으며, 이들의 노래는 궁정문학의 기원이 되었다. 음유시인의 등장도 여기에 뿌리를 두고 있다.

성 입구로 진입하는 나무 도개교. 유사시에는 도개교를 차단하여 적들의 침입을 막았다.

니 성의 모든 것들이 또 한 번 스쳐간다.

성에서 개폐가 가능한 도개교는 외부의 적을 효과적으로 차단하기 위해 설치된 것이다. 그러나 도개교의 진가는 거기서만 발휘된 것이 아니다. 적의 공격 등 위험이 닥쳐왔을 때 성 밖에 거주하는 평민의 안위를 위해 재빨리 펼쳐졌던 그 순간! 그 순간이 바로 도개교가 또 다른 진가를 발휘하는 순간이었다. 그렇게 평민들을 성으로 피신시킨 뒤 도개교는 닫혔고 성은 난공불락의 안전한 피신처로 변했을 것이다.

독일, 오스트리아, 스위스 일부 등 독일어권에서는 시민을 '뷔르거 Bürger'라고 한다. 이것은 '성 안에 거주하는 사람'이라는 뜻의 '부르거Buruger'에서 나온 말이다. 시민이란 단어에는 권리를 가진 자라는 의미가 포함되어 있다. 포악한 영주를 만나지 않은 이상, 직업이나 신분 고하를 막론하고 성에 들어온 사람들은 모두가 법의 보호를 받을 수 있었고, 그것이 곧 성내에 거주하는 사람들의 권리였다. 물론 성 밖의 평민들도 노력 여하에 따라 성으로 들어올 수 있었다. 입성한 이상 성내에서 맡은 일에 대한 책임과 영주에 대한 충성을 약속했을 것이고 그 대가로 법의 보호를 받으며 인간답게 살 수 있었을 것이다. 모든 성들이 그렇게 진화해 왔을 것이다.

로마에서도 로마 시민이 아닌 사람은 로마법의 보호를 받을 수 없었다. 기득권층인 지주와 시민, 그리고 노예 등의 비非시민으로 나누어져 있었기 때문이다. 중세에도 농노들은 성에 거주할 수 없었다. 중세에는 그나마 도시 형성 과정을 통해 일부 상인과 수공업자를 포함, 지배 권력의 보호를 받는 시민의 개념이 확대되는 조짐을 보이긴 한다. 그러나 그들도 이름만 시민일 뿐 지주나 도시의 유산 시민 같은 권리는 획득하지 못했다. 근세에 와서 개인이 자신을 보호받거나 혹은 이익을 위해 사용할 수 있는 권리에 초점을 맞춰 시민 개념이 확대·발전되기 시작했다. 그러나 마침내 오늘에 와서야 시민은 모든 국민으로 확대되었으며, 기본권 보장과 정치 참여의 권리가 동시에 주어지는 주인 개념으로 자리 잡게 된다.

경제 기적은 과연 '기적'인가

시민 개념을 확대·발전시키며 오늘날 선진국이 된 서유럽 국가들의 역사적 배경을 바라보는 시각은 다양하다. 아무래도 먼저 떠오르는 것이 18세기 말 영국의 산업혁명을 필두로 유럽 전역에서 진행되었던 공업화일 것이다.

영국과 근거리에 위치하며 중세 때부터 의류와 금속공업이 활발했던 벨기에가 바로 뒤를 이었으며 프랑스, 독일 등 소위 선발공업국이 그 뒤를 따랐다. 이어서 스위스, 네덜란드, 오스트리아 등이 후발공업국 대열에 합류하면서 생산물의 획기적인 증가가 이루어지게 된다. 이렇게 늘어난 생산물을 교역하게 되고 자연스럽게 부를 축적하는 기반이 만들어졌다. 게다가 당시 서구 열강들이 개척했던 아프리카와 아시아의 식민지로부터 많은 원료를 공급받을 수 있었기 때문에 자본 축적이 더욱 용이했을 것이다.

그러나 이 같은 유럽의 생산 축적물도 제1·2차 세계대전을 거치며 상당 부분 황폐화되었다. 승전국이나 패전국이나 마찬가지였다. 더구나 전쟁 중에는 기술혁신이 일어나지 않아 한참 동안 심각한 경제 침체기마저 거치게 된다. 전쟁 후 유럽은 경제 부흥을 위해 이제 자신들보다 강력해진 미국과 협조하지 않을 수 없었다. 유럽경제협력기구OEEC와 유럽부흥계획ERP이 창설되었고, 마침내 미국의 협조와 함께 1940년대 후반에는 대부분의 유럽 경제가 전쟁 전의 상태로 회복되었다. 이어서 1950년부터 1970년대 초반까지는 세계 역사상 유례없는 유럽 공업국들의 획기적인 경제성장이 이루어지게 된다. '라인 강의 기적'이 이루어진 것도 이때였다. 재미있는 것은 독일 사람들 스스로는 '라인 강의 기적'이라는 말을 쉽게 이해하지 못한다는 것이다. 당신들이 그때 압축적인 경제성장을 이루지 않았느냐고 얘기하면 그럴 수 있다는 식으로 넘어가는 경우가 대부분이다.

그런데 경제에서 과연 혁명이나 기적이 가능한 것일까? 산업혁명을 두고 잘못된 용어라고 지적하는 사람들도 많다. 산업혁명 뒤에는 기술축적도 있었지만, 노동자들의 희생과 착취도 있었기 때문에 산업혁명이라는 용어 자체에 문제가 있다는 것이다. 또한 산업은 경제의 영역이고, 경제에는 그 속성상 비약이 없기 때문에 혁명이 불가능하다고 지적하기도 한다. 기적이란 용어도 이와 마찬가지다. 경제 기적에는 우연이 아닌 필연적인 원인이 있다는 것이다. 수많은 요인이 있을 것이다. 예를 들면 인적자원을 통한 기술력은 중요한 원인 중의 하나다. 오늘날 유럽의 전문기술대학과 종합연구소, 세분화된 전문직업교육 등이 그것을 말해준다.

'한강의 기적'도 마찬가지다. 그것은 우리가 정당하게 흘린 땀의 대가이지 결코 우연히 일어난 기적이 아니다. 우리는 저개발국에서 개발국가로 보란 듯이 줄달음쳐왔다. 그에 따른 각 분야의 양극화로 사회 통합의 문제와 재도약의 과제가 남아 있지만, 여기까지는 잘 달려왔다. 기적에 필연적인 원인이 있다면, 많은 서유럽 나라들이 선진국이 될 수밖에 없는 복합적이고 필연적인 이유가 있을 것이다.

공업화 전략과 노력만으로 선진국으로 진입했다고 주장하는 것은 지나치게 단순한 논리이다. 같은 유럽이라도 그리스나 스페인, 포르투갈 등은 선진국 진입에 실패하고 있는 나라이다. 그들이라고 해서 공업화 전략이 없었고 땀과 노력이 없었겠는가? 혹자는 이 나라들의 정치 불안과 리더십 부족 등을 선진국 진입에 실패한 요인으로 지목하기도 한다. 아주 틀린 이야기는 아니지만, 이것 역시 지나치게 단순한 분석이다. 정치 지도자의 리더십만으로 정치 안정을 이루고 선진국이 된 나라는 세계 어디에서도 찾아볼 수 없기 때문이다. 미개국이 아닌 이상 선진 사회의 정치 리더십은 오히려 국민이 만들어냈다는 사실에 주목해야 한다.

14

고성이 던져준 꿈의 열쇠 '부르크가이스트'

평등적 공존정신, 자생적 소명정신, 파생적 승복정신

도개교 아래에서 눈길을 거두고 성을 벗어나기 시작했다. 역사라는 단어만큼 많은 상상력을 자극하는 단어도 흔치 않을 것 같다. 기록된 역사는 역사의 작은 부분일 뿐, 아득히 지난 과거로부터 있었던 모든 사실 자체를 묶는 총체적 역사의 크기는 우주 절반 정도를 넘길 것 같다. 절반은 미래가 차지할 것이다. 무한대의 세월 이전에도, 무한대의 세월이 지난 이후에도 그것은 변함없는 진리로 남을 것이다. 양도 부피도 존재하지 않는 무한대의 크기, 그것이 역사일지도 모른다.

역사를 뜻하는 독일어 '게시히테Geschichte'는 기록 여부와는 상관없이 '일어난 일'을 뜻한다. '일어나다, 발생하다'의 뜻을 가진 동사 게셰헨geschehen의 명사형인 이 단어는 과거 이외에도 지금이라는 현재성 과거를 포함한다. 현재의 이 시간도 끊임없이 과거를 만들어내고 있기 때문이다. 현재와 역사를 분리할 수 없는 것으로 해석할 수도 있겠다. 현재는 존재하지만 느낄 수 없는 것이다. 현재가 존재하는 바로 그 다음 순간, 그것은 이미 역사가 된다.

성을 뒤로하고 이 같은 역사의 무게를 느끼며 걸어가기 시작했다. 성을 찾았다가 돌아갈 때마다 습관적으로 떠올렸던 것이지만, 그때마다 그 속에서 무언가 잡힐 듯 말 듯 하다가도 꼬리를 내리며 맴돌기만 했던 것들이다. 그런데 그날은 특별했다. 올라왔던 언덕길을 다시 내려가고 있으니, 유럽 생활에서 겪었던 수많은 에피소드와 사회에 대한 생각들이 별안간 제자리를 찾아가듯 움직이기 시작한 것이다. 생각의 속도는 점점 빨라지기 시작했다. 마치 자석이 어지럽게 널려 있는 쇳조각들을 질서 있게 단숨에 빨아 당기듯, 머릿속이 정리되고 있었다. 육중한 몸체로 굳건히 버티고 있던 거대한 성채가 갑자기 숨을 몰아쉬면서 살아 있는 생명체인 양 꿈틀대기 시작했다. 순간, 어디선가 깊은 울림이 들려왔다.

"성의 순례는 끝나지 않았다. 지금부터다!"

웅장하고도 인자한 목소리였다. 나는 그만 언덕길 옆에 털썩 주저앉아 한참을 꼼짝도 못하고 앉아 있었다. 오랜 유럽 생활에서 쌓였던 많은 생각들이 실타래처럼 연결되는 순간이었다. 진리는 역시 먼 곳에 있는 것이 아니려니. 열쇠를 찾았다는 생각에 기쁘기도 했지만, 선진 사회의 당연한 모습이겠지 하는 피상적인 시각으로만 바라보며 지나쳐버린 날들이 한편으론 너무 아쉽고 안타까웠다.

그렇다. 영욕으로 점철된 성의 역사와 투쟁의 역사를 시대정신으로 포용하며 사회적 합의를 이루고 있는 유럽의 많은 선진국들! 성의 인자한 목소리는 서서히 펑펑거리는 심장의 박동으로 전해오기 시작했다.

'부르크가이스트Burg-Geist'라는 말이 머릿속에서 만들어졌다. '성城'을 뜻하는 부르크와 '정신, 영혼' 등의 의미를 가진 가이스트가 합쳐진 말이다. 물론 사전에 나오는 말도, 실제로 사람들이 쓰는 말도 아니니다. 하지만 그것은 성을 중심으로 전개되어 온 서유럽의 역사 속에서 싹튼 그 무엇인가를 뜻하는 말인 동시에 성이 던져준 소중한 깨달음의 열쇠였다.

부르크가이스트는 세 가지 중요한 키워드로 요약할 수 있다. 그것은 바로 '평등적 공존정신', '자생적 소명정신', '파생적 승복정신'이다. 여기에는 중세 봉건시대와 근대를 거쳐 지금의 현대국가를 이루기까지 치른 피와 투쟁과 혁명 등 그들의 역사 속에서 정제되어 이어지고 있는 의식과 현재 작동하고 있는 사회 시스템에서 파생된 의식이 총체적으로 얽혀 있다. 중요한 것은 지금도 세 가지 정신이 유기적으로 얽혀 끊임없이 부르크가이스트를 재생산해 내고 있다는 점이다.

고성이 던져둔 소중한 열쇠 '부르크가이스트'를 도식화하자면 동그라미 속에 수평선과 수직선이 교차하는 십자형이 된다. 수평선은 역사의 교훈에서 새롭게 형성된 것이며 수직선은 역사의 흐름을 따라 고전적으로 이어져 온 것이다. 동그라미는 이 둘에서 파생되고 있는 새로운 정신이라 할 수 있다. 동그라미 속에 꽉 찬 십자형, 이것이 바로 부르크가이스트의 도형적인 이미지이다. 부르크가이스트의 세

가지 정신은 따로 떼어놓을 수 없이 수평과 수직, 동그라미가 유기적으로 얽혀 서로가 서로를 균형적으로 떠받치고 있으며, 이 정신들은 각각 서로에게 다시 영향을 주며 재충전되고 강화되는 특징을 가지고 있다.

이 하나하나를 대입해 보면 억압과 수탈의 봉건제를 타파하고 모두가 동등한 인권과 권리를 가진다는 '평등적 공존정신'이 수평선에 해당한다. 투쟁과 혁명을 거치며 근·현대적으로 형성된 수평적인 평등적 공존정신 속에는 사회적인 연대와 공존의식이 강하게 내포되어 있으며, 이것이 부르크가이스트의 중요한 정신 중 하나다.

수직선은 곧 봉건시대로부터 고전적으로 전수되어 온 '자생적 소명정신'이다. 물론 신분제에 의해 결정되는 중세의 소명정신이 운명적인 성격이 강했다면, 오늘날의 소명정신은 능력과 소질에 따라 개인이 선택한 것이라는 점에서 차이가 있다. 독일인 및 서유럽인들의 한 우물 파기와 철저함은 이러한 소명정신과 무관치 않다.

무엇보다도 주목해야 할 것은 새롭게 파생된 동그라미, 즉 모두가 사회를 껴안는 '파생적 승복정신'일 것이다. 이 정신은 사회의 모든 방면으로 엄청난 시너지 효과를 발휘하면서 지금의 선진 사회를 떠받치는 핵심적인 기둥이 된다. 사회에 대한 승복정신은 사회의 준법정신 또한 자연스럽게 강화해 준다.

평등적 공존정신, 자생적 소명정신, 파생적 승복정신이 유기적으로 엉켜 있는 부르크가이스트는 결국 모든 구성원의 공동체적 연대의식을 바탕으로 하는 시민적 주인의식으로 압축된다고도 할 수 있다. 서

성 뒤뜰에 있는 동상들이 마치 제각기 부르크가이스트를 품고 있는 듯하다.

유럽인들이 자신도 모르게 부르크가이스트를 가지고 살고 있다는 사실, 이 벅찬 사실을 고성은 지혜롭게 일러주고 있었다.

열쇠를 품에 안고 현대판 성의 순례를 시작하며

독일 전체가 하나의 거대한 성으로 다가오기 시작했다. 보덴 호수를 공유하고 있는 스위스와 오스트리아도 하나의 성으로 펼쳐지기 시작한다.

영국의 철학자 허버트 스펜서Herbert Spencer는 사회는 부분과 전체가 밀접하게 영향을 주고받으며 생명을 가진 유기체처럼 성장을 계속한다고 이야기했다. 초기 농노제에서 중세 봉건경제, 산업혁명과 자본주의, 마르크스주의, 그리고 끝없는 투쟁과 전쟁, 급기야 제1·2차 세계대전을 맞이했던 유럽의 역사와 사상은 서유럽 사회에 거미줄처럼 유기적으로 얽혀 지금도 진화해 가고 있다.

시민의식과 주인의식의 응결체인 '부르크가이스트'란 열쇠를 가지고 오늘날 그들의 사회와 일상을 열어보기로 했다. 부르크가이스트의 구체적인 실체와 일상에 접근해 보는 것이다. 그렇지 않고서는 여태까지 우리가 그래왔던 것처럼 주위에서 흔하게 들을 수 있는, 우리들과는 어차피 좁힐 수 없는 거리가 존재하는 피상적인 유럽의 사회 · 문화 이야기로만 끝날 것 같았기 때문이다. 그러나 우리에게는 아직 너무나도 중요한 것이 남아 있다. 모두가 넉넉하고 희망을 가지며 살 수 있는 사회는 결코 개인적인 땀과 노력만으로 이루어지는 것이 아니라는 사실을 함께 확인해야 하기 때문이다.

땀과 노력이 무엇보다 중요한 역할을 하는 시기가 있는 것은 사실이다. 저개발국가에서 최우선적으로 요구되는 것은 의식보다는 오히려 땀과 노력이다. 하지만 우리나라는 이제 더 이상 저개발국가가 아니며, 선진국의 문턱에 있는 중진국이다. 우리나라를 포함한 많은 중진국이 과학기술 분야의 집중 육성이니 시장 기능 강화니 혁신 주도형 성장 기반 구축이니 인적자원 개발이니 개방과 신뢰 구축이니 안전망 확보니 하는 전략을 제시하며 안간힘을 쓰고 있지만, 정작 선진국으로 진입하는 나라는 거의 없는 현실이다.

봉건제도가 나름대로 독특한 경제체제인 동시에 군사체제, 사회정치체제였다고 분석하며 봉건제도를 거치지 않은 국가가 선진국으로 진입하기는 어렵다는 학자들의 경고, 그리고 청교도적인 기독교 문화가 지배하지 않으면 선진국 진입이 어렵다는 우회적 진단들에 대해서는 앞에서 말한 바 있다. 그러나 이 두 가지와 상관이 없는 우리들도 많은 것을 이루어냈다. 정치적인 민주화와 산업화가 그렇고 기술 개발과 경제 규모가 그렇다. 그러나 우리 주변 곳곳에서 일어나는 많은 현상을 떠올려볼 때, 미래를 낙관하기는 쉽지 않아 보인다. 대기권까지 공기를 가르며 잘 솟아오른 위성도 다시 대기권을 박찰 새로운 에너지가 충전되지 않으면 우주로 뻗어나갈 수 없다.

따라서 우리는 이 부르크가이스트를 확실히 꿰뚫어봐야 한다. 그것이 얼마나 중요하고 폭발적인지를 모두가 확인해 봐야 한다. 부르크가이스트가 어떻게 개인적 · 사회적 부를 창출해 내고 모두가 넉넉해지는 열쇠를 제공하는지를 샅샅이 뜯어봐야 할 때이다. 막연히 서구의 환상을 보자는 것이 아니다. 비판은 뒤로 미루어두고 우선 그 총체적인 실체를 정확히 보자는 것이다. 흉내를 내자는 것이 아니다. 흉내를 낼 필요도 없고 그것이 가능하지도 않다. 물질적인 것은 땀과 노력으로 따라잡을 수 있지만, 의식은 절대로 흉내 낼 수 없는 것이기 때문이다.

그럼에도 불구하고 부르크가이스트라는 열쇠가 우리에게 커다란 메시지를 던져줄지도 모른다. 우리의 꿈과 희망의 열쇠가 될지도 모른다. 제2의 도약을 준비하는 한국인들, 선진국 진입에 필요한 사회적인 인프라를 정치의 몫으로만 떠맡겨둘 것이 아니라 스스로 주인이 되어 만들어야 한다. 국민 모두가 꿈과 희망을 가지는 사회, 모두가 넉넉할 수 있는 사회를 정치 지도자의 장밋빛 선거공약에서만 찾을 수는 없는 노릇 아니겠는가?

15

숲이 보여주는 놀라운 지혜

큰 나무 작은 나무, 어울림의 철학

성을 벗어나 선착장으로 향하는 숲 속에서 심호흡을 하니 성의 특유한 냄새와 대비되는 나무 냄새가 은은하게 스며왔다. 독일에서는 어딜 가도 울창한 숲을 쉽게 만날 수 있으며, 임업학과는 우리가 생각하는 것보다 훨씬 인기 있는 학과이다.

숲과 한 몸이 되어 호흡을 하는 삼림욕의 역사는 인간이 숲과 더불어 살기 시작했을 때부터일 정도로 그 유래가 깊지만 현대 삼림욕의 시초는 독일이라고 볼 수 있다. 1840년 독일 슈바르츠발트에 있는 온천 휴양지 바덴바덴Badenbaden에 있는 사람들이 고지대의 숲을 거닐며 요양하는 기후 요법이라는 것을 시행했는데, 이것이 현대 삼림욕의 효시로 간주된다.

유럽의 숲은 대부분 울창하고 깊다. 숲이 뿜어대는 테르펜, 피톤치드 등의 방향성 물질은 긴장을 풀어주고 생체 리듬을 상쾌하게 회복

큰 나무와 작은 나무가 어우러져 짙은 녹음을 만들어내는 슈바르츠발트의 모습은 경쟁과 공존이 빚어내는 조화를 생각하게 한다.

시켜 주며, 특히 하늘을 향해 쭉쭉 뻗은 여름의 숲은 녹색의 번들거림으로 풍요를 안겨준다. 겨울이 와서 잎들이 대지로 내려앉으면, 침묵의 흰 눈꽃이 그 자리를 채우며 겸허를 일깨워주기도 한다.

빼곡히 나무들이 들어선 숲에서 찾아볼 수 있는 것은 나무들이 각자의 위치에서 최선의 경쟁을 하고 있다는 사실이었다. 한 줌의 공기와 한 줄기의 햇볕도 놓치지 않기 위해 줄기와 잎들은 제각기 섬세한 위치로 하늘을 향하고 있었다. 태양과 공기를 공유하며 각각의 생존을 위해 경쟁하지만 다른 나무에게 치명타를 입히는 것들은 찾아볼 수 없다. 그렇다고 모두가 똑같은 크기로 자라는 것도 아니다. 큰 나무, 작은 나무 나름대로의 자연적인 경쟁이 없을 수 없지만 억울한 원성의 소리는 들리지 않는다. 경쟁을 하면서도 조화롭게 공존하며 맑은 공기를 뿜어내는 모습. 모두가 넉넉하다는 진정한 풍요가 이런 것이 아닐까 생각해 본다.

신이 모든 것을 창조했으므로 태초의 모든 것은 신의 소유물이었다. 하늘과 땅 역시 마찬가지였다. 그러나 세월이 흐르면서 자연에 대해서도 서서히 소유권이 형성되기 시작했다. 소유권의 확립은 인간의 삶에 엄청난 변화를 가져왔다. 한편으로는 물질적 풍요가 시작됐고 한편으로는 자연과 인간이 분리되기 시작했다. 자연을 선점하는 자가 곧 자연의 주인이 되었다. 이전에는 햇빛과 공기 등 자연의 풍요를 모두가 함께 누렸지만, 자연과 인간이 분리된 후 이러한 풍요가 인간 사이에 정당하게 분배 · 공유되고 있다고 믿는 사람은 많지 않다.

가난의 종말과 공동체 의식

자연이 인간을 지배하지만, 인간 역시 자연의 법칙을 이용하여 자연을 지배하고 자연의 원리에서 사회를 발전시켜 나가는 지혜를 배운다. 여기서 『빈곤의 종말The end of poverty』을 쓴 제프리 삭스Jeffery Sachs가 눈길을 끈다. 유럽이 아닌 미국의 경제학자여서 더욱 그렇다. 그는 지구촌 모두가 함께 살아가야 할 공존을 이야기한다. 세계경제는 반세기 동안 비약적인 발전을 거듭해 왔지만, 저개발국들의 빈곤화가 심화된 결과 극심한 대립과 갈등으로 지구촌의 공동체 정신과 평화, 그리고 안정성에 큰 위협이 되고 있다고 경고한다.

저개발국과 개도국의 빈곤 심화는 교육과 환경, 질병 등 구조적인 것과 복잡하게 연관되어 있기 때문에 그는 지구촌의 장기적인 공동협력을 강조했다. 실제로 삭스는 빈곤의 구조적 요인에 접근해 근원적인 경제 처방을 내놓아 성공을 거두었는데, 임상 경제니 감별 경제니 하는 용어는 바로 여기에서 나온 것이다.

제프리 삭스는 부국들이 빈국에게 자신들처럼 부국이 되어야 한다며 질타한 기존의 시각과는 다른 시각으로 문제를 풀어가고 있다. 그에 따르면 빈국에 대한 원조는 막연한 시혜가 아니라 지구촌 전체의 상호 이익과 직결된다. 더구나 원조는 부국에 전혀 부담이 되지 않는 작은 규모로도 가능하며, 그것을 통해 머지않아 지구촌에서 '빈곤의 종말'을 고할 수 있다고 주장한다. 그런 면에서 그는 세계화를 반대하지도 않지만 그렇다고 막연한 시장 만능주의자도 아닌, 사려 깊은 시장주의자라는 평가를 받을 수 있는 사람이다.

제프리 삭스의 이야기가 놀랍고 새삼스러운 것은 아니다. 문제는 '빈곤의 종말'에 관한 것이다. 멀지 않은 장래에 정말로 빈곤의 종말이 올 것이라고 믿는 사람은 많지 않을 것이다. 아프리카까지 갈 것도 없이 당장 세계 제1의 경제대국인 미국 내에 광범위하게 깔려 있는 극빈층만 봐도 그렇다. 물론 굶어 죽어가는 아프리카의 절대적 빈곤과는 비교할 수 없지만, 그 위대하다는 미국조차 교육과 의료에서 소외된 채 생활고에 허덕이는 국내 극빈자의 확산을 막지 못하고 있지 않은가?

이는 미국식 자본주의가 가져온 필연적인 결과다. 미국은 유럽과는 달리 초기에 노예나 흑인, 인디언들의 값싼 노동력과 풍부한 자원을 바탕으로 하여 곧바로 자유주의적인 개인 경제체제로 돌입한 나라다. 종업원이나 사회 구성원 등 주변 공동체를 배려하기보다는 투자자의 이익이라는 절대적 목적을 사수하면서 하나의 거대한 글로벌 기업으로 달려온 것이다. 부에 대한 백인과 흑인 간의 계층별 격차와 개인 간 빈부의 심화는 당연한 것이며, 화려한 미국 속에 가려진 뇌관이 되고 있다.

제프리 삭스의 말대로 미국인들이 조금만 양보한다면 미국 사회에서 일어나고 있는 극빈의 문제를 해결하는 것은 그리 어렵지 않을지도 모른다. 그러나 현실은 만만치 않다. 누구를 탓할 수도 없다. 사회란 나름대로 정당한 권리와 이익을 추구하는 수많은 이익집단과 개인 구성원들로 이루어져 있기 때문이다.

이 점에서 주목해야 할 것은 유럽이다. 개인소득 3만 달러를 상회하는 선진 서유럽 국가에서는 미국에 존재하는 극단적인 빈곤층은 찾아볼 수 없다. 그냥 지나치기엔 정말 놀라운 일이 아닐 수 없다. 미국식 자본주의와 유럽식 자본주의의 가장 큰 차이점이 드러나는 부분이 아닐까 싶다.

제프리 삭스가 강조하는 '지구촌 전체를 위한 공동체 의식'은 지구 전체의 갈등과 대립을 막아주고 평화를 보장하는 것은 물론 생산성 향상으로 이어져 결국은 상호에게 이익이 된다는 것이다. 그런데 이러한 사회적인 공동체 정신은 근대국가를 형성하면서 줄기차게 추구해 온 서유럽 국가들의 이념 중 하나다. 일부러 추구했다기보다는 부르크가이스트의 하나인 평등적 공존정신으로 형성된 역사적인 이념의 산물이라고 보는 것이 더 정확할 것이다.

그런데 지금 이 시점에서 우리가 유의해야 할 점이 있다. 평등적 공존정신에 의해 균형적인 분배가 중시되는 시스템, 사실상 선진 사회를 만들어온 그들의 시스템이 앞으로도 변함없는 최선일 것인가에 대해서 유럽도 의문을 가지기 시작했다는 것이다. 그러나 워낙 깊이 배어 있는 평등적 공존정신 때문에 국가 간 파이를 놓고 경쟁해야 하는 세계화 속에서도 재빠르게 움직이며 쉽게 나아가질 못하고 있다.

유럽의 고민은 바로 여기에 있다. 물론 평등적 공존정신이 그들에게 가치를 잃고 있다는 것은 절대 아니다. 그 정신을 시대에 맞게 어떻게 배합할 것인지를 고민하고 있다는 이야기다. 고민이라고 하지만, 그것은 우리가 선진국 진입을 앞두고 긴박하게 고민해야 하는 것과는 차원이 다른 것이다. 이미 선진국으로 입성한 나라들의 새로운 전략적 고민일 따름이다.

제2부

부르크가이스트로 열어본 서유럽과 우리의 마고할미

16

오스트리아의 사회 동반자 제도

모든 것을 접어두고 만난다

메어스부르크에서 탄 배는 보덴 호수를 가르며 다시 콘스탄츠로 되돌아가고 있었다. 물결만 가르는 게 아니라 시간과 공간을 가르면서 말이다. 이제 콘스탄츠 시내의 정든 곳들을 찾아 한 번씩 들러볼 예정이다. 평상시와는 감회가 다를 것 같다.

동쪽에는 오스트리아가 보인다. 오스트리아는 9개의 주로 이루어진 내각책임제의 연방공화국인데, 인구 820만 명에 국토는 남한 영토에도 못 미치는 작은 면적이면서도 1인당 국민소득이 3만 불을 넘는, 선진국으로서의 손색없는 면모를 갖춘 나라다. 오스트리아 하면 수도 빈과 음악을 많이들 떠올리겠지만, '사회 동반자 제도Die Organisation und Operation der Sozialparternerschaft(사회적 협력 동반자 제도)'라는 오스트리아식 상생 모델도 눈여겨볼 필요가 있다. 노·사·정의 성숙한 만남의 장인 사회 동반자 제도는 주로 임금과 물가에 관한 문제를 다룬다.

이 제도는 “자본 없는 노동 없고 노동 없는 자본 없다”라는 현실 논리에서 출발한다. 노동과 자본이 만나고 노동자와 사용자가 만난다. 힘 있는 사람과 힘없는 사람, 가진 자와 못 가진 자가 만난다. 선진국 내에도 당연히 상대적인 빈자와 부자가 존재한다. 우리는 사회 동반자 제도의 핵심 논리를 “부자 없는 빈자 없고 빈자 없는 부자 없다”라고 바꾸어볼 수도 있다. 상생해야 하는 원리와 더불어 가야 하는 사회적인 이유가 멀리 있는 것이 아니다. 만나도 가급적이면 모든 것을 내려놓고 만난다. 기득권과 강자의 논리는 가급적 접어두는 것이다. 그래서 사회 동반자 제도의 핵심 기관을 ‘평등회의’라고 부른다. 노동과 자본이 만나지 못했던 중세의 농민 투쟁과 근세의 노사 대립, 그 투쟁과 혁명의 역사가 던진 교훈을 기억한다.

오스트리아도 한때는 극심한 빈부 격차 때문에 사유재산을 부정하는 극단주의적 사고가 퍼지면서 사회 전체가 위태로운 적이 있었다. 작은 시장과 광장이 모여서 거대한 오스트리아라는 선진 광장을 만들어내고 있는 사회 동반자 제도는 제2차 세계대전 이후에 잉태되기 시작했다. 우리나라가 광복을 맞이한 1945년, 오스트리아는 독일의 패전으로 작은 공화국으로 독립했다. 경제적으로나 사회적으로 극도의 혼란에 빠질 수밖에 없었던 절박한 시절, 정치가 제 몫을 했다. 당시 양대 정당인 중도 좌익의 사회민주당과 중도 우익인 국민당은 분열과 혼란에 빠진 나라의 사회적 통합을 위해 모든 이해관계를 던지고 가슴을 맞대기 시작했다. 번갈아 집권하거나 연정을 통해 정치

안정과 사회 통합에 주력했으며, 노동자 단체와 사용자 단체 등과 어깨를 나란히 하며 임금과 물가 협약을 체결했다. 이처럼 정치에서 진심을 읽을 때, 시민들은 힘을 모아주는 법이다. 경제성장과 물가안정, 그리고 사회적 연대감을 동시에 해결해 가는 기틀은 이렇게 만들어졌으며, 지금의 선진 오스트리아를 든든하게 받쳐주고 있다.

죄인의 딜레마와 공감대의 숲

사회 동반자 제도에 참여하는 노·사·정은 상반된 이익 관계에 놓여 있다. 적게 일하고 많이 받으려는 노동자와 많이 시키고 적은 임금으로 기업의 이윤을 극대화하려는 사용자 사이의 갈등은 당연한 것. 그 외에도 이익 관계를 달리하는 크고 작은 단체와 계층이 얽혀 있으니 합일점을 찾아내는 것은 결코 쉬운 일이 아니다.

게임 이론에서 자주 인용되는 그 유명한 '죄인의 딜레마Prisoner's Dilemma'를 생각하지 않을 수 없다. 이것은 두 사람의 죄인이 각각 자기 개인의 최대 이익만을 추구할 때, 두 사람 모두 깊은 수렁에 빠질 수 있다는 이론이다. 물론 여기서는 정보가 차단된 일회성 게임이라는 등의 가정이 있기는 하다. 이 '죄인의 딜레마'는 오스트리아의 사회 동반자 제도에 많은 것을 시사한다. 노동과 자본처럼 이익이 정면으로 충돌하는 계층과 집단이 제각기 자기들만의 집단이기주의에 빠질 때 부메랑처럼 돌아오는 커다란 사회적 비용을 예상하기는 어렵지 않은 일이다.

지금 방 안에 당신을 낳아준 어머니와 당신이 사랑하는 아내가 첨예한 의견 대립으로 등을 돌린 채 앉아 있다. 그리고 당신은 마루에 빨간 버튼을 앞에 두고 앉아 있다. 10분 이내로 두 사람을 설득시켜 마주보게 하지 못하면 빨간 버튼을 눌러야 한다. 빨간 버튼을 누르면 총이 난사되어 어머니와 아내 중 한 사람이 죽게 되며 가정이란 작은 사회는 붕괴된다. 어머니와 아내는 빨간 버튼을 눌러야 하는 당신의 운명을 모르고 있다. 설득하는 방법은 분명히 있으며 또한 당신에 의해서 가능하지만 불행히도 시간이 제한되어 있다. 피 말리는 설득과 협상에도 불구하고 대립은 계속되고, 이제 1초 만의 시간을 남겨놓고 있다. 당신의 머리에 스치는 생각은?

물론 이 상황은 가정이라는 작은 사회의 극단적인 구성원 간의 갈등을 말하고 있지만 사회 전체로 확대해서 적용해 볼 수도 있을 것이다. 집단 간의 대립과 갈등을 조정하고 공동선을 추구하는 전체적인 사회적 합일점을 발견하기란 그리 쉬운 일이 아니다. 합일점을 이루려는 기본 토대가 마련되지 않은 공간에서는 시간만이 헛되이 흘러갈 뿐, 합의는 공회전하기 십상이다. 단지 그것이 얼마나 위험한지 깨닫지 못할 뿐이다. 그 나라의 국민 의식과 사회제도, 문화와 역사 등이 융합되어 서서히 우거지는 공감대의 숲을 일구어놓지 못했다면, 나중에 치러야 하는 대가는 상상을 초월할지도 모른다. "인류의 장기적 생존은 지금보다 더욱 많은 협상과 합의의 방안을 고안해 내는 데 달려 있다"라는 게임이론의 대가 폰 노이만von Neumann의 말에 귀 기울일 필요가 있다.

오스트리아의 사회 동반자 제도가 성과를 거두고 있는 원인은 각 분야의 계층과 집단들이 한 걸음씩 물러나면서 양보하는 데 있다. 이익이 대립되는 집단끼리의 만남에서 말이 좋아 협상이지 양보 없이는 불가능한 일이다. 죄인의 딜레마처럼 단순한 두 사람만의 게임이 아닌 훨씬 복잡한 현실 게임에서 모두들 한 걸음 뒤로 물러서서 하나의 합의를 만들어내고 있는 것이다.

작은 이익을 던져버린 게임에서 만들어낸 큰 약속은 오히려 사회의 총효용을 증대시키는 생산적인 마법의 부메랑이 되어 각자에게 돌아온다. 노사가 합리적으로 타협하는 등 공존을 위해 개인의 양보를 사회 전체의 이익으로 승화시키는 사회 동반자 제도는 시민적 주인의식인 '부르크가이스트'가 없이는 불가능한 제도라고 할 수 있다.

많은 사람들이 선진국 진입을 위해 노사 관계의 안정이 필수적이라고 말한다. 유럽에서 소득 1만 달러를 넘기고 2만 달러 앞에서 정체하고 있는 스페인과 포르투갈, 그리스 등의 나라는 노사관계가 불안하고 노동시장이 경직되어 있는 것이 사실이다. 장기적인 정치 불안 또한 이 나라들의 공통점이다. 정치가 선진화되지 않고 있는데 노사 문제가 원만할 리 만무하다. 여기서 우리는 정치와 노사가 불안한 근본적인 원인이 무엇일까에 대해 생각해 봐야 한다. 그렇기에 부르크가이스트는 우리가 끝까지 주목하지 않을 수 없는 그 이상의 무엇이다.

17

'한국도 지구촌' 노래하는 스위스 아이들

초등학교 수업 참관의 기억

콘스탄츠의 선착장이 보인다. 선착장 옆에는 유명한 공의회 건물 Konzil Gebeude이 있다. 건물 앞에는 한 손에는 교황 마르티노 5세 Martinus V를, 다른 한 손엔 독일 황제 지기스문트Sigismund를 들고 있는 동상이 중세의 교회사를 생생히 전달하고 있다. 콘스탄츠는 독일 지역에서 유일하게 보편 공의회가 개최된 곳이자 교황이 선출된 곳이라고 한다.*

---

* 콘스탄츠 공의회(Konstanzer Konzil)는 1414~1418년 4년에 걸쳐 열린 세계교회사적으로 유명한 공의회다. 당시 교계는 로마계 그레고리우스 12세, 아비뇽계 베네딕투스 13세와 공의회파 요한 23세가 각기 자신의 정통성을 주장하여 매우 혼란스러운 상황이었는데, 독일 황제 지기스문트는 이러한 난국을 타개하고 교회의 일치를 이룩하기 위해 공의회 소집을 요청했다.

사진 오른쪽에 보이는 것이 바로 교황과 황제를 각각 한 손에 떠받치고 있는 동상이다. 중세의 교회사를 압축적으로 보여준다.

초등학생들이 선생님을 따라 쪼르르 건물을 빠져나오고 있었다. 역사적인 건물도 구경하고 선착장 주변에 있는 공원에서 체험 자연학습을 하는 듯하다. 마냥 귀여워만 보이는 저 꼬마 녀석들도 이제 곧 일차적인 진로가 결정될 것이다. 독일에서는 일차 진로 결정을 4학년 때 하게 된다. 자신의 능력과 소질, 적성에 따라 어느 분야로 진출하든 맡은 바 충실하면 인간답게 살 수 있는 사회적 인프라가 구축되어 있기 때문에 가능한 일이다. 문득 아이가 초등학교 2학년 때 담임을 맡았던 제발트 씨가 떠올랐다. 제발트 씨는 20대 초반의 미혼 여선생이었다.

스위스에는 학기 도중 아이들의 발달 과정 상담을 겸한 수업 참관의 날이 있다. 반 아이들은 모두 14명. 그중에서도 외국인은 한국인 1명, 유고슬라비아인 1명, 이탈리아인 1명이었다. 상담에 앞서 수업 참관이 있었다. 과목은 우리나라 식으로 이야기하면 '사회'와 '자연'이었다.

서유럽 국가라면 유럽에서 지리적으로 서쪽에 있는 나라를 일컫는 것이 아니라 유럽에서도 비교적 선진국에 속하는 독일 · 스위스 · 오스트리아 · 프랑스 등을 의미한다. 지리적인 개념보다는 사회 체제 및 경제적 의미의 구분인 것이다. 중부 유럽이라고 할 수 있는 독일이나 스위스 등은 서유럽으로 불리면서 같은 중부 유럽의 폴란드 · 헝가리 · 체코 등은 동구권으로 불리는 것과 같은 이치다.

제발트 씨는 이러한 개념을 초등학교 2학년 학생들에게 쉽게 풀어 설명하고 있었다. 하지만 유럽 각 나라의 지리적 · 사회적 정체성을 이야기하면서도 조심스러운 배려를 하는 것이 인상적이었다. 특정 국가의 역사적 우월감보다는 대등하고 공평한 관점에서 객관적인 역사적 사실과 정체성을 이야기하려는 노력이 엿보였다. 스위스가 유럽연합EU에 속해 있지는 않지만, 유럽 통합이라는 민감한 변수를 의식하고 있는 아주 사려 깊은 선생님이었다. 유럽의 역사를 균형적으로 서술하기 위해 각 나라 사학자들이 공동으로 유럽사를 편찬하는 작업도 같은 맥락일 것이다.

사회 시간인데도 전쟁과 관련된 자유의견을 권유하며 전쟁과 관련한 음악도 틀어준다. 과목을 넘나드는 통합 교육이다. 한번 발표한 학생에게는 손을 들어도 기회를 주지 않고 침묵을 지키는 학생에게 무엇이라도 좋으니 발표를 하라고 격려하는 모습이 인상적이었다. 능력과 소질을 가능한 한 정확히 파악해야 하는 교사로서는 당연한 일일지도 모른다.

자연시간은 달팽이와 밀가루 반죽으로 수업을 시작했다. 채소와의 공생 관계를 강조하면서 자연스럽게 환경문제와 연결시켜 나갔다. 환경 마인드가 비교적 높은 유럽인들이라 환경 관련 교육은 상당히 체계가 잘 갖추어져 있었다. 학부형 몇몇이 참관한다고 특별히 수업 준비를 한 것 같지는 않았다. 이후에 독일과 오스트리아 초등학교에서도 몇 번 수업을 참관했는데, 큰 틀에서 보면 다들 유사한 교육 시스템을 갖추고 있었다.

모두가 등가의 재원

수업을 마치고 선생은 기타를 치고 아이들은 노래를 불렀다. 학생들이 매일 부르는 노래의 가사 중에 인상적이었던 것은 "한국도 지구촌, 유고도 지구촌, 이탈리아도 지구촌, 스위스도 지구촌, 우리는 란트슐라흐트Landschlacht(초등학교가 있는 동네 이름) 2학년 어린이"라는 대목이었다. 같은 반 외국인 친구들의 국적을 먼 곳부터 나열하면서 '우리는 모두 하나'라고 노래하고 있는 것이다. 다른 언어와 문화를 포용하고 다문화를 소화하려는 문화다원주의를 지향하는 열린 스위스의 일면이 잘 드러나는 예라고 할 수 있겠다.

세계 최고의 부국답게 학용품 등 웬만한 것들은 학교에서 구입해서 나누어준다. 만년필과 공책까지 모두 똑같은 것을 사용하고 있었다. 출발선상에서부터 철저히 평등을 생각하는 스위스 교육의 한 단면이다. 그러나 이처럼 출발점은 철저하게 평등하지만 능력과 적성에 따라 특화된 수업 방식이 주목을 끌었다. 수업을 마치고 수준에 맞는 숙제를 자율적으로 골라간다. 정확히 분석할 수는 없지만, 일단 난이도에 차이가 나는 문제들이다. 부모들은 대개 학생의 숙제를 도와주지 않고, 부득이 도와줘야 할 경우에는 과제물 쪽지 하단에 무엇을 도와줬다고 담임에게 알려준다. 학생에 대한 선생님의 정확한 판단과 분석을 돕기 위해서이다. 이처럼 알리는 것이 궁극적으로는 자신의 아이를 위하는 길이 된다. 이런 과정을 거쳐 독일에서는 초등학교 4학년, 오스트리아는 5학년, 스위스에서는 6학년을 마칠 때 일차적으로 담임선생님에 의해 진로가 결정된다. 물론 추후에도 진로 교정이 가능하지만 대체로 정해진 방향으로 움직이게 된다.

스위스에서 초등학교를 졸업하면 주립 중고등학교Kantonschule와 일반 2차 중학교Sekundarschule로 가거나 바로 직업학교Realschule에 진학하게 된다. 공부에 소질이 있는 학생은 주립 중고등학교에 들어가 이들 대부분이 대학에 진학한다. 그렇지 않은 학생들은 대부분 일찍부터 도제 교육 등 직업학교로 진학하며 소질에 맞춰 장래 직업의 꿈을 키워간다. 어느 경우건 초등학생을 둔 학부모는 자녀가 어디로 진학하든지 신경을 쓰지 않는 것이 일반적이다. 공교육에 맡겨버리는 것이다. 사립학교가 있기는 하지만 극히 예외적인 경우이며, 우리나라처럼 치열한 사교육은 찾아볼 수 없다.

특기와 소질 개발을 위한 과외 제도와 특정 과목에 대한 보충 지도가 있지만, 우리나라와의 그것과는 개념과 목적 자체가 다르다. 원하는 학생은 음악 · 체육 · 미술 · 실과 등의 분야에서 과외 지도를 받는데, 과외비의 일부는 게마인데에서 지원된다. 과외라기보다는 소질

개발의 보충이라고 보는 것이 더 정확할 것이다. 무차별 경쟁이 아닌 소질과 재능에 따른 경쟁은 외부에서 보면 요란스럽지 않지만, 그 내부에서는 우리가 상상하기 힘들 만큼 효율적인 성과를 만들어낸다.

이것은 물론 대학에 진학하든 직업학교를 택해 장인Meister이 되든 나중에 모두 대접받고 살 수 있는 길이 열려 있기 때문이다. 공부를 잘하든, 그림을 잘 그리든, 노래를 잘하든, 만들기를 잘하든, 장사에 소질이 있든, 모두 똑같이 사회적으로 귀중하고 필요하다는 등가等價의 재원으로 취급된다. 하나의 사회에는 수많은 분야가 있으며, 이것들이 톱니바퀴처럼 맞물려 작동되게 마련이다. 그렇게 되려면 사회 구성원 모두가 최소한의 인간다운 삶은 보장받아야 한다. 사회와 개인이 따로 돌지 않도록 배려하는 것이 필요하다.

수업 참관을 마치고 상담할 시간이 다가왔을 땐 선생이 직접 정성스레 만들어온 케이크를 나눠 먹으며 차례를 기다렸다. 케이크는 학부모들의 수업 참관에 대한 선생님의 감사 표시이고, 학부형들은 답례로 교실에 있는 컵과 그릇을 정성스럽게 씻어준다.

이런 교육 시스템에서 뇌물성 촌지나 교육 부패를 상상할 수 있을까? 오직 내 아이만 잘 돌보아주기를 바란다거나 내 아이만의 성취를 기대한다는 이기심 또한 상상하기 어렵다. 개인의 능력과 이익이 사회의 잠재적 자산으로 자연스레 연결되도록 하는 교육 시스템과 그 시스템에 동참하는 학부모들, 부르크가이스트의 평등적 공존정신과 자생적 소명정신을 이해하지 않고서는 접근하기 어려운 이야기일 것이다.

18

독일 대학에 없는 것은?

인적자원의 사회적 공유

선착장에서 내려 콘스탄츠 대학으로 가기 위해 기차역 앞에서 8번 노선버스를 잡아탔다. 콘스탄츠 대학은 내가 학부에서 경제학을, 대학원에서 국제경제학을 전공한 곳이니 참으로 정이 든 곳이다.* 물론 고운 정만 든 것은 아니다. 낯선 언어로 강의를 듣고 두꺼운 사전과 씨름하게 만든 곳이기도 했으니 미운 정도 만만치 않다고나 할까?

콘스탄츠 대학은 역사가 오래되지 않은 대학이어서 현대적인 모습을 하고 있다. 이 대학이 유명한 것은 대학 건물 내의 모든 강의실과 식당, 사무실이 미로처럼 연결되어 있기 때문이다. 어느 강의실이나 연구실 혹은 부속 건물을 막론하고 건물 내에서 이동이 가능하게 지

* 엄밀히 말하자면 독일 대학은 우리나라처럼 학부와 대학원이 구분되어 있지 않다. 하지만 요즘은 전 유럽적·세계적으로 통합된 대학 체계를 구축하여 경쟁력을 높이기 위해 일부 대학에서 학부와 대학원을 분리하는 경향이 나타나고 있다.

1960년대에 지어진 콘스탄츠 대학 건물. 전통이 짧은 대학 중 하나다. 흔히 '독일의 전통 있는 명문 대학'이라는 표현을 쓰는 사람이 있는데, 이것은 정확하지 못한 표현이다. 독일 대학에는 서열이 없고 따라서 명문 대학이 따로 없다.

어져 있어 비 오는 날 우산 없이도 비 한 방울 맞지 않고 원하는 곳으로 갈 수 있다. 건축 분야에 관심 있는 사람들의 연구 대상이다.

기차역에서 콘스탄츠 도심 외곽의 산속에 위치한 콘스탄츠 대학까지는 버스로 10분이면 도착한다. 버스 안에는 "통제는 좋은 것이다. 그렇지만 믿음은 최고의 것이다"라는 글귀가 붙어 있다. 무슨 소린가 싶겠지만 무임승차와 관련한 이야기다. 운전기사는 절대로 통제를 하지 않는다. 운전기사의 임무는 오직 안전운행이며 무임승차를 점검하는 공무원이 따로 있다. 그만큼 믿는다는 의미이다. 걸리면 수십 배의 벌금을 내야 하지만 점검이 허술하기 때문에 사실 걸릴 확률은 크지 않다. 그만큼 믿음에 의존하고 있는 것이다.

독일은 실제로 신뢰 사회라고 말할 수 있을 정도로 믿음이 생활화되어 있는 나라다. 검표나 검침, 은행 거래는 물론 모든 약속이 철저한 신뢰 속에서 형성되고, 이는 법적인 효력을 떠나 구두 약속도 마찬가지다. 불필요한 인력과 비용의 절약 효과는 말할 것도 없고, 신뢰에 익숙해지면 엄청난 생활의 편리함을 느낄 수 있다. 이 같은 신뢰는 그들의 준법정신에서 출발하는데, 그것은 부르크가이스트의 '파생적 승복정신'과 무관하지 않다.

대학에 도착하자마자 멘자 옥상으로 올라갔다. 커피도 한 잔 뽑았다. 독일 친구들과 대화를 나누면서 표현하고 싶은 적절한 단어가 생각나지 않을 때, 커피를 한 모금 들이키며 시간을 벌었던 추억들이 스쳐 지나간다. 식사 후 학생들이 삼삼오오 휴식을 취하면서 머리를 식히는 이곳에서는 주변의 전경이 한눈에 들어온다. 멀리는 알프스가 우뚝 솟아 있고, 가까이는 꽃섬으로 유명한 마이나우Mainau 섬이 보덴 호수의 물결 위에 떠 있다.

독일 및 서유럽의 대학들은 학생뿐만 아니라 시민에게도 열린 공간이다. 누구나 듣고 싶은 교양 강의가 있으면 아무런 절차 없이 언제든 와서 강의를 들을 수 있다. 물론 시험을 치거나 학위를 받는 것은 절차에 따라 등록을 마친 학생들로만 제한되지만, 개인적인 지적 욕구를 위한 학습은 언제나 누구에게나 열려 있는 것이다. 대부분의 대학들이 시민의 세금으로 운영되는 때문에 이상할 것도 없다. 도서관도 마찬가지다. 이처럼 지적 공간을 공유하면서 시민 모두가 대학의 주인이 된다. 어느 자식이 대학을 졸업하든지 모두 귀중한 사회적 인적자원으로 공유하자는 부르크가이스트의 평등적 공존정신이 엿보이는 대목이다.

서열 없는 일류 아닌 일류 대학들

독일 대학에는 없는 것이 참 많다. 입학식도 졸업식도 따로 없고, 학사모도 없다. 그중에서도 특기할 만한 것은 우리가 흔히 말하는 일류 대학이 없다는 사실이다. 독일의 시사 잡지인 ≪포쿠스Fokus≫나 ≪슈테른Stern≫에서 학과별로 대학의 등급을 매기는 경우가 있지만 그 등급은 고착된 것이 아니라 주기적으로 변하며, 재미 삼아 매겨보는 것에 불과하다. 이것이 우리나라 언론에서 잘못 인용되어 서열이 고착화되어 있는 것으로 오해하는 경우가 가끔 있는데, 독일 대학에는 서열이 없다. 스위스도 그렇고 오스트리아와 프랑스도 마찬가지다. 그래서 혹자는 독일의 대학을 두고 교육의 획일적 평등주의를 생각하지만, 이는 정확하지 못한 분석이다. 미국처럼 떠들썩한 일류 대학은 없지만, 따져보면 모두 일류 대학이다. 어릴 때부터 공부에 적성이 있다고 분류된 학생들만 대학에 진학하는 경우가 대부분이기 때문에 그럴 수밖에 없다. 셀 수 없을 만큼 많은 노벨상 수상자를 배출한 독일이기도 하다.

물론 실업계나 직업학교를 선택하는 학생들도 능력에 따라 전문대학Fachhochschule으로 진학하는 길은 언제나 열려 있다. 전문대학이라고 해서 우리나라의 전문대학을 떠올려서는 안 된다. 정확히 표현하면 산학이 밀접하게 연계된 '국립직업응용전문대학'이라고 하겠다. 과외와 입시 지옥 없이도 효율적인 인적자원 개발 시스템이 돌아가고 있는 것이다.

독일 대학에 또 하나 없는 것, 바로 학생 개인이 부담하는 등록금이다. 이는 곧 시민의 세금으로 대학이 운영된다는 사실을 의미한다. 최근 들어 극히 일부 주에서 등록금을 징수하기로 방침을 굳히고 있기는 하다. 독일 중앙연방정부는 대학이 등록금을 징수하는 것을 금지해 놓았지만 독일 헌법재판소가 중앙연방정부의 등록금 징수 금지 법안이 지방 주정부의 권한을 침해한다고 판결함으로써 주정부가 독자적으로 등록금을 징수할 수 있도록 길을 터주었다. 따라서 남부 독일의 바덴뷔르템베르크Baden Württemberg를 비롯한 몇몇 주가 등록금 부과를 추진하고 있다. 하지만 그것도 학기당 500유로, 우리 돈으로 약 60만 원 정도에 불과하다. 여전히 재정의 많은 부분은 세금으로 충당되며, 사회가 학생을 키워가는 큰 틀은 계속 유지된다. 물론 학생들에게는 무이자에 가깝게 융자를 해주고 졸업 후 취업한 다음 상환하도록 하기 때문에 부모들에게 별 경제적 부담이 가지 않는다.

그래도 학생들 입장은 또 그게 아니다. 피켓은 기본! 웃통을 벗고 몸에 격렬한 구호를 새기며 데모를 벌인다. 대학생쯤 되면 으레 부모로부터 경제적으로 독립하는 독일 학생들 입장에서는 아르바이트를 더 해야 하거나 당장 생맥주라도 한 잔 줄여야 할 판이니 당연한 일이다. 안 그래도 사회의 작은 변화에도 데모가 부지기수로 일어나는 독일인데, 사회적 공익의 대명사인 대학에서 개인에게 등록금을 부과한다는 데 사람들이 가만히 있을 리가 없다. 우리로 봐서는 독일인들의 소득수준을 감안하면 등록금이라기보다는 '비싼 수수료' 정도에 가까운 액수인데도 말이다.

어쨌든 중요한 것은 대학이나 직업학교의 운영에 소요되는 대부분의 재정은 세금으로 충당된다는 사실이다. 내 자식 네 자식 할 것 없이 국민이 함께 후세대를 양성하는 시스템이다. 이러한 교육 시스템은 곧 부르크가이스트의 '평등적 공존정신'과 밀접한 연관을 가진다.

19

승복의 삶을 가능케 하는 것들

조세 저항마저 녹이는 파생적 승복정신

언젠가 독일 학생에게 질문을 던진 적이 있다. 독일에서 대학을 다니고 나중에 얼마만큼 사회에 의무감을 가질 것인가 하는 것이다. 국민으로부터 공부에 소질이 있다는 것을 인정받고 또 국민들이 주는 장학금인 세금으로 공부하고 있기 때문에 던져봤던 질문이다.

특별한 의무감보다는 사회 각 분야의 전문가로 활동할 수 있는 기회가 많은 만큼 그에 따라 세금을 많이 내야 하지 않겠느냐는 답이 대부분이었다. 어느 사회든 세금을 좋아하는 사람이 없겠지만, 정당한 의무로 생각한다는 것이다. 이것은 결코 빈말이 아니다. 많이 벌든 적게 벌든, 어떤 분야에서 활동하든 대체로 사회에 승복하며 몸소 그렇게 실천하는 것이 독일인들이다. 이것을 경제학의 용어로 표현하면 '조세 저항이 작다'라고 말할 수 있을 것이다. 아무것도 아닌 것 같지만, 선진 사회의 시스템이 작동될 수 있는 중요한 이유 중 하나다.

그리고 이는 부르크가이스트의 '파생적 승복정신'으로부터 나온다. 때문에 고소득 전문직의 고의적인 탈세를 찾아보기가 쉽지 않다. 단순 노동을 하면서 적게 번다고 그렇게 억울할 것도 없다.

우리는 흔히 서유럽 나라들이 무상교육이니 무상의료제도를 택하고 있다고 말한다. 하지만 엄밀히 말하면 그것은 잘못된 것이다. 세상에 무상은 없다. 모든 사람들이 소득수준에 따라 철저히 세금도 내고 의료보험료도 납부한 뒤에 해당 서비스를 이용하는 것이다. 교육과 의료를 이윤 추구가 목적인 시장에만 맡길 수 없으며, 누구에게나 닥칠 수 있는 중병 때문에 개인이나 가정이 파탄날 수는 없으니 공동으로 서로를 보살피자는 생각이 바탕에 깔려 있다. 부르크가이스트의 '평등적 공존정신'으로 만들어낸 그네들의 사회 시스템이다.

물론 이러한 시스템이 불필요하게 과도한 의료 소비를 촉발시켜 고비용으로 이어지는 경우도 있다. 그럼에도 불구하고 이 제도가 지금까지 성공적으로 운영되고 있다는 사실은 개인적인 도덕적 해이가 유럽인들 특유의 연대의식으로 최소화되고 있다는 것을 방증한다. 개인의 자유만을 우선시하고 극대화시키려는 사회에서는 이 같은 의료 시스템이 오히려 독이 되겠지만 말이다.

우리나라의 박사학위 소지자들이 우리 사회에서 가지는 상징성에 대해 생각해 보자. 물론 워낙에 능력이 특출하기 때문에 학위를 가지는 사람도 많지만, 경제력이 뒷받침되었다면 혹은 부모를 잘 만났다면 나도 학위 하나쯤은 챙길 수 있었다고 생각하는 사람 역시 적지 않을 것이다. 아니, 학위까지 갈 것도 없다. 한국 사회에서 교육이 자본력과 무관하다고 생각하는 사람은 거의 없을 것이다. 그 때문에 못 가진 부모들은 자식에게 죄책감을 가지고 살아간다. 부모의 소득 격차가 학력 격차를 낳고 학력 격차가 다시 소득 격차를 낳는 악순환이 반복되며, 이는 결국 '인간 격차'로 이어진다. 자본력이 동원된 교육을 매개로 한 또 다른 신분 세습은 교육의 기회 균등과는 정면으로 배치되는 것이다.

아무래도 교육에 대한 공개념보다는 시장 원리에 더 익숙한 우리로서는 그쯤에서 그러려니 하고 접어두게 마련이다. 하지만 그것은 잠시 활동을 멈춘 휴화산과 다를 바 없다. 사회에 대한 원초적 불만은 그런 식으로 조금씩 쌓여가는 것이다. 그러다가 힘 있고 능력 있는 사람들의 부패가 드러나면 덮어두었던 마음이 고개를 쳐든다. 사회의 법과 정의에 정면으로 어긋나는 비겁한 개인주의와 극단적인 이익 추구를 보면서 사회의 공정한 룰에 대한 허무와 분노, 체념으로 독한 소주를 가슴으로 쏟아 붓게 된다. 경제력만 있으면 학벌도 포장할 수 있다는, 교육의 기회균등에 원초적인 가치 혼란을 불러일으키는 아노미의 바이러스가 유령처럼 배회한다. 인적자원 개발의 효율성과 공정성의 측면에서도, 그리고 사회적 통합이라는 측면에서도 우리는 상상을 초월하는 사회적 비용을 지불하고 있다. 물론 우리네 서민들은 분을 삭이고 웃으며 열심히 살아가지만, 내심으로는 승복하지 않는 사람이 많을 것이다. 무서운 것은 바로 그것이다. 승복하지 않는 삶에는 갈등이 꼬리를 물게 된다. 이는 사회에 뇌관을 차곡차곡 쌓아가는 것과 조금도 다를 바 없다.

이 같은 뇌관이 누적되어 극단화될 때 걷잡을 수 없는 항쟁이나 혁명으로 이어진다는 사실을 우리는 역사를 통해 알고 있다. 구태여 항쟁까지 들먹이지 않더라도 사회적 균열을 쉽게 상상할 수 있다. 사회적 통합이나 연대의식은 멀어져 간다.

현세로 뛰쳐나온 중세의 깃발

다가오는 세기의 국가 경쟁력은 조화롭게 형성된 연대의식에 좌우된다고 예견하는 경제학자들도 있다. 이들은 기업을 예로 들었지만, 총체적 이윤을 극대화하는 기업이나 사회적 총효용을 극대화해야 하는 국가에게도 마찬가지로 적용될 수 있을 것이다. 경제학자 레이번슈타인Harvey Leibenstein은 이미 1960년대에 "생각보다 많은 기업과 사회가 생산품의 비용을 최소화하는 데 실패하고 있다"라는 요지의 논문을 발표했다.

그는 기업들이 생산함수*를 너무 만만하게 본다고 지적했다. 종업원들의 연대감으로 형성되는 생산능력의 향상을 과소평가하는 기업이 많다는 것이다. 생산성이란 누구도 쉽게 정의를 내릴 수 없는 것으로서 기업이 사회에 공헌하는 모든 노력까지 포함한다. 기업이나 사회의 연대를 위해 치르는 비용을 단순한 비용으로만 보지 말고 또 다른

---

* 생산량에 영향을 끼치는 요소들의 관계를 말한다. 전통적인 생산요소로는 토지·자본·노동이 있지만, 오늘날에는 그 외에도 수많은 중요한 생산요소가 있다.

사진에는 보이지 않지만 마이나우 섬에는 나무다리가 놓여 있어 배를 타지 않고도 섬으로 들어갈 수 있다.

생산성을 위한 투자로 인식하는 혜안을 가져달라고 주문한 것이다.

보덴 호수 위에 떠 있는 작은 섬 마이나우는 평화로워 보였다. 사람이 움직이는 것을 관찰할 수 있을 정도로 지척이었다. 대학 식당 옥상에서 늘 바라봤던 마이나우 섬 주변은 산책하기가 좋아 자주 찾았던 곳이기도 하다.

이 섬은 19세기 중반 바덴의 공작 프리드리히 1세 때부터 식물원으로 가꾸어져 왔다. 면적으로 보면 중부 유럽의 최대 식물원으로 수천 종류의 꽃과 나무로 뒤덮여 있다. 스웨덴 왕가 출신인 레나르트 베르나도트Lennart Bernadott가 부친에게 상속받은 이 섬을 1932년부터 꾸미기 시작하여 이제는 섬 전체가 거대한 식물원이 되었다. '꽃섬'이라는 별명이 잘 어울린다. 독일 최대의 나비 하우스가 있어서 별실에 들어가면 1,000여 종의 나비가 아름다운 꽃들 사이로 어지럽게 날아다니며 관광객을 맞이하기도 한다.

꽃섬 마이나우의 주인인 베르나도트의 흉상이 꽃에 둘러싸여 있다.

몇 년 전 성탄이 무르익어가던 어느 겨울날, 이곳 마이나우 섬의 별장에 베르나도트 왕가의 깃발이 펄럭였다. 그것은 섬의 주인이 사망한 데 대한 조의의 표시였다. 봉건시대 영주들끼리의 영지 탈환이나 집단 전투 시 가문을 표시했던 그 깃발은 이제 더 이상 전투와 투쟁의 상징이 아니다. 시대와 역사를 안고 지금까지 진화해 오고 있는 부르크가이스트의 또 다른 현대적 표상이랄까?

지금 부르크가이스트를 품고서 저 마이나우 섬에 펄럭이고 있는 중세의 깃발은 많은 것을 들려준다. 오늘날 유럽 사회의 저류에 도도히 흐르고 있는 부르크가이스트는 결코 저절로 만들어진 것이 아니다. 부르크가이스트는 부르크가이스트로 충만된 각종 제도나 사회적 합의, 교육 시스템 등에 의해 더욱 공고히 재생산되고 있다. 저기 펄럭이고 있는 왕가의 깃발은 부르크가이스트의 선순환을 상징하는 또 다른 상징일 것이다.

20

부르크가이스트는 진화할 것인가

모든 국민이 현대판 성의 주인

봉건제도를 거치지 않은 나라는 선진국이 되기 어렵다는 학설과 청교도적인 기독교의 원리가 선진 자본주의의 동인이라는 막스 베버의 이야기와 관련해 부르크가이스트의 가치와 의미를 다시 한 번 생각해 보자.

봉건사회는 봉토에 의해 주군과 종신의 법적인 계약관계가 형성되는 복잡한 제도다. 왕만 주군이 되는 것이 아니라 봉토를 받은 영주가 그 봉토를 다시 기사들에게 나눠주면서 행정권 · 입법권 · 사법권을 완전히 이양한다. 무신들에 의한 지방자치제도라 할 수 있다.*

봉건제도에서는 신분의 이동이 불가능했기 때문에 지배 계급인 귀

* 그런 의미에서 과거 고려 시대의 지방 호족 세력들의 존재 양상과 유사하다고 할 수 있다. 고려 말 무신들에 의한 봉건제도가 잠시 정착되는 듯했지만, 무신들이 와해되고 조선 시대로 들어와 중앙집권체제가 확립되면서 서양과는 다른 길을 가게 된다.

족은 대를 이어 귀족으로, 피지배 계급인 평민은 영원히 평민으로 남을 수밖에 없었다. 운명적이고 피동적이긴 해도 피지배 계급인 평민의 신분은 세습되면서 자연스럽게 기술이 축적되고 장인정신이 싹트게 되었다. 여기에서 청교도적인 기독교 원리가 추가로 작용해 주어진 직업에 최선을 다하는 소명정신까지 가세하게 된다. 제1·2차 세계대전을 거치면서 1970년대 초까지 유례없는 서유럽의 경제성장은 축적된 공업 기술의 활용과 성장 전략에다 부르크가이스트의 새로운 '자생적 소명정신'과 '파생적 승복정신'이 더해져 성장 동력에 무섭게 불을 지폈기 때문이다. 이 정신들은 물론 '평등적 공존정신'으로 인해 합의된 교육 제도나 사회 시스템에서 형성된 것들이다.

봉건사회에서 힘없는 평민들은 허황된 꿈을 꾸지 않고 분수를 지키며 살아갔다. 물론 반란을 통해 기존의 질서를 뒤엎고 신분의 수직 상승을 기대할 수도 있겠지만, 보통 평민들로서는 상상하기 힘든 것이었다. 훌륭한 영주를 만난 평민들은 그나마 헛된 한탕의 꿈을 꾸지 않고도 살아갈 수 있었다. 물론 오늘날의 시각으로 보면 당시의 인권과 노동은 분명히 착취되고 있었다. 하지만 영주들도 성이 함락되면 끝장이므로 목숨을 걸고 일선에 나서지 않을 수 없었을 것이다. 특권층이나 지도층의 사회적인 의무와 도덕성을 강조하는 노블레스 오블리제noblesse oblige도 이 같은 배경에서 자연스럽게 형성되었다. 그것은 평민의 이익과 영주의 이익, 국가의 이익이 일치했기 때문에 가능한 일이었을 것이다.

부르크가이스트도 이 같은 역사적 배경과 떼어놓을 수 없다. 독일의 사회학자 노베르트 엘리아스Nobert Elias는 『궁정사회』에서 권력과 문화의 관계를 분석하여 문명의 흥미로운 진화 과정을 밝혀냈다.

봉건 영주의 성곽 내에서 영주를 포함하여 기사와 대장장이, 하녀에 이르기까지 철저히 계급이 차별화되면서 상호의존적으로 엉켜 경쟁하는 가운데 균형을 이뤄왔음을 짐작할 수 있다. 의식주에서부터 행동이나 말투까지 모든 것이 달랐다. 계약이나 계급에 따른 약속을 어기면 가차 없는 잔인한 형벌이 따랐다.

그러나 시간이 흐르고 역사가 흐르며 문명이 진보하듯이 언제나 새로운 싹들은 다음을 준비한다. 공기 속의 작은 먼지와 수증기가 모여 구름을 만들고 천둥과 번개를 만들듯이 인권이나 시민의식 같은 개념이 서서히 형성되기 시작한 것이다. 이 새로운 의식들은 급기야 성 밖을 뛰어넘어 모든 계층에게로 퍼져나간다. 수많은 농민혁명과 근·현대의 시민혁명, 투쟁과 피의 유럽 혁명사는 그렇게 일어났다. 오늘날 소위 선진 유럽국들은 예외 없이 이러한 역사를 거친 나라들이다.

앞에서 보았듯이 봉건시대의 신분이나 계급은 오늘날 자신의 능력에 따른 각자의 사회적 지위나 직업 등으로 바뀌었다. 대부분 비교적 완벽하게 기회 균등이 보장되는 교육과 각종 사회 시스템에 의해서 새로운 위치가 정해졌으므로 사회적 불만과 균열은 최소화될 수밖에 없었다. 오늘날 성의 주인은 더 이상 과거에 존재했던 영주가 아니다. 오늘날 현대판 성, 즉 국가의 주인은 모든 시민이라고 할 수 있다.

물론 오늘날 당시와 같은 영주나 귀족은 남아 있지 않지만 새로운 권력층이나 지도층, 기업가 등 새로운 사회 엘리트들은 존재한다. 하지만 파생적 승복정신이 지배하고 있고, 모두가 평등한 시민이요 사회의 주인인 시스템이 구축되어 있기 때문에, 사람들은 옛날처럼 특권층에게만 특별히 노블레스 오블리제가 요구되는 것은 아니라고 믿고 생활한다. 일례로 연말 등이면 연금으로 생활하는 노년층까지도 사회에 대한 기부를 일상화하는 것에서 그것을 짐작할 수 있다. 이처럼 부르크가이스트는 독일을 비롯한 유럽의 선진국 국민들에게 계층과 지역을 넘어 정치 · 경제 · 사회 · 문화를 형성하는 구심점 역할을 한다. 교육과 복지 등 모든 사회 시스템 곳곳에 부르크가이스트가 흐르고 있다.

보들레르Charles-Pierre Baudelaire는 바닷새 알바트로스의 날개를 두고 "너의 긴 날개가 너의 보행을 방해한다"라고 한탄했다. 부르크가이스트의 하나인 평등적 공존정신의 강도를 재고하자는 사람들의 목소리가 꼭 이런 모양새다. 사회적 연대감과 공동선을 강하게 추구하는 서유럽의 사회는 아무래도 시장보다는 광장이 더욱 발달해 있다. 부르크가이스트가 선진 유럽을 만들었고 앞으로도 그럴 것이지만, 새로운 행보를 위한 속도 조절에 걸림돌이 될 수도 있다는 사실 또한 인식하자는 것이다. 부르크가이스트도 국제 질서와 시대에 맞춰 진화해 갈 것임을 예고하는 대목이기도 하다.

지나친 평등적 공존정신에 대한 우려는 그러한 정신에 의해 만들어진 제도를 미세하게나마 손질해야 한다는 것을 의미한다. 대학의 변모 조짐이나 생산적 복지에 대한 논쟁 등이 바로 그러한 맥락에 있다. 과도한 복지가 오히려 국가 경쟁력을 위협한다며 생산적인 복지로 가자는 논의는 오래전부터 진행되어 왔다. 논의는 아직도 그들에게 현재진행형이며, 동시에 미래진행형이기도 할 것이다. 여타 사회복지 분야의 변화 역시 마찬가지다. 기민당과 사민당의 연정으로 탄생한 앙겔라 메르켈Angela Merkel 독일 총리도 개혁을 외쳤다. 특히 지나치게 고비용 체제인 의료보험 시스템의 대대적인 정비를 외쳤지만, 부분적인 손질에 그쳤다며 비판하는 사람들도 많다. 그러나 부르크가이스트를 이해한다면 왜 부분적인 손질에 그쳐야 했는지를 어렵지 않게 추측할 수 있다.

사회적 자본의 중요성

유럽의 생산적 복지에 대한 논쟁에서 우리나라의 많은 사람이 오해하고 있는 부분이 있다. 사회 안전망이 성장을 저해한다며 단순하게 결론지어버리는 태도가 바로 그것이다. 사실 서유럽의 사회 안전망은 북유럽 국가들과 비교하면 훨씬 가벼운 수준이다. 사회 안전망을 건강한 몸체를 만들어가는 데 필요한 영양소에 비유해 볼 수 있지 않을까? 영양소는 몸체(경제)의 크기와 성장 전략에 따라 투입량이 달라질 수 있다. 불필요하게 과다한 영양소는 비경제적일 수 있기 때문에 조정이 필요하다. 서유럽이나 북유럽 국가들의 그러한 조정 과정을 보고 사회 안전망이 경제성장의 걸림돌이 된다며 쉽사리 판단하는 것은 마치 심각한 영양실조에 걸린 사람이 영양소 자체를 부정해 버리는 것과 조금도 다를 바 없다.

완벽한 사회적 복지 시스템을 갖춘 북유럽 국가들의 복지지수를 100으로 한다면, 서유럽은 80쯤 될 것이다. 복지에 손질을 가하면서 소위 말하는 '생산적 복지'로 향하는 지금의 서유럽은 복지지수 80에서 70으로 조정되는 사회다. 70이 아니라 50으로 대폭 손질을 가할 수도 있지만, 그들은 그런 사회를 원치 않는다. 거창한 사회이론을 들먹일 필요도 없다. 거기에는 상식적인 생활경제의 원리가 담겨 있다. 실업자도 생맥주 한 잔과 빵 한 조각을 살 수 있어야 시중의 선술집이 돌아가고 빵집이 돌아가며 서민들의 시장이 활기를 찾게 된다는 것이다. 승자 독식과 양극화가 심해지는 시대일수록 이 단순한 생활경제의 원리는 빛을 더해갈 것이다. 적당한 복지는 이처럼 시장에 활력을 준다.

물론 적정 규모의 복지 수준이라는 것은 사회적 합의를 거쳐야 할 문제다. 하지만 복지지수가 20에 불과한 나라가 기초 복지에 대해 알레르기를 가지거나 성장과 분배라는 해묵은 담론에만 빠져 있을 수는 없다. 더구나 이러한 사실들이 집단의 이해관계나 정치적 목적으로 이용되어서는 더더욱 안 될 것이다.

룩셈부르크와 노르웨이, 덴마크 같은 나라들은 이미 1990년대 초, 지구촌에서 가장 빨리 국민소득 3만 달러를 넘긴 나라들이다. 우리나라에서 '세금 폭탄'이니 뭐니 하는데, 그렇다면 이 나라들의 세금은 '세금 원자폭탄'이라도 되는 걸까? 사회 안전망이 성장의 동력이 되었는지 아니면 성장을 했기 때문에 안전망을 갖출 수 있었는지는 큰 의미가 없다. 나라도 작고 부존자원도 풍부하지 못한 북유럽 국가들이 지금까지도 세계 최고의 국민소득과 투명성을 자랑하고 있는 것을 보면 모든 것들이 병행해서 나아가고 있음을 짐작할 수 있다.

이처럼 여러 사실로 미루어볼 때 우리는 부르크가이스트의 진화 폭을 어렵지 않게 상상할 수 있다. 선진 서유럽을 건설해 온 시민들의 정신이며 유럽 특유의 사회적 합의를 만들어낸 의식인 부르크가이스트는 앞으로도 유유히 흐를 것이고, 그런 이상 복지와 교육을 비롯한 사회 시스템의 개혁도 기존의 틀을 크게 벗어나지는 않을 것이다.

이는 곧 봉건제도나 청교도적 윤리가 없이는 선진국이 될 수 없다는 일각의 주장을 있는 그대로 받아들이지 말고 '사회적 자본'의 중요성에 대한 이야기로 받아들여야 함을 의미한다. 인적자원과 물적자원만으로는 개발 국가는 될 수 있을지언정, 제3의 자본인 사회적 자본이 병행되지 않으면 선진 국가는 될 수 없다는 이야기이다. 이미 선진국에 진입한 나라들이 거드름 피우면서 말하는 것 같기도 해서 썩 기분 좋게 들리지는 않지만, 지금 우리가 사회적 자본에 대해 심각하게 고민해야 한다는 사실은 부인할 수 없다.

사회적 자본이란 사회 구성원의 상호 이익을 증진시키는 것으로서 네트워크, 규범, 신뢰 등이 그 원천이 된다. 시민들의 협동을 촉진시켜 경제성장에 영향을 주는 관계망으로 규정되기도 한다. 무언가 거창한 것 같지만 사실 모든 나라들은 나름대로의 사회적 자본을 가지고 있다. 문제는 이 사회적 자본이 사회 구성원들이 공유하는 의식과

제도의 상호작용에 따라 천차만별의 얼굴을 가진다는 것이다.

선진국 진입에 실패하고 있는 남부 유럽 등 일부 유럽국들의 공통점은 비교적 정치가 불안하고 그러다 보니 노사관계 역시 불안하며 국민들이 정부를 믿지 못하는 악순환을 거듭하고 있다는 점이다. 그것은 상대적으로 사회적 자본이 비효율적으로 형성되어 있다는 뜻이다. 똑같이 열심히 일하고 땀 흘리며 노력하고 있지만, 서유럽과 비교해 상대적으로 사회적 자본이 부실하고 비생산적이기 때문에 중진국에 머물러 있을 수밖에 없다는 것이다. 그러나 우리가 더욱 주목해야 할 것은 생산적인 사회적 자본은 물리적인 땀방울로 이뤄지는 것이 아니라는 점이다. 그것은 사회를 통합하는 일관된 의식 없이는 불가능하다. 이런 점에서 서유럽인들의 부르크가이스트는 생산적인 사회적 자본을 샘솟게 하는 그들만의 귀중한 옹달샘이라고 할 수 있다.

21

광장과 시장이 손잡는 힘찬 한반도를 위하여

시대적인 시장 정신 – 협력하는 열린 경쟁

부르크가이스트는 유럽의 역사에서 땀과 피의 자양분을 먹고 자라난 결과 형성된 것이다. 그렇기 때문에 이해할 수는 있으나 흉내 낼 수는 없는, 일종의 보편적인 이데올로기와도 같은 것이다. 역사나 문화적 배경에 내재된 의식이라는 것은 참으로 무서운 것이어서, 다시 키우고 살릴 수는 있지만, 돈과 물건처럼 마음대로 차용할 수는 없다.

서유럽에 부르크가이스트가 있다면 우리 역사 속에는 오래전부터 전해 내려오는 '두레 정신'이 있다. 『삼국사기』에 보면 "왕은 6부를 정한 후에 두 패로 나누어 왕녀들이 각각 부 내 여자들을 거느리며 붕당을 만들어 날마다 대부의 뜰에 함께 모여 밤늦게까지 길쌈 노동을 했다"라는 대목이 나오는데, 이는 길쌈 두레의 기원을 보여준다.

이처럼 오랜 전통을 가진 두레가 본격적으로 전국에 확산된 것은 조선 시대에 이르러서이다. 일제강점기를 거쳐 1950년대 말에 이르러 두레의 실체는 사라지게 되었지만, 상부상조를 바탕으로 한 공동 노동으로서 진취성과 자주적인 성격이 강한 두레의 정신은 지금까지 살아있다. 그것은 곧 집약적 노동이 필요할 때 발휘된 협력 정신과 공동체 정신이다.

그뿐만 아니라 두레는 변혁의 힘을 가지고 있었다. 조선 시대의 지배 계급은 두레의 진취적이고 변혁적인 힘을 두려워했다. 농기구와 농악기가 민중 반란에 무기로 사용될 수 있다고 판단해서 몰수해 버린 왕도 있었다고 한다. 실제로 두레는 임술농민항쟁이나 동학혁명 등 조선 시대의 사회변혁 운동과도 유기적인 호흡을 같이해왔다. 특히 동학혁명은 민중을 수탈한 탐관오리들의 부정부패와 농민들을 탈취한 부호의 횡포를 응징하면서 신분 타파 등 개인의 이익 추구를 넘어 민중 구국 운동으로 확산된 위대한 혁명이었다.

중세 유럽에서 깃발을 앞세우고 성과 성끼리 공격을 했듯이 두레 조직 간에도 싸움이 일어났다. 물론 유럽처럼 성을 함락시켜야 하는 생존이 걸린 싸움은 아니었지만, 두레 조직의 공동체적인 유대감과 보이지 않는 경쟁 심리로 인해 작은 싸움이 끊이지 않았다. 자기 마을의 두레가 다른 마을의 두레보다 더 협력적이고 효율적이어야 한다는 경쟁 심리를 바탕에 깔고 상대 두레의 예의를 트집 잡아 힘과 위용을 자랑하려 하기도 했다.

부르크가이스트를 생각하며 이러한 두레에서 지금 우리에게 요구되는 사회적 자본의 축적을 위한 우리만의 시대정신을 건져내보자. 의식은 쉽게 만들어지지 않지만, 우리가 가지고 있었던 것들을 건져 올려 다시 닦고 피우는 일은 가능하기 때문이다.

우리는 아랫마을 윗마을 두레끼리 노동 생산에 대한 경쟁을 벌여왔다. 급할 때엔 농기구도 빌려주고 영농 정보를 교환하며 서로 도우면서도 경쟁을 했다. 그것은 바로 협력하면서 경쟁하고, 경쟁하면서 협력하여 양자가 모두 승리하는 '협력하는 열린 경쟁'의 지혜였다. 서로의 의사소통과 타협과 정보 교환을 통해 양자의 이익을 추구했던 훌륭한 시장 정신이라고 하겠다.

시장경제와 함께 유례없는 압축 성장을 이룩한 우리에게 옛 두레의 정신이 선진국 진입을 위한 시대적인 창조정신으로 새롭게 피어나기를 기원해 본다. 바야흐로 오늘날은 정보기술의 획기적인 발달로 모든 분야의 경계와 관습이 무너지고 있는 시대, 경쟁을 빼놓고 효율을 이야기할 수 없는 시대, 자율과 창의와 신축과 적응이라는 새로운 가치가 중시되는 시대이다. 경쟁하면서 협력하고, 협력하면서 경쟁하는 두레 정신이 시대에 맞게 솟아나야 한다. '협력하는 열린 경쟁'이야말로 선진국 문턱에 선 우리가 두레의 지혜로운 정신에서 지펴야 할 중요한 오늘의 '시대적인 시장 정신'이다.

시장경제에서 협력과 경쟁은 모순 관계나 대립 관계에 놓인 것처럼 보이지만 실상은 그렇지 않다. 세계화가 가속화될수록 더욱 그렇다. '협력하는 열린 경쟁'은 수많은 가능성 가운데 최상의 것을 선택해주는 위력을 가지고 있다. 변화무쌍한 글로벌 시대에 새로운 문제점이 야기될 때 '협력하는 열린 경쟁'으로 무장된 사회에서는 모든 것이 투명하게 연쇄적으로 반응하며 최선의 선택 기준이 설정되는 과정을 거친다. 장기적인 경쟁력을 갖추기 위해 가장 경쟁력 있는 상대를 기준으로 경쟁 채비를 갖추며 윈윈의 경쟁을 유발한다. 최고의 경쟁자가 곧 최상의 협력자이다. 이것이 두레에서 찾아야 할 시대적인 시장 정신인 '협력하는 열린 경쟁'이다.

이 정신의 위력은 여기서 끝나는 것이 아니다. 무엇보다 주목해야 할 것은 자칫 대립하기 쉬운 광장과도 조화를 이룰 수 있다는 사실이다. 협력하는 열린 경쟁은 비즈니스나 기업에만 해당되는 것이 아니다. 개인과 개인, 개인과 단체, 개인과 공공기관, 단체와 단체, 노동자와 사용자는 물론 유권자와 정당, 정부와 국민, 언론과 독자에 이르기까지 사회의 모든 분야에서 무한대의 조합으로 적용될 수 있는 것이다. 그것은 사회적인 최선의 기준을 향해 뻗어가며 드디어는 광장의 가치로도 연결되기에 이른다. 광장에서도 연쇄적인 폭발력을 가지는 '시대적인 시장 정신'이다.

우리에게는 협력하는 열린 경쟁을 살려나갈 조건이 무르익어 있다. 정보기술 강국인 우리나라에는 어느 나라 못지않은 '집단 지성Collective Intelligence'이 있다. 집단 지성은 개별 인간들이 만나 정보와 가치관을 공유하며 새로운 지식을 생산해 내는 것을 말한다. 사이버 공간에서 개개의 사람은 자기의 능력만을 나타내는 하나의 단위에 불과하다. 그러나 그 개인들이 강물처럼 만나 손과 손을 마주 잡으며 지성과 감성을 연결할 때 상상을 초월하는 문제 해결 능력을 갖게 된다. 최적의 행위를 찾아내고 최적의 비판과 감시 기능을 하게 된다. 이 같은 집단 지성은 협력하는 열린 경쟁을 북돋우어줄 뿐만 아니라, 모든 닫힌 경쟁과 그것의 대표적인 예에 해당하는 부패와 비리, 투기까지도 뽑아낼 수 있는 힘이 된다.

시대적인 광장 정신 – 인정하는 열린 공존

두레는 협력하는 열린 경쟁으로 그치는 것이 아니다. 공동체 정신을 중시하는 '광장 정신' 역시 그 못지않게 중요하다. 어려움을 나누며 공동 노동 형태로 탄생한 두레는 우리의 대표적인 농민 공동체로 발전해 갔다. 그런 점에서 두레는 한국인들의 아고라agora였다.* 이러한 광장 정신이 발휘되는 모습은 두레뿐만 아니라 한반도 곳곳에서 찾아볼 수 있다. 옛날, 아낙들이 모인 우물가나 시골장터도 서로의 안부를 묻는 작은 아고라였다. 1898년 종로 네거리에서 청년 학생과 농민, 노동자, 상인들이 모두 모여 공존을 위한 토론을 벌였던 만민공동회는 우리의 또 다른 아고라였다. 월드컵이라는 축제 앞에서 개인과 공동의 가치를 조화시킨 시청 앞 광장의 붉은 물결도 공동체적 광장 정신에 바탕을 두고 있다.

그러나 공동체와 공동선을 위한 광장 정신도 시대에 맞게 현실적으로 다시 솟아나야 한다. 선진국 진입을 앞둔 지금은 열린 시장을 향한

* 아고라는 고대 그리스 도시국가의 중심에 위치한 광장으로 시민들이 모여 토론하는 공간이었다.

세계화의 시대이다. 능력과 적성에 따라 모두 제각기 달려야 하는 복잡한 시대인 것이다. 시장경제에서는 상대적인 승자와 상대적인 패자가 있고, 이들이 각자 가져야 할 것과 누려야 할 것도 당연히 달라야 한다. '인정하는 열린 공존', 이것이 선진국 문턱에서 우리들이 살려야 할 '시대적인 광장 정신'이다.

그러나 이제는 광장도 시장을 향해 손을 내밀어 마주잡을 준비를 해야 한다. 시대적인 광장 정신인 '인정하는 열린 공존'도 광장에서만 머무는 것이 아니다. 시장과도 조화롭게 나아갈 수 있다. 건강한 시장을 활성화시키는 공급자는 인정하고, 정경유착과 비리에 얽힌 공급자나 환경문제에 무감각한 공급자에게는 집단 지성을 바탕으로 한 시민의식을 발휘하여 제제를 가하는 것이다. 이 같은 메커니즘으로 투기가 아닌 정상적 투자를 통해 이룩되는 타인의 부를 진심으로 인정하게 된다. 자기 소유가 아니더라도 우리 사회 전체의 부가 된다. 정당한 타인의 부에 대해 박수를 보낼 때 시장은 힘차게 약동하면서 광장과 마주보게 되며, 시장과 광장이 건강하게 공존하게 된다.

부르크가이스트가 저절로 이어지는 것이 아니라 공정한 시스템에 의해 선순환되고 있듯이, 우리 사회에도 협력하는 열린 경쟁과 인정하는 열린 공존을 지피기 위해서는 시대적이고 혁명적인 고뇌가 필요한 부분이 많다.

한국인들은 확실히 정情이 많으면서도 상대와 비교하며 지기를 싫어해서 악착같이 노력해 따라잡으려고 하는 습성이 강하다. 이런 것을 두고 한국인이 가지고 있는 평등주의의 소산이라고 재미있게 풀이하는 사람도 있다. 어쨌든 그것은 지금까지 우리에게 성장 동력이 되어주었다. 1970~1980년대 수출 드라이브 정책과 함께 산업 현장에서 흘린 피와 땀, 그리고 이 같은 악착같은 근성이 범벅이 되어 놀랄 만한 성장을 이룩한 것이다. 모두가 열심히 땀을 흘린 결과다.

문제는 지금부터다. 이 와중에 발생한 빈부의 격차와 IMF를 거치며 벌어진 양극화는 통합의 구심점을 잃게 했으며, 이러한 경향은 갈수록 가속화되는 동시에 세습되고 있다. 능력과 노력만으로는 양극화를 좁힐 수 없다는 생각이 우리 사회에 번져갈 때, 악착같은 성취의 근성은 사라지고 원망과 좌절, 분노의 늪이 형성되기 시작할 것이다. 선진국 진입을 위한 사회적 자본 축적은커녕 기득권층과 서민 사이의 골만 깊어질 것이다.

이러한 문제를 해결하는 데에서 우리의 교육 현장이 중요한 역할을 해야 한다. 지금까지 많은 것을 이뤄낸 교육 현장이지만, 이제는 시대적인 고민을 새롭게 시작해야 할 때이다. 부르크가이스트가 사회나 교육 시스템에 의해 강화되듯이 '협력하는 경쟁 정신'과 '인정하는 열린 공존'을 피워내기 위해서는 시스템에 대한 고민도 함께 시작되어야 한다.

주변의 여건이 썩 낙관적이지는 않다. 일본은 이미 선진국으로 돌입했고 중국도 급부상하고 있다. 우리에게는 북한의 핵개발과 외교 및 안보에 대한 변수, 그리고 장기적으로는 통일로 인한 경제적 파장까지 흡수해야 하는 과제까지 주어져 있다. 우리에게 통합과 선진국 진입이라는 과제는 다른 중진국과는 통상적인 의미를 달리하는 시대적인 과제가 아닐 수 없다.

많은 나라들이 그러하듯, 선진국 진입을 위한 기술 개발과 산업 성장 전략은 필수적이다. 과거 압축 성장을 일구어낸 땀과 노력도 멈추지 않고 계속되어야 한다. 교육에 대한 열정 또한 살려가야 한다. 인적자원과 물적자원은 어느 정도 갖추고 있다. 그러나 모두가 희망을 가지며 넉넉히 살 수 있는 선진 사회는 그것만으로 이루어지는 것이 아니라 어떤 의식으로 형성되어 사회에 일관되게 흐르는 사회적 자본이 갖추어질 때 가능하다는 사실에 주목해야 한다. 때문에 협력하는 열린 경쟁과 인정하는 열린 공존은 절대로 빼놓을 수 없는 필수불가결한 시대적인 정신이다.

시장경제체제에서 경쟁은 불가피하다. 협력하는 열린 경쟁과 비교되는 '대립하는 닫힌 경쟁'의 전형적인 예를 생각해 보자. 닫힌 공간에서 각자가 눈앞의 이익을 극대화하는 투기적 경쟁은 종종 사회적 대립을 야기했지만, 그래도 개도국 단계까지는 전체적으로 파이를 키운다는 명분으로 정당화될 수 있었다. 그러나 이 같은 경쟁은 사회가 발전해 갈수록 더 이상 부가가치를 생산해 내지 못하고 자신의 이익을 위해서는 타인의 손해를 필요로 하는 제로섬 게임으로 수렴된다. 겉모습은 역동적인 것처럼 보이지만, 정당하지 못한 개인적인 부의 이동이 수시로 발생하고 양극화 현상이 심화되며, 사회 전체의 파이는 예전처럼 증가하지 않는다. 그뿐만 아니다. 투기성 경제 마인드가 주는 무엇보다 심각한 피해는 광장과 타협하며 존재해야 할 영역마저도 시장이라는 이름의 허울로 무차별 파괴시켜 나간다는 것이다. 교육·의료의 시장화 이외에도 부동산 투기도 빼놓을 수 없다. 어미와 새끼가 생명으로 얽혀 미래를 설계하는 작은 삶의 보금자리도 시장에서 거래되는 일반 소비상품처럼 무차별 공격의 대상이 된다. 시장과 광장이 엇박자로 대립하며 만나지 못하는 또 하나의 예이다.

선진 한국을 창조할 전설의 여신, 마고할미

물론 시장과 광장이 만난다는 것은 쉽지 않은 일이다. 많은 나라들이 시장과 광장의 대립을 극복하지 못하고 선진국 문턱에서 좌절하고 마는 것을 보면 잘 알 수 있다. 시장과 광장이 대립하는 사회에서는 정당이 특정 계층의 이익을 대변할 수밖에 없기 때문에 어떤 정당이 정권을 잡아도 정치는 불안할 수밖에 없다. 이런 사회에서는 사회 구성원들이 겉돌게 되어 사회적 자본은 축적되지 않는다.

하지만 선진국으로 진입한 서유럽 국가들은 시장과 광장이 만나지는 못해도 최소한 균형적인 조화는 이루고 있었다. 물론 그것을 가능케 했던 것은 부르크가이스트였으리라.

시장Market과 광장Agora이 마주하면 마고MAgo라는 의미 있는 단어가 만들어진다. 우리에게는 마고할미의 전설이 있다. 마고할미는 하늘과 땅, 바다와 강산을 척척 만들어 한반도를 창조한 신선이자 여신으로, 한반도가 척박할 때 비를 뿌려 대지를 적셔 만물을 소생케 하기도 했다. 이제 다시 한 번 멋진 선진 한국을 창조할 마고할미를 맞이

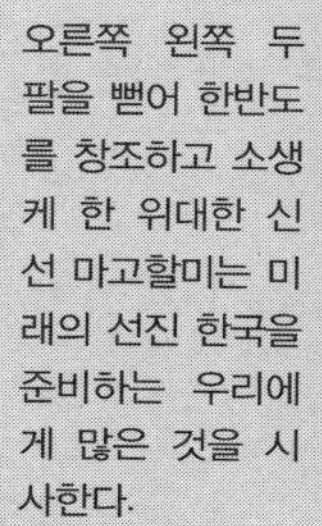

오른쪽 왼쪽 두 팔을 뻗어 한반도를 창조하고 소생케 한 위대한 신선 마고할미는 미래의 선진 한국을 준비하는 우리에게 많은 것을 시사한다.

할 때이다.

'협력하는 열린 경쟁'과 '인정하는 열린 공존'으로 시장과 광장이 조화롭게 만나면 작은 것에서부터 지각변동이 일어나 새로운 질서를 창조하게 된다. 재미없는 정치 이야기지만, 가까운 예를 하나만 들어보자. 오늘날 한국의 정당들은 아직까지도 진보니 보수니 운운하며 세몰이를 한다. 서민과 중산층을 위한 정당이니, 대기업과 기득권을 위한 정당이니 하며 편을 갈라선다. 그러나 시장과 광장이 만나는 곳에서 이처럼 구태의연한 정치 선전은 별 의미가 없다. 시장을 불신하고 광장을 맹신하는 기존의 진보도, 시장을 맹신하고 광장을 불신하는 보수도 시대에 맞게 다시 태어나지 않을 수 없기 때문이다. 서민과 중산층이 무너지는데 궁극적으로 대기업이 잘 돌아갈 리 만무하다. 선진국 진입을 앞두고 있는 지금, 정치 구호도, 진보와 보수에 대한 개념도 모두 새롭게 거듭나야 한다.

오른쪽의 시장에서 왼쪽의 광장을 향해 손을 내밀 때 시장이 건전한 힘을 얻고, 왼쪽 광장에서 오른쪽 시장을 향해 손을 내밀어야 광장이 정당한 활력을 얻게 된다. 서유럽 국가들처럼 시장과 광장이 조화하는 데 그치는 것이 아니라 아예 손을 잡게 되는 것이다. 아니, 손을 잡는 정도가 아니라 뜨겁게 서로가 포옹하며 한 몸이 되어야 선진 대한민국을 만들어갈 수 있다. 물론 이것이 서로의 영역을 침범하면서 무질서하게 얽힌다는 것을 의미하지는 않는다. 서로가 상대의 존재 가치를 인정하며 최상의 조화를 이룬다는 뜻이다. 남녀 간의 사랑과 마찬가지다. 진정한 포옹은 상대의 가치와 존재 이유를 인정하지 않고서는 불가능하기 때문이다.

비 온 뒤 좌우에서 서로를 향해 뻗어 올라 만들어지는 아치형의 아름다운 무지개처럼 하늘로 떠오르는 한반도의 희망! 이런 상황에서 발생하는 빈부 격차나 양극화는 절대로 무서운 것이 아니다. 오히려 건강한 자극제가 되어 모두가 희망을 가지고 살아가게 하는 원동력이 된다.

하지만 그 희망을 현실로 만들어내기 위해서는 많은 용기와 고민, 그리고 땀방울이 필요하다. 우리에게 그것을 생생하게 증언하고 비춰주는 거울이 바로 부르크가이스트이다. 여기에 부르크가이스트의 의의가 있다. 그것이 얽혀 있는 그들 사회의 내막과 일상의 실체를 속속들이 비춰보지 않을 수 없다. 부르크가이스트가 서유럽 국가들의 사회적 자본을 만들어내는 옹달샘이라면, 마고할미는 우리의 사회적 자본을 샘솟게 하는 옹달샘일 것이다.

22

청소년들의 푸른 꿈을 키워주기 위하여

협력하는 열린 경쟁을 가로막는 언어의 성찬

서유럽 각국의 교육 시스템은 나름대로의 오랜 사회 문화적 · 역사적 배경이 모태가 되어 만들어졌지만 대체로 발도르프 학교Waldorf schule*의 이념과 일치하는 부분이 많다. 발도르프 학교는 일종의 대안학교로서 독일에서는 가톨릭학교와 개신교학교에 이어 세 번째 규모가 큰 사립학교 그룹에 속한다. 대안학교라고는 하지만 우리가 생각하는 일반 공교육과 크게 다르지는 않다.

발도르프 교육과 서유럽 국가들이 지향하는 공통적인 교육 이념은

* 발도르프 학교는 1919년 독일 남부의 슈투트가르트(Stuttgart)에서 공장 노동자들의 자녀를 교육할 목적으로 처음 문을 열었다. 개인의 소질에 대한 인식으로부터 출발하는 인간 교육을 기본 이념으로 하고 있다. 기존 사회질서를 위해 무엇을 할 수 있는지를 묻지 않고, 어떤 소질이 있으며 그 속에서 무엇을 개발할 수 있는지를 고심하는 교육이다.

스위스 크로이츨링겐의 루돌프슈타인 초등학교. 다른 많은 학교들과 마찬가지로 발도르프 학교의 이념에 충실한 교육을 펴고 있다.

개인적인 발전의 요구와 사회적인 요구로부터 오는 모순을 최소화하고 조화롭게 발전시켜 나간다는 데 있다. 개별적인 인간을 사회의 모든 창조적 발달의 원천으로 보며, 학급 안에서 가지고 있는 재능의 차이와 선호의 차이를 중점적으로 식별하며 조정한다. 교육의 역할은 기성세대의 이해관계를 위한 것이 아니라 천차만별인 개개인의 재능에 활력을 불어넣어 사회에서 조화롭게 실현시킴으로써 더 나은 사회를 지향하는 것이다.

우리 사회의 교육을 생각해 본다. 일찍부터 능력과 적성을 배려하여 교육을 시키는 유럽임에도 불구하고 오늘날 실업, 특히 청년 실업 문제에서는 자유롭지 못하다. 우리 사회도 예외일 수 없다. 이십대 태반이 백수라는 '이태백'과 같은 단어는 이미 진부한 표현이다. 십대도 장래에 백수를 생각해야 한다는 '십장생' 같은 단어까지 등장했다. 국제통화기금IMF은 최근 한국이 장기적으로 일자리를 만들어가는 능력을 상실하고 있다고 분석했다. 국제기구가 특정 국가의 고용 문제를 언급하는 것은 이례적인 일이다. 세계화가 계속되는 한, 그리고 우리의 교육 시스템이 변하지 않는 한 실업과 양극화라는 문제를 푸는 것은 참으로 요원한 일일 것이다.

"장사도 안 되고, 실업 문제 때문에 얼마나 고생이 많으시겠습니까? 민생을 챙기겠습니다. 기업들이 투자를 하도록 만들어 실업을 해소하겠습니다!" 대안 없는 정치인들이 텔레비전에 나와 늘어놓는 뻔한 말들이다. 기업이 투자를 하고 사회가 그것을 흡수하면 경제가 잘 돌아갈 것이라는, 초등학생도 알고 있는 이야기를 참 길게도 늘어놓는다. 근원적이고 복합적으로 접근해도 쉽지 않은 것이 실업 문제인데 말은 그처럼 쉽게 한다. 이처럼 말의 성찬만을 늘어놓는 정치인과 유권자 사이에 '협력하는 열린 경쟁'은 성립할 수 없다.

기업 입장에서는 투자를 하려면 훈련된 인력이 제대로 갖춰져 있어야 한다고 주장한다. 특히 경제의 허리를 맡아야 할 중소기업의 입장에서는 더욱 그렇다. 물론 기업의 투자 조건에는 여러 가지가 있겠지만, 정치인들이 진정으로 실업 문제를 고민한다면 이 정도의 원인은 파악하고 있어야 하지 않을까? 기업의 투자를 말하기 전에 훈련된 인력에 대한 이야기를 하는 것이 순서가 아닐까?

자원봉사보다 더 급한 새싹들의 할 일

혁신의 출발점은 교육 시스템의 개혁이 되어야 할 것 같다. 그것이야말로 우리 사회의 모든 의식들과 총체적으로 연결되어 있기 때문이다. 한편에는 유아 때부터 상상하지 못할 고액 과외를 시작하는 이들이 있는가 하면, 다른 한편에는 동네 보습학원을 보내는 데도 힘겨워하는 서민들이 있다. 수능 후에도 고액의 논술과외가 기다리고 있고 면접을 위한 성형까지 마다하지 않는다. 물론 그것도 넉넉한 사람만이 가능한 것일 뿐, 서민들의 가슴은 새까맣게 타들어가고 있다.

그것이 개인의 창의력을 키우는 교육이라면 그나마 다행이겠다. 말로는 우리의 미래가 창의성 교육에 달렸다고 떠들면서도 일류 대학 진학이라는 한 가지 목표만을 향해 모든 학생을 몰아쳐오지 않았던가? 모든 시민들이 조금만 시간을 내어 진정 우리의 교육 시스템에 대한 고민을 함께한다면 우리는 사회적 균열의 봉합과 한 발 앞선 교육 경쟁력이라는 두 마리 토끼를 잡을 수 있다.

이 눈치 저 눈치 살펴야 하는 정치에만 기대하기는 어려울 것 같다. 먼저 이 사회의 주인인 우리 시민들 모두가 가슴을 열고 진지한 토론을 시작했으면 한다. 빈부와 직위 모든 것을 내려놓고 선진국 진입을 위한 교육 개혁을 주제로 토론의 대장정을 제안하고 싶다. 밤낮을 가리지 않는 릴레이 토론이 필요하다. 정보통신의 강국답게 인터넷을 통한 집단 지성도 동원되어야 하겠다.

교육은 꿈과 건강한 희망을 심어주는 데서 출발한다. 극소수나 이룰 수 있는 '청운의 꿈' 따위의 이야기가 아니다. 소득 3만 달러를 넘기는 유럽 국가 중에 우리처럼 청운의 꿈만을 얘기하는 나라는 하나도 없었다.

먼저 소박한 것 하나를 제안해 보겠다. 지금 우리는 방학을 맞이하면 초·중등학생들의 의무적인 자원봉사가 일제히 시작된다. 자의든 타의든 그 목적이 어디 있든 남을 위해 움직이는 모습은 물론 보기 좋다. 자원봉사가 필요한 것도 사실이다. 하지만 그것보다 더 급하고 절실한 것이 있다.

학생들이 자신들의 꿈을 발견할 수 있는 곳으로 찾아갔으면 한다. 반듯한 도장이 찍힌 자원봉사활동 증명서를 가져오는 대신에 꿈의 현장 체험 답사기를 쓰도록 하는 것이다. 어디든 좋다. 제빵 공장, 목공소, 제과점, 음악원, 칼국숫집, 구둣방, 구두공장, 미술학원, 연구소, 주유소, 관공서, 미장원 등 가보고 싶은 곳 어디든 보내주고 돌아와서는 소감을 쓰게 하는 것이다. 그렇게 소중한 꿈을 키우게 하는 것이다. 업체와 업소들은 있는 그대로를 보여주면 된다. 일하는 데 조금 방해가 된다 하더라도 우리 후손과 사회를 위해 1년에 단 하루만이라도 새싹들에게 소중한 기회를 주기를 간곡히 부탁한다. 산학 연계는 대기업만이 하는 것이 아니다. 실질적인 산학 연계는 이렇게 시작된다.

지금 독일 및 유럽에서도 교육 개혁의 논의가 활발히 진행되고 있다. 21세기 지식 정보화 시대에 지나치게 일찍 진로가 결정되는 도제식 직업교육의 진로 결정 시기에 대한 논의도 시작되고 있다. 바이에른이나 작센 같은 주에서는 교육에서도 모든 학생들이 평등해야 한다는 시각 때문에 그간 줄다리기를 거듭해 온 영재교육이 부분적으로나마 시작되려는 추세다. 또 초·중등 학생들의 학력 향상을 위해 시험과 경쟁을 강화하는 등의 개혁도 추진되고 있다. 그러나 그들의 개혁은 학생들의 다양한 직업교육을 강화하고, 부모의 경제력과 관계없이 모든 학생의 타고난 능력을 개발하는, 공교육의 틀이 더욱더 강화하는 방향의 개혁임을 주목해야 한다.

바닷새 알바트로스의 날개를 다시 생각할 때

부르크가이스트의 진화를 예고하는 바닷새 알바트로스 날개처럼, 선진국 문턱에 있는 우리의 교육 시스템도 선진국 진입에 걸림돌이 될 수 있음을 다시 생각해야 한다. 시작도 끝도 없는 우리 사회의 무한 교육 경쟁. 이제 그 소모적인 경쟁을 생산적인 경쟁으로 돌리기 위한 용기와 고민이 필요한 때가 아닌가 싶다. 부모의 경제력이 자녀의 교육과 신분 세습에 그대로 투영되는 사회에서 '인정하는 삶'이라는 것은 불가능하다. 상대를 '인정하는 열린 공존'은 기대할 수 없다.

선진 경제로 진입해야 할 우리나라의 핵심 동력 중 하나는 인적자원 개발이다. 이는 선진국으로 진입한 나라들이 예외 없이 구사한 공통된 전략이다. 문제는 그 전략이 어떤 전략이어야 할 것인가 하는 점이다. 압축하면 다양한 분야에서 미래의 부가가치를 창출할 수만 개의 진주를 캐는 일이다. 현재의 교육 시스템으로는 장차 수없이 새롭게 생성되고 소멸될 국내외의 그 많은 서비스산업을 전부 흡수할 수 없다.

물론 교육에도 경쟁은 필요하다. 그러나 천차만별의 재능을 가진 아이들에게 한 가지 잣대를 강요하며 승패를 갈라버리는 시스템, 부모의 경제력이 결정적인 영향을 미치는 시스템, 수능 성적이 어머니의 능력이라고 냉소하는 사회, 일부가 승리하고 대부분이 패배하는 교육 문화와 사회 문화, 결국 소수를 위해 대다수가 방향타를 놓치고 늦어서야 제 갈 길을 찾아야 하는 교육 시스템, 고등학생 다섯 명 중 한 명에게 입시에 따른 자살 충동을 느끼게 하는 이 사회……. 이런 시스템에서 재도약과 미래를 대비할 위한 다양한 진주를 캔다는 것은 기대하기 어렵다.

교육에 대한 기존의 잣대를 부숴버리고 세분화된 분야별 경쟁으로 조기에 소질과 창의력을 개발하는 우리만의 교육 시스템을 만들어갔으면 한다. 소질과 능력에 맞는 효율적인 경쟁을 공교육에 맡기고 사교육 등 무한경쟁의 치열한 교육열을 다른 생산적인 곳으로 돌릴 방안을 연구해야 한다. 설령 치열한 교육열이 다른 곳으로 돌려지지 않아도 좋다. 무차별적이었던 무한 경쟁과 치열한 교육열이 좀 더 효율적이고 개성을 중시하는 창의적인 교육 시스템에 보태지기만 해도 충분하다. 이는 곧 사회적 통합은 물론 상상을 초월하는 시너지 효과를 가져다줄 것이다. 이 같은 효율적인 경쟁을 위한 공교육 시스템에 대한 논의도 시작돼야 한다. 말로만 그래왔지만 정말로 이제는 공부도 하나의 소질로 인정하는 자세가 절실한 시기이다. 춤추기, 노래하기, 그리기, 부수기, 짓기, 만들기, 운동……. 이 모든 것이 하나의 소질이듯이 말이다.

우리는 지구촌에서 유일하게 고등학교 졸업자보다 대학 입학 정원이 더 많은 나라에 살고 있다. 취업 학원으로 전락한 대학은 학생을 고객처럼 모시는 화려한 광고를 하기에 여념이 없다. 대학에서는 엄청난 등록금과 많은 부모들의 보상심리가 맞바뀌진다. '교육의 상업화'에 성공한 나라가 되려는 것일까?

우리는 서유럽인들이 가지지 못한 정열과 저력을 가진 민족이다. 국제화는 승자 독식의 경제와 함께 소량 다품종 시대라는 두 얼굴을 동시에 보여주었다. 이런 상황을 미리 예측하고 대비해 온 선진국들에게도 실업 문제는 예외 없이 다가서고 있다. 정보화 및 기술 혁신에 따라 노동의 수요는 점점 줄어들고 있다. 실업자가 늘어날 수밖에 없는 '고용 없는 성장'의 시대이다. 첨단 기술의 발달이 인간의 정신노동까지 밀어내고 있다.

마음의 혁신도 준비해야 한다. 책상에 앉아 미국 아이비리그 명문대에 진학할 꿈, 최고경영자가 되는 꿈만을 꾸어온 젊은이들에게 수많은 산업과 서비스 분야에 대한 꿈을 기대하기는 어렵다. 청년 실업 문제는 예상된 운명일 수밖에 없다. 순수학문과 한국적인 장인정신을 균등하게 조화시킬 수 있는 교육 시스템에 대한 고민을 시작할 때이다. 최근 학령아동의 급감 등 새로운 교육환경에 맞추어 초·중·고의 6-3-3 학제 변경을 위한 논쟁이 시작되고 있다. 하지만 그것은 하드웨어의 일부를 변경하는 손질에 지나지 않는다. 대운하 건설도 좋고 국토대장정도 좋지만, 선진국 진입을 위한 진정한 교육 시스템의 개혁, 그것을 위한 논쟁과 토론은 아무리 서둘러도 늦지 않다. 시장과 광장의 진정한 만남을 위해서도 반드시 시작해야 한다.

세계는 지금 승자 독식의 시대로 가고 있다. 시장의 특성상 국내에서나 국제에서나 마찬가지겠지만, 아무래도 해외시장에서의 경쟁에는 더더욱 철저히 준비해야 한다. 우리 민족은 역사적으로 많은 외침을 받았지만, 침략을 감행하지는 않았다. 이제 그 한을 풀 준비를 해야 한다. 세계를 공격할 준비를 해야 한다. 물론 이것이 총칼을 앞세운, 폭력의 제국주의를 의미하는 것은 아니다. 시대에 맞는 한국적 장인정신으로 가다듬어진 수천 가지의 다양한 무기로 세계 곳곳을 공략하는 것이다. 우리의 상품과 기술, 우리의 혼魂이 세계 곳곳을 파고들어야 한다.

23

한국의 청소년들에게 띄우는 편지

자신을 위한 행군을

청년 실업 문제가 나온 김에 독일의 기술응용대학Fachhochschule: FH에 대해 이야기를 좀 해야겠다. FH를 기술응용대학으로 표현했으나, 우리와는 대학 체제가 다르므로 정확한 표현이라고는 할 수 없다. 영어로는 '응용학문대학University of Applied Science'으로 번역된다. 기술응용대학이라고 해서 이공계만 생각해서는 안 된다. 경제 · 경영 · 사회 등 사회과학 전 분야가 포함되어 있기 때문이다. 스위스나 오스트리아에도 FH가 있다.

독일의 대학을 크게 분류해 보면 일반종합대학, 기술응용대학, 예술대학 등으로 나눌 수 있다. 학사와 석사 과정이 구분되어 있지 않으며, 일반종합대학의 경우 졸업까지 평균 7~8년이 소요된다. 학과에 따라 '디플롬Diplom'이나 '마기스터Magister'라는, 석사에 해당하는 학위를 받으며 졸업한다. 초등학교 때부터 공부에 소질이 있는 학생들이 모이기 때문에 강의 수준은 매우 높은 편이다. 졸업 후에 전공을 더 깊이 공부하고 싶은 학생들은 박사 과정으로 진학한다.

예술대학과 함께 한국의 유학생들이 집중적으로 몰리는 곳이 바로 이 일반종합대학이다. 법 · 경제 · 사회 · 문학 · 철학 등 일반종합대학으로의 쏠림 현상은 우리의 유교적인 사상과 부모님들의 기대가 한몫하지 않나 생각된다. 사회과학이나 인문학의 심화는 물론 계속되어야 하지만, 외국 유학에 있어 시대적 요구에 부응하는 기술응용대학을 간과하고 있다는 사실이 나로서는 매우 안타깝다. 유학도 시대에 맞게 다양화되어야 하지 않겠는가?

기술응용대학은 일반종합대학과 일반공업대학 사이에 있다고 보면 된다(일반공업대학도 일반종합대학의 범주에 속하지만 이해를 돕기 위해 이렇게 표현했다). 기술응용대학의 중요한 특징의 하나는 철저히 평생 직업과 연계시켜 나간다는 것이다. 전공 분야와 관련된 이론과 실기를 긴밀하게 결합시켜 배우는 것이다. 졸업에 소요되는 시간은 4~5년 정도로 역시 석사에 준하는 학위를 받게 된다(일반종합대학의 석사와 구분은 되지만, 학계나 연구원으로 진출하지 않는 이상 그다지 중요하지 않다). 학생들의 수준은 중상위권 정도로 보면 무난하다. 외국어만 된다면 우리나라 중상위권 학생들이 충분히 흡수할 수 있는 정도의 수준이다.

기술응용대학의 전공 분야는 매우 광범위하고 다양하다. 우리에게 특이하다고 알려진 스위스의 호텔경영학 같은 것은 빙산의 일각에 지나지 않는다. 부동산, 휴먼테크닉, 경영정보, 안경, 환경, 광학에서부터 레저용 보트 제작까지 전문적인 기술을 필요로 하는 직업과 관련된 학과는 모두 있다고 생각하면 된다. 중세 봉건시대부터 현대에 이르기까지 다양하게 분화되어 온 기술 분야를 총망라하고 있는 것이다.

우리나라 청년 실업의 심각성을 보여주는 예로 소위 공시족公試族의 존재를 들 수 있을 것이다. 대학에서 전공과 아무 관계가 없는 각종 공무원 시험을 준비를 하는 진풍경이 벌어진다. 그나마 공복公僕이 되겠다는 신념이나 있으면 다행이다. 이 젊은이들 대다수가 사오정 시대에 그만한 대우를 받는 철밥통이 어디 있느냐며 부닥쳐 보기도 전에 자세를 낮추며 움츠려버렸다는 데 문제가 있다. 수백 대 일의 유례없는 공무원시험 경쟁률은 암울한 우리 사회의 장래를 말해주는 지표가 아닐까?

부가가치를 창출하는 핵심적 경제 주체는 민간 경제이다. 대기업과 중소기업, 수많은 생계형 영세 업체와 개인 등의 경제활동이 없으면 세금도 없고 따라서 정부는 물론 공무원도 있을 수 없다. 시민들보다 공무원이 더 잘사는 나라는 잠시의 과도기로 있을 수는 있겠지만, 오래 유지될 수 없다.

한 축으로는 정보기술의 발달과 경제의 집중화가 이뤄지고 다른 한 축으로는 글로벌화가 가속화되는 시대이다. 시대적인 실업의 문제는 이제 시작에 불과하다. 여러분이 머릿속에 막연하게 그리는 고급 일자리는 극히 제한되어 있으며 그것마저 급격히 감소하는 현실이다. 또한 그것만이 지고한 가치를 지니고 있는 것도 아니다. 미래의 주인

공인 청소년들은 이 넓은 세상의 다양한 일을 폭넓게 바라보고 자신의 실제적인 꿈을 향해 달려야 한다. 그것을 가능하게 하기 위해 우리 사회 역시 선진국 진입을 위한 새로운 교육 시스템 구축을 향해 뜀박질을 시작해야 한다.

밖으로 눈을 돌릴 사람은 밖으로도 눈을 돌려야 한다. 미국으로, 중국으로, 아프리카로, 유럽으로 국제적인 경쟁을 위한 행군을 해야 한다. 자원봉사를 위해 제3세계로 향하는 행군이 아니다. 그것은 무엇보다도 자기 자신을 위한 행군이어야 한다.

한국의 시민으로 세계의 시민으로

그 목적지로 독일도 주목해 볼 만하다. 중세부터 내려오는 장인정신과 다양한 전문 기술로 무장된 독일에 어느 때보다 주목할 필요가 있다. 다시 한 번 청소년 여러분에게 강조하고 싶다. 흔히 언론에서 경제성장이 둔화된 '독일병病'이라는 표현을 자주 쓰곤 한다. 그것은 신중하지 못한 표현이며 더구나 우리들이 진단할 병은 더욱 아니다. 사회 안전망의 유지와 관련한 생산성 문제는 그들이 합의한 문제요, 그들이 진단할 문제다. 마찬가지로 요즘 현 메르켈 총리가 집권한 이후 독일병이 치유되고 경제 재생에 성공했다는 외신을 여과 없이 올리는 경우도 있다. 독일 경제가 그렇게 갑자기 중병에 걸릴 이유도 없고 갑자기 솟아오를 이유도 없다. 독일뿐만 아니라 선진 유럽 국가들의 경제 시스템이 그렇게 되어 있다. 사소한 것 같아도 이런 곳에서도 '협력하는 열린 경쟁'을 이야기할 수 있다. 신중하지 못한 보도는 독자와 언론 사이의 협력하는 열린 경쟁을 가로막아 오히려 잠재적인 국가경쟁력까지 추락시킬 수도 있다.

어쨌든 여전히 독일은 세계 수출국 1위의 자리를 변함없이 지키고 있는 나라다. 이 점에 주목해야 한다. 독일의 기술을 우리 청소년들이 대중적으로 흡수할 수 있는 곳이 바로 기술응용대학이다. 물론 등록금도 없다. 일부 주에서 등록금 부과를 추진하고 있으나 그들에게 흐르고 있는 부르크가이스트 때문에 속도는 느릴 수밖에 없다. 설령 등록금이 부과된다 해도 우리나라 등록금에 비하면 몇 분의 일에 불과하다. 독일 기술응용대학은 우리 청소년들이 잘만 활용하면 세계적인 직업인이 될 수 있는 곳이라고 할 수 있다.

심각한 청년 실업 문제를 누구 탓으로 돌리고 있을 시간이 없다. 기회가 있으면 뛰어야 한다. 지구촌 어디라도 좋다. 부모 잘 만나 좋은 조건으로 미국이나 영국으로 떠나는 유학생들을 부러워할 필요는 조금도 없다. 중요한 것은 용기와 미래를 개척하는 불타는 도전정신인 것이다.

독일의 생활비는 한국과 별 차이가 나지 않는다. 방학을 이용한 아르바이트로 생활비를 스스로 해결하는 방법도 있기는 하지만 학업에 영향을 미치므로 부모와 적당히 상의하는 것이 바람직하겠다. 문제는 언어인데, 고등학교 때부터 준비해도 좋고 그렇지 못할 경우 딱 1년만 죽었다 생각하고 습득하면 된다. 그것이 다 재산이 된다. 지금 독일에는 글로벌스탠더드에 보조를 맞추기 위해 학사와 석사를 구분해 개설하는 학교도 조금씩 생겨나고 있다. 독일 연방정부의 규정에 따르면 한국 학생들의 입학 조건은 그리 까다롭지 않다.* 영어로 강의를 하는 대학도 있지만, 역시 독일의 기술을 습득하고 졸업 후 독일에서의 취업도 고려한다면 독일어가 좋겠다. 물론 우리보다 앞선 분야의 기술과 노하우를 국내로 가져오는 것도 대환영이다. 강의 수준은 우리나라 고등학교에서 중상위권 정도를 유지했다면 따라가는 데 지장이 없을 것이다.

독일의 대학은 모두 절대평가를 하기 때문에 학생들끼리 대립적 경쟁이 아닌 협력적 경쟁이 잘 이루어진다. 다른 학생들에게 의존할 필요는 없지만 필요할 때는 기꺼이 협력을 요청하면 된다. 맑은 마음으로 대하면 문을 활짝 여는 경우가 대부분이다. 김치를 먹이고 찡그리면 잡채나 불고기 카드를 사용해 보자. 소고기는 오히려 한국보다 싸니 재료비도 얼마 들지 않을 것이다. 먹어본 친구들은 "분더바 wunderbar(최고)"를 연발할 것이다.

기술응용대학은 전문 기술과 직업을 연계시키므로 총 8학기 중 두 학기를 의무적 실습 기간으로 두고 있다. 독일이나 한국 세계 어느 곳에서든 전공 관련 업체를 선택할 수 있으나, 기술 습득을 위해 독일 업체를 선택하는 것이 좋을 것이다. 시간이 나는 대로 주변 동네의

* 종전에는 한국 학생이 독일 대학에 입학하려면 한국 대학에서 4학기 이상 수료해야 했다. 최근에는 수능 성적 62% 안에 들면 입학을 허락할 정도로 관대해졌다. 앞으로 수능점수가 공개되지 않으면, 이와 비슷한 수준의 입학 조건이 주어질 것으로 보인다.

작은 업체를 관찰한다면 독일 특유의 장인정신으로 무장한 이름 없는 영세 업체들이 세계시장을 파고드는 것도 목격할 수 있을 것이다.

학업을 마치고 현지에서 취업의 기회가 있으면 그것도 마다할 필요는 없겠다. 만약 한국으로 돌아오게 된다면 다양한 각 분야에서 한국적 장인정신을 발휘하여 세계의 직업인이 되는 푸른 꿈을 실현해 가도록 하자. 웬만한 노하우는 공개하도록 하자. '협력하는 열린 경쟁'도 잊지 말자. 좋은 경쟁자는 최상의 협력자가 된다. 글로벌 시장으로 뻗어가는 저력을 키우는 선구적인 하나의 방법이다. 다품종 소량생산 시대를 겨냥하며 한국의 시민, 세계의 시민, 진정한 경제의 허리가 되는 푸른 꿈을 실현해 가자. 도전에 젊음을 싣고 젊음에 도전을 실으며 말이다.

24

예거슈투베의 아인토프

선술집을 자주 찾았던 이유

대학을 빠져나와 '예거슈투베Jägerstube'를 찾았다. 예거슈투베는 콘스탄츠 대학 기숙사 밑에 있는 생맥주를 파는 선술집으로 '사냥꾼의 집'이라는 뜻이다. 독일이나 스위스에는 독특한 이름으로 대를 이어가는 선술집이 많다. 콘스탄츠 시내에서 자주 들렀던 집으로는 헥센큐헤Hexen Küche(악마의 부엌), 블루노트Blue Note(푸른 악보) 등이 있었고, 스위스 집 근처에서 즐겨 찾았던 집으로는 존네Sonne(태양), 프로진Frohsinn(기쁨, 반가움) 등이 있었다. 이 가게들 모두 자신의 이름에 걸맞은 분위기와 전통을 가진 선술집이다.

선술집을 자주 찾았던 이유는 보통의 사람들을 만날 수 있었기 때문이다. 그 사회의 실체를 파악하기 위해선 훈련된 엘리트 집단보다는 평범한 보통 사람들을 알아야 한다고 생각했다.

그래서 선술집은 더욱 의미 있는 곳이다. 유럽처럼 토론 문화가

선술집은 독일 보통 사람들의 삶이 살아 있는 곳이다. 이 사진은 즐겨 찾던 선술집 '존네'의 모습이다.

발달한 곳에서는 시민들의 정치 · 경제 · 사회 · 문화가 실제로 살아 어우러지는 선술집이야말로 그 사회의 꾸밈없는 실체를 적나라하게 들여다볼 수 있는 곳이기 때문이다. 선술집에 들어서면 독일이 보이고 서유럽인들의 또 다른 일상이 보인다. 나는 선술집에서 생맥주를 한 잔 앞에 두고 수많은 낯선 이들과 계층을 떠나 자연스럽게 어울릴 수 있었다.

예거슈투베는 평범한 선술집이지만, 오랜 세월을 같이했기에 깊은 정이 든 곳이다. 이 집에는 의미 있는 짧은 시 한 편이 걸려 있다. 시 옆에 장식된 색 바랜 낡은 사슴뿔도 여전했다. 선술집 웃어른의 직업이 사냥꾼이었다고 한다.

사냥꾼은(나는) 좀처럼 교회에 가지 않는다.

그러나 녹색으로 우거진 숲 위로 펼쳐지는 한 줄기의 푸른 하늘은

잘못된 기도보다 훨씬 위대하다는 것을 말하고 있다.

독일이나 서유럽 젊은이들이 성당이나 교회를 찾아가 기도하는 경우는 우리가 생각하는 것만큼 흔치 않다. 종교세를 내면서도 종교 활동은 거의 하지 않는 것이다. 그런 점에서 우리나라나 미국과 같은 요란한 기독교 문화와는 비교가 된다. 열성적으로 믿는 일부를 제외하곤 노년이 되면서 착실하게 교회나 성당을 찾는 것이 일반적이다. 이웃 사랑이나 나눔의 사랑을 요란스럽게 외치던 교회나 성당은 사회 안전망이 정비되면서부터 자연스럽게 조용한 생활 종교로 자리 잡아가고 있다. 종교가 힘이 세지고 커다란 역할을 하는 것은 사회 시스템이 제대로 작동하지 못할 때라는 사실을 새삼스레 떠올리게 된다.

짧은 시지만 많은 것을 얘기하는 듯하다. 어떤 일이든 자기가 맡은 일에 소명의식을 가지고 최선을 다하리라는 마음도 보이고 직업에 대한 양심과 용기도 보인다. 그런데 도대체 '잘못된 기도'란 무슨 기도를 의미하는 것일까? 오직 자신만을 위해 습관적으로 기도를 올리는 것을 못마땅해하는 사냥꾼이었을까? 사냥을 위해 앗아야 하는 짐승의 생명을 괴로워하며 참회했던 것일까? 그런 그에게 하늘을 덮어버린 깊이 우거진 녹색의 숲 속에서 발견한 한 줄기의 푸른 하늘이 무한한 희망과 용기를 주었는지도 모르겠다.

미완의 비빔밥과 미완의 아인토프

독일의 세계적인 사회학자 막스 베버는 사람들은 스스로가 신에 의해 선택된 사람임을 확신하기 위해 각자 맡은 일에 직업적 소명의

식을 가지고 부지런히 일하며 살고 있다고 설파했다. 시에 등장하는 사냥꾼의 직업이 어느 시대에 존재했는지는 알 수 없어도 베버의 말에는 설득력이 있어 보인다.

독일 사람들이 맡은 바 직무를 수행하는 것을 들여다보면 종종 무섭다는 생각까지 하게 된다. 우직스러워 보이기도 한다. 기도 대신에 푸른 하늘을 보며 번민을 극복하고 최선을 다하는 사냥꾼의 자세처럼 진지해 보이기도 한다. 콘스탄츠 대학의 어느 화학과 교수는 교수직을 버리고 대학의 수위실 근무를 자청해 대학 안에서 화제가 된 적이 있다. 이유는 간단했다. 첨단 논문을 소화할 능력이 현저히 떨어져가고 있다는 스스로의 판단 때문이었다고 한다. 맡은 업무에 최선을 다한다는 의미의 끝은 어디인지 많은 것을 생각하게 한다.

이런 선술집에서 내놓는 고깃덩어리는 완전 독일식이다. 비스마르크Otto von Bismarck와 정면으로 대립하면서 노동자의 권익을 옹호하려 애썼던 빌헬름 2세Wilhelm II가 좋아한 음식 중 하나가 바로 삼겹살이었다. 삼겹살이라 해서 우리처럼 얇게 썰어 구워 먹는 게 아니라 주먹만한 것을 삶아 건져 감자와 함께 먹는 것이 보통이다.

독일 음식은 확실히 투박한 면이 있다. 이 같은 선술집에서 안주 없이 맥주를 즐기다가 배가 고프면 고깃덩어리나 꿀꿀이 죽 같은 '아인토프Eintopf'를 시킨다. '하나의 냄비'라는 뜻의 아인토프는 제2차 세계대전 때 히틀러가 장려한 식품으로 감자, 야채, 고기 부스러기 등 여러 가지 재료를 냄비에 넣고 걸쭉하게 끓인 죽이다. 각각의 재료들이 확실하게 제 몫을 하며 어울려 맛을 내는데, 한 그릇 비우면 영양가도 만점이고 배도 든든하다. 흔히 대학생과 서민들이 즐기는 음식으로 소개되지만 모든 시민이 즐기는 음식이라고 소개해야 정확하다. 독일의 서민은 우리가 생각하는 서민의 개념과는 다르다. 소득이 상대적으로 낮은 계층일 뿐, 모두가 기본적인 것은 누리며 살기 때문이다.

아인토프를 보며 갖은 재료가 어울린 우리의 비빔밥을 떠올려본다. 유럽인들이 종종 우리의 비빔밥을 이야기하는 경우가 있다. 항공사의 기내식으로 비빔밥을 먹어봤다거나 하는 식으로 이야기하곤 하는데, 우리나라의 위상이 예전과는 달라지고 있다는 점에서 반가운 일이다.

모든 직업은 귀중하며 어떤 형태로든 사회에 기여하고 있다. 그러나 효율적인 인적자원 개발이니 승복의 사회니 거창하게 말하기 전에, 교수가 되어야 할 사람이 자장면을 배달하고 있다거나 화가가 되어야 할 사람이 식당에서 그릇을 닦고 있다면 그러한 사회는 개인의 능력과 그것을 통해 이끌어낼 수 있는 사회적 잠재력을 썩히고 있는 것이다. 미완의 아인토프, 미완의 비빔밥이라고나 할까?

25

베를린까지 달려야 할 우리의 통일 열차

그날에도 사랑에 여념 없었던 독일의 연인들

이런 선술집에서 낯선 독일인과 마주앉아 한국에서 왔다고 인사를 건네면 대개 우리 한반도의 분단을 이야기한다. 월드컵 4강 신화나 과거의 압축 성장을 이야기하는 사람도 있지만, 한국의 대표적 이미지는 여전히 분단으로 각인되어 있는 모양이다. 한국의 분단을 이야기하는 사람들 중에는 우리의 분단에 얽힌 역사를 정확히 꿰뚫고 있는 경우가 많다. 역시 분단의 역사를 가진 독일이기에 방송 매체나 언론을 통해 특집기사 등을 자주 접했기 때문일 것이다. 그렇게 이야기를 하다 보면 으레 자기네들의 통일에 관한 이야기로 옮겨간다.

눈여겨봐야 할 사실은 많은 독일인들이 통일이 예상치 못하게 어느 날 갑자기 닥쳐왔다고들 이야기한다는 것이다. 맞는 이야기 같기도 하고 틀린 이야기 같기도 하다. 구서독은 1960년대 이후 체제 우위를 굳히면서 공산 체제는 외부의 압력으로 굴복시킬 수 없다는 인식 아래 꾸준하게 동독 체제에 접근하면서 체제 변화를 유도해 왔다. 이것이 이른바 동방정책Ostpolitik이다. 정권이 바뀌어도 신동방정책을 표명하며 꾸준히 정책을 이어갔다. 그럼에도 통일이 갑작스럽다고 생각하는 것은 상상하기 쉽지 않은 통일이 실제로 어느 날 느닷없이 눈앞으로 닥쳐왔기 때문일 것이다.

프랑카는 40대 중반의 독일 여인이다. 남편은 회사의 중견 간부. 부부 불간섭주의로 결혼생활을 하는 프랑카는 어느 날 우연히 대학생 때 몸과 마음으로 활활 사랑을 불살랐던 27년 전의 옛 애인 하인리히를 찾아간다. 세탁소 주인이 된 옛 애인은 장년으로 변해 있었다. 깜짝 놀란 하인리히를 고급 호텔 스위트룸으로 데려간 프랑카. 그들은 1989년 11월 6일부터 11일까지 5박 6일간 세월에 묻혔던 사랑을 되살려 놓는다. 가슴이 옛날 같지 않은 프랑카나 뱃살이 옛날 같지 않은 하인리히지만 둘은 촛불을 켜놓고 그윽하고 서로를 바라보면서 사랑을 나눈다. 그렇게 그들이 침대에 파묻혀 있던 1989년 11월 9일 오후 7시, 에곤 크렌츠 동독 공산당 서기장은 베를린 장벽을 전면 개방한다고 선언한다. 사실상 동·서독의 장벽이 무너져버린 채 동독 시민들은 파도처럼 서독으로 밀려오고 있었지만, 프랑카나 하인리히는 아무것도 모르고 그렇게 사랑을 하고 있었다.

이것은 독일의 작가 엘케 하이덴라이히Elke Heidenreich의 소설 『세상을 등지고 사랑을 할 때Der Welt den Rücken』에 등장하는 한 장면이지만, 그저 소설 속의 이야기만은 아니다. 실제로 많은 서독인들은 베를린 장벽이 무너지던 날 저녁, 연인끼리 데이트를 하거나 선술집에서 맥주잔을 기울이며 시간을 보냈다. 다음날 텔레비전에서 쏟아져 나오는 특보를 보고서야 놀라는 사람들도 있었다. 베를린 장벽은 그렇게 무너졌다. 나 역시 당시 독일에 있었지만 그날은 몰랐다. 이튿날 언론을 통해 알았지만, 정말 실감이 나질 않았다.

그러나 통일 후 오랜 세월이 흘렀어도 무너뜨려야 할 장벽은 여전히 존재하고 있다. '오씨Ossi'나 '베씨Wessi' 등의 단어는 우리에게도 이제 더 이상 생소한 단어가 아니다. 동독 녀석, 서독 녀석쯤에 해당하는 이 단어에는 서로에 대한 섭섭함과 원망이 섞여있다. 구서독인은 구동독인을 '오씨'라 부르고 구동독인은 구서독인을 '베씨'라 되받아친다. 통일 후 본격적으로 쓰이기 시작하더니 통일을 이룩하고 오랜 세월이 흘렀지만 사라지지 않는 속어이다.

여기에는 다음과 같은 이유가 있다. 구서독인은 구동독을 위해 쏟아 붓는 재정에 부담을 느낀다. 구동독인은 그러한 재정 지원 덕택에 통일 전보다 생활이 나아졌지만, 구서독인에 대한 열등감이나 상대적 박탈감을 여전히 지우지 못하고 있다. 재미있는 것은 구동독인의 생활수준이 구서독인의 수준에 접근해 갈수록 통일 체제에 대한 구동독인의 불만이 커져간다는 것이다. 흥미로운 패러독스가 아닐 수 없다. 베를린 장벽이 무너지기 전까지 많은 동독인은 서독 체제를 그리워하고 동경했으며, 장벽이 무너지자 그것을 제 발로 밟으며 건너오지 않왔던가?

이러한 불만은 통일 전 동독인들이 서독이 향유하고 있는 높은 복지사회의 뒷모습을 제대로 파악하는 데 실패하고 있었다는 데서 기인한다. 그들은 복지사회가 강도 높은 노동에 의해 뒷받침되고 있었다는 사실을 제대로 꿰뚫어보지 못했던 것이다.

서독의 동독 지원 방법에 문제점을 제기하는 사람도 많다. 서독은 가능한 한 빨리 동독인의 생활수준을 끌어올리기 위해 서독 경제가 휘청거릴 정도로 막대한 마르크화를 동독에 투하했다. 동독인의 생활수준도 향상되고 있지만, 동독 지역의 실업률은 여전히 서독 지역보다 2배나 높다. 구동독 지역은 청년들이 일자리를 찾아 대도시로 빠져나가는 바람에 썰렁한 도시로 변해버리기도 했다. 속도 조절과 더욱 치밀한 지원 전략이 아쉬운 대목이다.

'통일의 분단'이라는 신조어

통일 독일 체제에서 아직도 겉돌고 있는 상당수의 구동독인들은 강력했던 구동독 체제에 어렴풋한 향수마저 느끼고 있다. 이것이 오스탈기Ostalgie*이다. 일부는 극단적인 오스티미스무스Ostimismus, 즉 동독 편향주의에 빠지기도 한다. 통일 기념일이 다가오면 곳곳에서

* 동쪽(Ost)과 향수(Nostalgie)의 합성어로서 동독인들이 구동독에 대해 느끼는 향수를 지칭한다.

축제가 열리는데, 일부 동독인들은 축제 대신 '차라리 옛날이 좋았다' 라고 시위를 벌이기도 한다. 물론 대부분의 구동독인이 옛날 체제로 돌아가기를 원한다는 것도 아니고 통일을 후회한다는 것은 더더욱 아니다. 문제는 통일 후 지금까지도 많은 구동독인들이 게르만의 동질성을 회복하는 데 혼란을 거듭하고 있다는 점이다. 그래서 독일에는 지금 '분단적인 통일getrennte Vereinigung'이라는 신조어까지 등장하였다. 아직까지 분단으로 남아 있는 한반도 우리들의 마음을 무겁게 만드는 장면이 아닐 수 없다.

독일은 상대적인 박탈감을 최소화하는 사회적 시장경제 시스템을 작동시키고 있다. 게다가 통일 전까지 구동독은 공산주의 국가 중에서는 그나마 가장 선진화되어 있었고 막강한 경제력을 가진 서독과는 직·간접적인 교류를 계속해 왔다. 이런 상황에서조차 통일 후 구동독 주민들은 소외감을 거두지 못하고 겉돌고 있으며 '분단적인 통일' 이라는 신조어까지 낳고 있는 것이다.

이처럼 통일 후 15년이 지나도록 아직까지 동·서독인 간의 내부 통일 문제를 걷어내지 못하고 있는 독일의 경우가 분단 한반도에 던지는 메시지는 심상치 않다. 천문학적인 통일 비용은 오히려 부차적인 것이다. 남북의 체제는 동·서독의 경우와 비교하면 그 차이가 엄청나게 크다. 지리적 통일을 이룬 후에도 내부 통일을 위해 치러야 할 험난한 여정은 상상을 초월하는 미래의 사회적 비용으로 분명하게 남아있을 것이다.

지구촌 유일의 분단국인 우리 한반도도 언젠가는 통일을 맞아야 할 것이다. 독일인들이 선술집에서 맥주를 마시다가 혹은 연인과 데이트를 하다가 갑자기 통일을 맞았다고 여유롭게 떠들고 있지만, 준비하지 않은 통일이 있을 리 만무하다. 한반도의 통일이 어찌될지 미래를 예측하기는 물론 힘들다. 핵실험까지 강행해 버린 북한이 국제적 고립을 불러와 어느 날 갑자기 산사태처럼 북한이 무너질 수 있다고 주장하는 전문가들도 있다.

통일이 싫든 좋든, 통일의 형태가 어떤 것이든, 그리고 통일로 가는 길이 아무리 멀고 험하다 해도 통일 열차는 달려야 한다. 핵문제가 불거지고 안보와 평화가 위협받을 때마다 해외 투자자들은 코리아 디스카운트를 계산한다. 선진국 진입을 위한 준비를 떠나 이럴 때일수록 우리의 사회적 통합은 생존과 직결되는 엄청난 것임을 아무도 부인하지 못할 것이다. 한반도가 진정한 경제대국으로 솟아나기 위해서도 속도 조절의 임무를 띤 장기적인 통일 열차는 달려야 한다. 부산에서 출발하여 평양을 거쳐 두만강을 지나고 시베리아를 횡단하여 우랄을 뚫고 모스크바를 거쳐 우리보다 먼저 통일을 이룬 독일의 베를린까지 통일호는 달려야 한다.

26

몸 낮춰 용서 빌면서 얻는 이상한 힘

잃어버린 자전거 한 대

예거슈투베를 비롯한 선술집에서 독일인과 대화를 할 때 가장 많이 나오는 이야기 중 하나가 이처럼 통일 독일과 한반도 분단에 관한 것들이었다. 독일인과 프랑스인들 사이에 흐르고 있는 감정 또한 만만치 않게 자주 등장하는 소재였다. 히틀러나 유대인 이야기도 섞였다. 대부분 상대가 먼저 물꼬를 튼다. 웬만큼 절친한 사이가 아니라면 유대인 대학살 홀로코스트Holocaust 등 독일인에게 민감한 이야기는 먼저 끄집어내지 않는 것이 예의지만, 상대가 먼저 끄집어낼 때는 마다할 이유가 없다.

그것은 내게 항상 흥미로운 주제였다. 민족이 다르다는 이유로 대량 학살을 감행한 히틀러를 집권하게 해준 독일인들이 오늘날 외국인을 대하는 감정에는 어떤 변수들이 어떤 모습으로 녹아 있는지 궁금했기 때문이다. 모든 사람 속을 들여다볼 수는 없겠지만, 나는 이러한 대화를 통해 대부분의 평균적인 독일인은 히틀러의 역사에 대해 제대로 반성하고 있다는 것을 느낄 수 있었다. 요란스럽게 짖는 개는 물지 않아 무섭지 않다는 속담이 떠올랐다. 조용히 반성하고 용서를 비는 독일인, 몸을 낮춰 용서를 비는데도 거꾸로 이상한 힘이 느껴졌다.

어느 날 이 선술집에서 한 독일 청년이 맥주 한 잔 '초대'하려는데 허락할 것인지 정중하게 물어왔다. 모르는 사이에는 그것이 예의다. 물론 계산할 때 초대한 맥주 한 잔만 따로 계산한다. 우리 식으로 "맥주 한 잔 사겠다"라는 표현은 쓰지 않는다. 식사도 그렇고 모든 것은 '초대한다einladen'라고 이야기한다. 초대하지 않고 그냥 맥주 마시러 가지고 제안할 때는 친한 사이라도 더치페이를 하는 것이 원칙이다. 청년의 초대를 받아들이니 그는 뮌헨에서 이곳 콘스탄츠로 업무차 들렀다며 다음과 같은 이야기를 들려주었다. 요슈카 피셔Joschka Fischer가 독일 외무부장관으로 있을 때의 이야기다.

빼앗긴 자전거는 저의 아버님 것이었습니다. 당시 11살이었던 저는 그때 받은 놀라움과 충격을 아직도 간직하고 있습니다. …… 그러나 54년의 세월이 흐른 지금, 특별한 증오나 원망을 갖지 않으려고 노력하고 있습니다. 약속대로 빼앗긴 자전거 한 대를 되돌려 주십사 하고…….

파리 외곽에 거주하는 프랑스인 졸 바도 씨가 파리 주재 독일대사관 앞으로 띄운 편지 내용의 일부다. 편지라기보다는 청원서에 가까운 내용을 담고 있다. 바도 씨는 아버지가 돌아가시자 서류를 정리하다가 색

바랜 영수증 하나를 발견했다. 01066의 압수 번호와 함께 1944년 9월 1일이란 날짜가 희미하게 찍혀져 있는 낡은 쪽지였다. 바도 씨는 그 종이를 보고 54년 전의 사건을 정확히 기억해 낼 수 있었다. 당시 11살의 어린 소년이었던 바도는 이웃 농가에 가서 우유를 가져오라는 아버지의 심부름을 받고 자전거를 타고 가다가 독일군 세 명으로부터 자전거를 압수당했다. 겁에 질려 돌아온 어린 소년의 손에는 독일군이 건네준 영수증이 쥐어져 있었는데 아버지가 이것을 간직하고 있었던 것이다.

비시 정권 말기에 일어난 일이었다. 비시 정권은 1940년 6월 프랑스 패전으로 남북으로 분할되면서 성립된 파시스트 독재정부다. 북쪽은 독일 나치군이 다스렸지만 남쪽은 페텡을 수반으로 한 친나치 정권인 비시 정부가 들어섰던 것이다. 약 4년 정도의 짧은 기간이었지만 비시 정권은 온갖 방법으로 나치에 협력하면서 조국을 배반했다. 해방과 함께 망명정부 자유 프랑스를 이끈 드골의 준엄한 과거 청산 작업은 바로 이들을 겨냥한 것이었다. 드골 정부는 비시 정권에 직접 가담한 자는 언론인이나 작가 등 지식인 그룹까지 가혹하게 다스렸다. 지식인의 도덕 정신을 질책한 것인데, 뉘른베르크 재판이 전범 재판이라면 드골의 재판은 반민족 행위에 대한 국가적 재판이었던 것이다.

편지를 받은 파리 주재 독일대사관에서는 바도 씨에게 독일 주재 프랑스대사관을 통해줄 것을 요구했다. 그러나 바도 씨는 국가와 국가가 풀어야 할 문제가 따로 있고 개인과 국가가 해결해야 할 문제가 따로 있다며 자전거 한 대를 돌려달라는 고집을 꺾지 않았다. 결국 독일대사관에서는 바도 씨의 주장에 일리가 있음을 인정하고 다음과 같은 답장을 하게 된다. "당시 독일군의 무례함을 사과드립니다. 요구하신 자전거 한 대에 대해서는 상응한 조치를 해드릴 것입니다." 당시 독일 외무부장관에게 자전거를 돌려받았는지까지는 확인할 수 없었지만 상응하는 해법이 제시되었을 것으로 짐작한다.

이야기를 끝낸 청년은 유대인 학살은 물론 나치와 관련된 모든 것들은 공적인 것과 사적인 것 가릴 것 없이 철저히 반성하며 보상되어야 한다고 말했다. 독일과 프랑스와는 관련이 없는 우리가 듣기엔 뭐 그리 재미난 것도 놀라운 것도 아니다. 듣기에 따라선 과거에 대해 철저히 배상한다고 은근히 자랑하는 것처럼 들리기도 했다. 하지만 이 독일 청년의 이야기는 많은 것을 시사하고 있었다. 역사의 청산은 얼마나 복잡한 것인가, 그리고 나치 정권이 저지른 과오의 역사를 젊은 청년들까지도 얼마나 깊이 생각하고 있는가를 말이다.

열린 민족주의의 블랙홀

극소수이기는 하지만 독일인 중에는 나치 정권의 역사에 극단적인 반응을 보이는 두 계층이 있다. 그 하나는 신나치주의를 외치며 외국인에 대해 폭력을 행사하는 극우주의자로, 주로 구동독 출신의 실업자들이다. 다른 하나는 강대국 공포증을 가진 극좌주의자(?)인데, 이들은 독일 축구 감독인 클린스만Jürgen Klinsmann의 선수 시절 별명인 '독일전차'까지도 좋아하지 않았다. 독일이 축구 경기에서 승승장구하면 오히려 채널을 돌려버릴 정도로 민감한 사람도 있다. 강대국으로 보이는 것에 대해 두려움을 가졌던 것이다. 강대국을 향해 돌진했던 히틀러의 야욕이 불러온 얼룩진 역사에 진정 몸서리치는 이들이다. 어쨌든 대부분의 평균적인 독일인들은 대체로 나치 정권을 사죄하고 깊이 반성하고 있었다. 나치 정권의 역사는 오늘날 독일인들의 의식에 복합적으로 작용하는 역사의 한 토막임을 부인할 수 없다.

그 때문에 독일은 민족주의에 대단히 민감한 나라이다. 정치 지도자들은 "애국자는 조국을 사랑하는 사람이지만, 민족주의자는 다른 민족을 증오할 수도 있다. 어설픈 민족주의에는 반대한다"라고 말한다. 특히 라우Johannes Rau 전 대통령이 공식석상에서 자주 강조하곤 했다. 대부분의 양식 있는 독일인들 역시 실제로 그렇게 생각하고 있다. 두 차례의 세계대전과 히틀러의 역사를 생각하면 수긍이 가는 일이다. 물론 지금 유럽 어느 나라에서도 민족주의자라고 떳떳하게 외치는 사람은 많지 않다. 민족주의자는 외국인을 배척하는 극우주의자로 비칠 수 있기 때문이다. 제국주의, 파시즘, 나치즘, 양차대전으로 이어지는 잘못된 역사를 되풀이하지 않으려는 의지로 비치기도 한다.

그러나 열린 민족주의도 있다. 잘못된 지난 역사를 진심으로 사과하는 것이 그 예이다. 독일이 그렇다. 물론 일부이긴 하지만 히틀러를 외치며 외국인을 공격하는 스킨헤드 극우주의자들이 존재한다. 그들은 열린 민족주의의 블랙홀이라고 할 수 있다. 그들 대부분은 구동독 출신의 실업자로서, 복지 제도가 비교적 완벽하게 갖춰졌지만 상대적인 박탈감을 가지고 있는 이들이다. 여러 가지 요인이 있겠으나 무차별적인 평등적 공존정신도 한몫을 하는 것 같다. 부르크가이스트의 세 가지 정신 중 유일하게 평등적 공존정신만큼은 구동독 체제에서도 지나치리만큼 철저히 흐르고 있었던 모양이다. 평등적 공존이라기보다는 무차별적 평등에 가깝지만 말이다.

사회주의 체제에서 살아왔던 구동독인들은 아무래도 구서독인들보다는 상대의 부를 인정하는 데 인색할 수밖에 없을 것이다. 이러한 일부 구동독인을 비롯하여 상대적 박탈감을 가진 이들이 독일의 열린 민족주의에 걸림돌이 되고 있다는 사실은 분명해 보인다.

27

독일, 프랑스, 한국의 민족주의

재미있는 쓰리쿠션

프랑스는 민족주의란 단어에 대해 독일보다는 비교적 자유롭다. 그걸 바라보는 독일인들은 어느 정도는 인정하면서도 한편으론 못마땅해한다.

영화 <카사블랑카Casablanca>에는 프랑스 국가를 부르는 장면이 나온다. 프랑스령 모로코의 카사블랑카는 히틀러의 독재를 피하기 위해 유럽을 빠져나오는 사람들로 붐비고 있었다. 특히 미국 출신의 릭이 경영하는 술집에는 화류계 여성, 망명자, 미국으로 빠져나가려는 유럽인, 자유 프랑스를 외치는 레지스탕스와 이들을 감시하려는 독일 비밀경찰 게슈타포 등 많은 사람이 모여들었다. 레지스탕스가 체포의 위협을 무릅쓰고 프랑스 국가 「라 마르세예즈La Marseillaise」를 부를 때, 모든 손님은 자리를 박차고 일제히 일어선다. 프랑스 사람만 부른 것이 아니다. 모든 손님들이 불의를 향해 진군하듯이 우렁차게 합창하는 이 장면은 <카사블랑카>의 하이라이트라고 할 만하다.

"일어서라 조국의 젊은이들. 피 묻은 깃발이 올랐다. 시민들이여, 더러운 피를 물처럼 흐르게 하자." 1792년에 작곡된 「라 마르세예즈」는 가사로 보나 리듬으로 보나 전투곡이다. 그럼에도 불구하고 지금까지도 프랑스 국가로 애창되는 데는 나름대로 이유가 있다. 누구를 위한 누구를 향한 전투였던가? 바로 폭정과 횡포에 저항하는 시민들의 전투였다. 시민혁명 당시 시민들의 진군가에 그것이 그대로 녹아 있는 것이다. 많은 사람들이 「라 마르세예즈」가 프랑스의 자유를 외치는 데 그치지 않고, 나아가 인류의 평등과 박애 인권을 상징한다고 믿고 있다.

독일인들은 이처럼 민족주의를 인류 전체의 정의와 연결시키려는 프랑스인들의 태도를 그네들만의 톨레랑스tolerance(관용)라고 폄하하는 경향이 있다. 나폴레옹 시절 프랑스는 러시아 원정에 실패했지만 유럽 대륙 대부분을 장악했으며, 제2차 세계대전 당시에는 나치 독일에 협력했던 비시 정권의 역사도 있다는 것이다. 드골이 비시 정권은 프랑스와 관계없는 것이라고 주장하고 이를 통해 전승국으로 인정받기도 했다는 사실을 들먹이기도 한다. 1961년 알제리인민전선 시위대에 대한 파리 경찰의 잔인한 학살도 역사의 고통으로 남아 있지 않느냐고 반박한다.

독일인들은 프랑스 젊은이들의 아프리카 열풍에도 대해서도 경계심을 갖는다. 지난 2006년 월드컵 때 한국과 같은 조에 속했던 프랑스에서는 토고의 역사 알기 등의 바람이 불었다. 어디 토고뿐이랴. 북서 아프리카의 웬만한 나라는 한때 프랑스와 운명을 같이했던 프랑스의 식민지 국가들이다. 웬만한 프랑스인들치고 흑인 친구 한두 사람 사귀지 않은 사람이 없을 정도로 아프리카와 프랑스는 떼어놓기 힘든 관계에 있다.

파리의 대학생들은 토고에 건립할 도서관에 기증하기 위해 다양한 책을 모았다. 프랑스 학교에서 가르치는 수학 교과서도 있고 소설도 있었다. 근대 시민사회의 주역으로 떠오른 부르주아들의 세속적인 삶을 실감나게 묘사했던 발자크Honoré de Balzac의 소설도 있고 라신Jean Baptiste Racine, 코르네유Pierre Corneille와 함께 프랑스의 고전극 3대 거장으로 꼽히는 몰리에르Moliere의 작품도 있었다.

독일인들은 프랑스의 젊은이들의 이 같은 아프리카 열풍을 두고 블랙골드를 향한 포스트식민주의의 포석이 아니냐며 비판의 눈길을 준다. '아프리카 셀Cellue Africaine'이 그것을 말해준다는 것이다. 아프리카 셀이란 프랑스가 아프리카 옛 식민지에 비밀리에 개입하여 군 파병부터 내부 쿠데타 조종은 물론 각종 경제적 이권에 관여하는 대통령 직속 자문기구다. 최근 니콜라 사르코지Nicolas Sarkozy 프랑스 대통령은 시대에 맞게 아프리카의 옛 식민지들과의 관계를 재정비하다면서 아프리카 셀에 칼을 대겠다는 의지를 표명했지만 두고 볼 일이다.

그런데 프랑스의 이러한 책 읽기와 토고 열풍은 영국 때문이었다. 프랑스와 영국은 사이가 안 좋기로 유명하다. 영국 사람들은 13세기부터 미식가 프랑스 사람들을 '개구리 잡아먹는 사람'이라고 조소했으니 양국 간의 감정을 가히 짐작할 수 있다.

몇 년 전 영국 남성들이 여성에 비해 책을 멀리하고 있다고 야단이 있었다. 영국 정부가 직접 후원하는 독서 캠페인이 등장했을 정도다. 영국의 한 교육기관은 초등학교 남학생의 성적이 여학생에 비해 약 18% 뒤지고 있으며, 그 원인이 독서량의 차이에 있다는 분석을 내놓았다. 영국의 일간지 ≪옵서버Observer≫는 아들이 아버지를 절대적으로 모방하려는 심리가 있다는 어느 프로젝트의 연구 결과를 소개하며 아버지가 먼저 책을 펴주기를 권하기도 했다. 그런데 권장하는 독서 분야가 프랑스인들을 자극했다. 바로 역사 분야였기 때문이다. 독서 캠페인에서도 아빠가 아들에게 역사책 읽어주기를 적극 권유하고 있었다.

프랑스는 영국의 역사를 생각하며 경쟁심을 불태웠다. 19세기 영국은 망망한 대양을 헤치며 수많은 식민지를 거느렸고, '해가 지지 않는 나라'라는 칭호를 얻기도 했다. 프랑스가 영국에게 질 수 있으랴. 식민지 경영의 역사로 따지면 빠질 수 없는 프랑스도 가만히 있을 리 없다.

"독일과 프랑스는 사소한 일에는 서로 티격태격하지만 중요한 일에는 머리를 맞댄다. 프랑스와 영국은 사소한 일에는 합의하지만 중요한 일에는 대립한다"라는 어느 외교가의 유명한 말이 있다. 유럽연합의 중심 국가면서도 단일통화인 유로화는 도입하지 않고 발빼한 채 손익을 저울질하고 있는 영국을 독일과 프랑스가 좋아할 리 없다. 줏대 없이 미국과 손을 잡고 유럽의 자존심을 함부로 팽개치니 더욱 얄미울 것이다. 게다가 '유럽도 똘똘 뭉쳐 미국을 견제하는 유럽 합중국을 건설해야 한다'라면서 1946년에 유럽 통합을 공식적으로 처음 언급한 것이 영국 수상 처칠Winston Churchill이니, 말만 해놓고 한 발짝 비켜서는 영국이 고울 리 없다.

참으로 재미있는 쓰리쿠션이 아닐 수 없다. 영국의 역사 알기가 프랑스의 아프리카 열풍을 낳았고, 프랑스의 아프리카 열풍은 독일인에게 프랑스의 열린 민족주의에 재갈을 물리는 포스트 식민주의라는 구실을 제공했으니 말이다.

양극화와 열린 민족주의

그러나 프랑스는 끊임없이 자신의 양심에 혹독한 채찍을 가하는 열린 민족주의자들이 유럽 어느 나라 못지않게 많은 나라다. 1898년 "나는 고발한다"라는 글로써 드레퓌스 사건*의 진상과 이를 은폐한 군부의 음모를 만천하에 폭로했던 에밀 졸라Émile Zola의 이야기는 유명하다. 프랑스 철학자 드브레Regis Debray는 '지식인의 종말'을 이야기하며 프랑스의 양심을 질책했고, 많은 지식인들도 저서를 통해 프랑스를 강력하게 비판했다. 그들은 독일과 마찬가지로 프랑스도 비시

* 1894년 프랑스의 포병 대위 드레퓌스는 독일 대사관에 군사정보를 팔았다는 죄로 종신형의 판결을 받는다. 정확한 증거는 없었지만 유대인 출신이라는 것이 크게 작용했던 것이다. 이후 진범이 밝혀지는 상황 속에서도 프랑스와 프랑스 군부는 얄팍한 자존심 때문에 끈질기게 사건을 은폐했으나 프랑스의 소설가 에밀 졸라에 의해 군부의 음모가 만천하에 폭로되고 진실이 규명되었다.

정권과 반유태인 감정, 그리고 제1차 세계대전의 책임으로부터 자유로울 수 없다고 주장한다. 이들은 진정한 의미에서 프랑스의 애국자이자 민족주의자이며, 누구보다도 프랑스를 사랑하는 사람들인 동시에 프랑스를 강하게 만드는 사람들일 것이다.

독일도 만만치 않다. 추운 겨울 폴란드* 바르샤바의 유태인 거주지 기념비 앞에 독일 총리의 몸으로 무릎을 꿇으며 나치의 과오를 진심으로 사죄한 빌리 브란트Willy Brandt, "전쟁의 최대 가해자로써 같은 잘못이 반복되지 않도록 영원히 깨어 있어야 한다"라고 이야기하는 쾰러Horst Köhler 대통령, 과거를 모르고는 미래를 가질 수 없다며 홀로코스트 기념관에서 고개를 숙이는 메르켈 총리, 나치와 유대인 학살에 대한 죄의 대가로 자신도 기꺼이 무릎을 꿇겠다는 많은 독일 시민들……. 신 앞에서만 무릎을 꿇는다는 신념을 가진 서구인들이다. 그들의 반성에는 진정성이 보인다.

잘못된 역사에 무릎을 꿇는 대부분의 독일인들. 그러나 그것은 또 다른 시작이다. 독일은 치욕의 역사를 딛고 일어나 국제사회에서 또

---

* 강대국 구소련과 독일 사이에 놓였던 폴란드의 현대사는 우리 한민족의 현대사와도 유사한 궤적을 그리고 있다. 1940년 영국에 망명정부를 세웠던 폴란드의 망명 지폐는 그야말로 독일군에게 처참히 짓밟힌 능욕의 낙엽이었다. 1944년 8월부터 두 달여간에 걸친 학살에 가까운 바르샤바의 봉기. 영국 망명정부가 이끄는 폴란드 국내군과 시민들이 벌인 전면 대독 항전에서 약 25만 명의 시민들이 무참하게 쓰러졌으며 항복한 시민 80만 명은 강제수용소로 보내졌다. 겉으로는 폴란드 민중을 위하는 척했지만 정치적 속셈을 채우려는 소련의 표리부동을 폴란드는 숙명으로 받아들여야 했다.

다른 저력을 가지기 시작했다. 스스로 낮은 곳을 향했던 그들의 반성은 열린 민족주의에 대한 가능성을 열었다. 그것은 자신들, 모든 독일 시민의 몫이었다.

문제는 독일이나 프랑스의 열린 민족주의가 언제부터 생성되기 시작했느냐는 것이다. 민족주의는 일률적으로 정의되기 어렵고 다의적이지만, 진정한 민족주의는 국가 전체를 묶을 수 있는 구성원 모두의 공통적인 국가애가 존재하지 않고서는 성립하기 어렵다.

중세 시대에 그들에게 진정한 민족주의가 있었다고 믿기는 힘들다. 수탈자와 피수탈자의 수직적 신분사회에서 진정한 공동체는 존재하지 않았을 것이다. 민족은 하나의 공동체이다. 우리라는 강한 결속력과 연대감이 없으면 진정한 민족주의도 없다.

독일이나 서유럽의 진정한 민족주의는 근대를 거치며 현대에 와서야 형성된다. 중세 투쟁의 역사와 전쟁이라는 근대사의 경험 위에 형성된 오늘날의 부르크가이스트로 시민 모두가 주인이 되는 사회를 만들며 형성되기 시작한다. 독일이 하나가 되어 과거를 속죄하며 미래로 나아가려는 노력을 또 하나의 열린 민족주의로 보고 싶다.

한반도의 민족주의를 생각해 본다. 좌익의 민족주의도 있고 우익의 민족주의도 있다. 하지만 공동체의 구성원 모두가 국가와 사회를 사랑한다는 진정한 의미의 민족주의가 있었는지 궁금하지 않을 수 없다. 민족주의는 특정 계층을 대변하는 지식인의 전유물이 결코 아니기 때문이다. 양반과 상인이 나뉘어 있었던 조선 시대의 신분 사회에서 진정한 우리라는 공동체적인 민족주의가 형성되었을 리 없다. 모든 분야에서 지나칠 정도의 양극화가 진행되는 사회와 인정하고 승복하지 않은 분노가 떠도는 사회에서 모두 하나가 되는 열린 민족주의를 기대하기는 어렵다. 진정으로 광장과 시장이 빨리 만나야 하는 이유가 여기에 있다.

28

'블루노트'에서 엿보는 유머와 살롱 문화

독설과 풍자의 카바레 문화

예거슈투베를 빠져나와 '블루노트'에도 들러보기로 했다. 예상대로 술집 순례가 될 것 같다. 정말이지 블루노트를 빠뜨릴 수는 없다. 콘스탄츠 시내 뮌스터 교회의 뒷골목에 있는 블루노트까지는 걸어도 10분이면 충분하다. 보덴 호수가 흐르는 다리를 지나 콘스탄츠 기차역 방향에서 오른쪽으로 꺾어 골목길로 들어가면 지름길이다.

예거슈투베가 일반 선술집이라면 블루노트는 카바레풍의 선술집이라고 할 수 있다. 정확히 이야기하면 크나이페Kneipe라고 할 수 있는데, 크나이페는 선술집이지만 젊은이나 대학생들이 세미나 등을 마치고 조촐하게 생맥주를 즐기는 성격의 술집을 일컫는다. 그렇다고 물론 젊은이들만 드나드는 곳은 아니다. 담론과 살롱 문화를 엿볼 수 있는 선술집이다.

보덴 호수의 지류가 흐르는 콘스탄츠 도심의 다리. 도보로도 건널 수 있지만 다리 밑에 있는 배를 이용하는 낭만적인 방법도 있다.

블루노트의 주인 양반은 항상 장발의 머리를 뒤로 묶은 채 분위기에 맞는 음악을 틀어주며 디스크자키 역할을 훌륭히 해내는 중년의 남자다. 철학을 전공했지만 음악에도 조예가 깊었고 대화와 토론, 거창하게 이야기하면 '담론'을 좋아했다. 일반적인 연주 기법이 아니라 특유의 감정이나 느낌을 전달하기 위해 흑인 고유의 음계와 서양 음계가 결합해 만들어졌다는 독특한 음계인 '블루노트'를 그대로 술집 이름으로 삼았다고 한다. 이런 주인에 어울리게 블루노트는 조용한 음악이나 재즈를 나지막이 틀어주는 곳으로, 생맥주를 마셔가며 담소를 나누거나 토론하기에 적당한 곳이다.

원래 독일의 카바레는 남녀가 춤추는 곳도 아니고 은밀하게 사랑을 나누는 곳도 아니다. 독일의 카바레는 예리한 정치 풍자, 노골적이고 풍자적인 유머, 투박한 익살의 산실이었으며 지금도 이 같은 선술집 등에서 맥이 이어지고 있다. 카바레의 효시는 1881년 프랑스 파리에서 문을 연 '샤 누아르Chat Noir(검은 고양이)'이다. 사회 비판적인 샹송과 풍자가 넘치는 민중 예술이 흘렀던 곳이다.

독일에서 카바레가 처음 등장한 것은 1901년 베를린과 뮌헨에서였다. 특히 뮌헨의 '디 엘프 샤르프리히터Die elf Scharf-richter(11명의 사형집행관)'는 시민들로부터 폭발적인 인기를 끌었다고 한다. 이름만 들어도 독설과 풍자의 수준이 어땠는지 짐작이 간다. 그 후 카바레는 사회 및 정치 풍자, 반정부 활동이나 여타 문학 활동의 중심지 역할을 톡톡히 해왔다. 오늘날 독일 축제 등에 빠짐없이 등장하는 날카로운 정치 풍자는 바로 카바레 문화에서 계승되어 온 것이다.

흔히들 독일인을 유머도 없으며 유머감각이 부족하다고 한다. 하지만 그들의 역사와 문화 속에서 자라난 그들 나름대로의 유머감각이 없을 리 없다. 독일 유머 중에는 딱딱하고 건조하며 때로는 지나치게 풍자적인 것이 많아 독일 문화를 접하지 않은 외국인으로서는 이해하기 상당히 어려운 것이 많다. 간간이 허무와 퇴폐가 묻어나기도 한다. 이러한 독일의 유머는 카바레 문화에서 많은 영향을 받아왔다. 웬만큼 독일 생활에 익숙해도 그들의 유머를 완전히 이해하려면 상당한 수고가 필요할 정도다. 열심히 독일인들이 보충 설명해 주어도 이해하기 쉽지 않은 경우가 많다.

독일에서는 불이 난 집을 보고 '연기가 나는 것이 허락된 집'이라고 유머러스하게 표현한다. 1937년 비행선 힌덴부르크가 추락하기 직전, 기장 레만Ernst Lehmann이 '아! 이제 연기가 허락되고 있다'라고 말한 데서 유래한다고 한다.* 독일에서 '허락'이라는 단어는 각별한 의미를 갖는다. 법과 질서를 중시하는 그들에게는 일상에서 허락되지 않는 것들이 예상외로 많다. 예를 들어 밤 몇 시 이후에는 샤워를 하지 말라 등이다. 특수한 경우가 아닌 이상 그런 일이 법적으로 비화되는 일은 드물지만, 어쨌든 허락되지 않으니 지켜야 할 규칙이다. 그러나 자기를 위해서도 지키는 것이 좋다. 거추장스러운 것 같아도 지키면 상대에게도 자기에게도 편한 것이 사실이다. 또한 허락이라는 단어는 당연히 할 수 있는 것을 예의적으로 동의를 얻을 때 사용되기도 하지만, 다른 한편으로는 절대로 일어나지 말아야 할 것이 잘못되어 일어나는 경우 자조와 절망적으로 그 상황을 표현할 때 쓰이기도 한다. 비행선에서 절대로 연기가 허락되어서는 안 된다. 보이지 않는 질서와 여유, 그리고 허무가 엿보이는 유머다.

코끼리 시리즈와 살롱의 유머

유럽은 세계 어느 곳보다 다양한 위트나 유머가 발달되어 있는 대륙이다. 언어나 문화의 다양함에서 비롯되는 자연적인 현상이리라.

---

* 비행선을 처음 만든 사람은 콘스탄츠 출신의 체펠린(Ferdinand Zeppelin)이었는데, 그는 보덴 호수 상공을 실험장으로 삼아 비행선을 만들어냈다. 그의 이름을 딴 체펠린 사에서 만든 비행선 힌덴부르크(Hindenburg)는 길이 245m, 폭 41m에 달하는 당시 최대의 비행선으로 많은 이들의 사랑을 받았으나, 1937년 5월 6일, 미국 뉴저지에 착륙하기 직전 수소 가스가 폭발하여 36명이 목숨을 잃는 대참사의 주인공이 되었다.

현재 유럽연합 회원국 25개국에서 사용되는 공식 언어만 해도 무려 20개이니 가히 언어의 바벨탑이 아닐 수 없다. 때문에 유럽의 위트는 나라별로 나름대로의 특징이 있으며, 지방마다 고유한 생활방식과 문화가 드러난다. 특히 지방자치제도가 완벽한 나라일수록 지역별로 확연히 차별화된 위트가 발달되어 있다.

위트에 대한 유럽인들의 분석과 평가도 유럽의 언어만큼 다양하다. 일찍이 고대 그리스 철학가 아리스토텔레스는 '인간은 유일하게 웃는 동물이다'라는 정의를 내렸다고 한다. 영국의 경험주의 철학자 로크는 위트를 '정신적인 자산'으로 분석했으며, 독일의 칸트는 '인간 고유의 유사성을 발견하는 정신적인 자산'이라고 좀 더 구체적인 평가를 내리기도 했다. 한편 괴테는 위트를 정신의 하부구조를 자극하는 것이라고 폄하하기도 했다. 대중의 말초신경을 자극한다는 것이다. 다른 한편 프로이트는 웃음에 대한 정신적 에너지를 인간 내부에 깊숙이 축척된 '절제된 부끄러움'과 밀접한 관련을 가진다고 어렵게 설명하고 있다. 보들레르나 니체 등은 웃음과 인간의 고통(눈물)을 같은 반열로 올려놓고 위트나 유머에 접근한 사람으로 분류된다.

18세기를 전후로 영국의 위트가 사회적이고 미학적인 데 비해 독일은 다분히 시학詩學적인 것으로 구분되어 발달해 왔다. 이러한 차이는 여전히 살아 있어서 전문가들은 프랑스가 탐미적이라면 영국은 진지하게 삶을 투영하는 성향을 띠며 독일은 사고思考적인 성격이 짙다고 분석한다.

독일이 통일되기 전인 1980년대 초 유행했던 '코끼리 시리즈'는 유럽 각 나라 사람들의 현대적인 위트 감각을 유머로 압축해 보여준다. 영국 사람들이 코끼리와 영국의 세계경제를 생각할 때 프랑스 사람들은 코끼리의 사랑 세계를 생각한다. 러시아 사람들이 코끼리와 5개년 계획을 생각할 때 구동독 사람들은 자기들의 우상인 러시아의 코끼리를 생각한다. 덴마크 사람들이 100가지 코끼리 요리를 생각할 때 오스트리아 사람들은 코끼리 극劇을 생각한다. 스위스 사람들이 약육강식의 세계인 정글에서의 코끼리의 생존을 생각할 때, 독일인들은 코끼리에서 철학과 윤리를 찾는다는 것 등이다.

풍자를 통해 벌이는 시민과 정치인들 간의 설전도 날카로운 유머의 반열로 올려진다. 1938년 카바레티스트(풍자적인 유머리스트)인 베르너 핀크Werner Fink는 "독일에도 과연 유머가 있는가? 글쎄, 있다면 바로 우리 자신들이 아닐까?"라고 나치 시대의 암울함을 자조적으로 비판했다고 한다. 그러자 나치당의 홍보장관 괴벨스Paul Joseph Goebbels는 '유럽에서 독일만큼 재미있고 희망찬 유머가 넘치는 나라도 없을 것'이라며 멋지게 응수했다고 한다. 오늘날에도 독일이나 유럽의 카니발이나 시민 축제에서 빠지지 않게 등장하는 것이 바로 독설적인 정치풍자이다.

이 같은 담론과 위트 풍자 등의 살롱 문화는 자기들의 이익에 따라 18세기 중세 봉건 세력에 협조와 저항을 병행했던 부르주아지에 의해 발전하기 시작했다. 먹고살 만했던 부르주아지가 봉건 세력에 대항하는 중요 수단의 하나는 바로 논리를 세우는 담론이었다. 부르주아지가 살롱에서 계몽주의 사상 등을 서로 주고받으며 논리를 세우고 프롤레타리아를 설득해 급기야 프랑스대혁명의 도화선을 놓게 되는 것도 이와 무관치 않다. 유럽 선술집의 유머와 담론 문화는 이렇게 역사적 · 사회적 배경을 담고서 오늘에 이르고 있다.

29

축제 속에 흐르는 부르크가이스트

낯선 사람을 껴안는 시민 축제

유럽, 그중에서도 특히 가톨릭 지역에는 흔히 5계절이 있다고 말한다. 봄, 여름, 가을, 겨울, 그리고 축제의 계절이다. 축제 중에서도 손꼽히는 것이 온 시민 모두가 함께 열광하는 사육제謝肉祭, 즉 카니발carnival이다. 카니발은 사순절 이전에 3일간 즐기는 축제로 명칭이나 기간 등은 지역마다 조금씩 차이가 난다.

중세에도 수난의 카니발이 있었다. 11월 11일의 성 마틴 축일이 그것이다. 농사일이 끝나 연명하기 어려운 많은 농노와 하인들의 구걸 행각이 뒤섞여 시작되는 축일이다. 구걸을 하는 이들은 신분 노출이 두려워 가면을 쓰고 거리에서 난장판을 벌이며 사회적 불만을 쏟아냈다. 영주나 통치자들은 이를 통제하기 위해 변장이나 가면 착용을 금지했지만, 하늘을 찌르는 민심 때문에 마음대로 되지 않아 속을 썩기도 했다.

독일의 대표적인 카니발을 꼽으라면 쾰른 카니발을 들 수 있다. 18세기에는 중세까지 박해를 받던 카니발이 좀 더 자유롭게 열릴 수 있게 되었다. 마침 자유 · 평등 · 박애를 외친 프랑스 군대가 잠시 쾰른을 점령하자 시민들이 좀 더 자유롭게 카니발을 즐길 수 있게 되었다. 쾰른에서는 "쾰레 알라프Kolle Alaaf(쾰른 만세)"라는 함성이 높은 성탑을 뚫고 하늘로 치솟으면서 축제의 막이 열린다.

전통적인 광대들의 카니발 행렬이 시작된다. 중세를 향해 역사를 거슬러간다. 삼성으로 상징되는 농부, 왕자, 젊은 여자로 변장한 남자가 등장하고 사육제 차와 의장대 행렬도 나타난다. 쾰른 성당에는 동방박사의 유골이 안치되어 있다. 삼성은 3명의 동방박사를, 의장대 행렬은 프로이센과 프랑스의 점령군을 패러디한 것이다.

축제란 무엇인가 통렬하고 유쾌해야 한다. 단순히 놀고 즐기는 축제만이어서는 곤란하다고 생각한다. 우리로 봐서는 별것 아닐 것 같은 소소한 뇌물 스캔들이나 정치인들의 월권이 혹독하게 풍자된다. 걸프전 당시에는 카니발에서 "석유를 위한 피의 전쟁에 반대한다"라는 반전의 메아리가 울려 퍼져 당국을 긴장시켰고, 나토 연합군이 코소보에 개입했을 때 쾰른 시민들은 항의의 메시지로 카니발을 대폭 축소함으로써 국제사회에의 적극적인 참여의식을 표출하기도 했다.

사육제란 원래 육류를 멀리하라는 뜻이 담겨 있다.* 하지만 오늘날 카니발과 육류의 관계를 찾는 것보다는 오히려 맥주 소비와 카니발과의 관계를 연상해 보는 것이 현대적이다. 카니발 기간 동안 쾰른 사람들은 맥주를 한 잔씩 주문하지 않는다. 보통 여섯 잔 단위로 주문해서 주위 사람들과 함께 "춤볼Zum wohl(건배)"을 외친다. 손님들로 빽빽한 술집에서 가늘고 긴 잔에 담긴 쾰른 맥주 쾰시Kölsch를 단숨에 비워버린다.

얼굴에 여러 가지 무늬를 그려 넣은 사람, 마도로스 모자를 눌러쓴 사람, 중세의 복장을 재현한 사람 등이 있는가 하면 이들에게 다가와서 스스럼없이 진한 립스틱을 뺨에 남겨주는 밉지 않은 여자들도 있다. 백화점과 슈퍼마켓의 직원도, 공무원들도 얼굴 치장을 한 채 일을 한다. 그러나 문을 닫는 곳이 더 많다. 인생은 한바탕의 광대놀음, 있는 녀석 없는 녀석, 잘난 녀석 못난 녀석 모두가 일상을 지배했던 이성理性을 잠시 접어두고 광란의 세계로 돌아가 억제된 감정을 분출하며 모두가 하나가 되어 그날의 주인공이 된다.

봉건 영주가 되고 싶은 사람은 영주 복장을 하고, 그 외에도 기사, 법관, 광대, 의사 등 이날 하루만큼은 못 이룬 꿈을 이룰 수 있는 기회가 주어진다. 균등한 기회와 열린 교육이지만 능력이 모자라 어쩔 수

---

* 사육제의 어원은 라틴어의 카르네 발레(carne vale: 고기여 그만) 또는 카르넴 레바레(carnem levare: 고기를 먹지 않다)로 알려져 있다. 매년 부활절 40일 전에 시작하는 사순절 동안은 그리스도가 황야에서 단식한 것을 생각하고 고기를 끊는 풍습이 있기 때문에 그전에 고기를 먹고 즐겁게 노는 행사가 되었다. 남부 독일 지방이나 북동 지역의 스위스, 오스트리아에서는 파스나흐트(Fasnacht) 또는 파싱(Fasching)이라고도 한다.

없이 접어야 했던 꿈들이 있을 것이다. 축제는 이처럼 이루지 못한 꿈을 잠시 허락해 준다. 도시는 도시대로 시골은 시골대로 마음껏 즐긴다. 막대를 가지고 지나가는 사람을 툭 건드려도 화를 내면 안 된다. 이렇게 도시마다 시민들이 하나가 되고 독일 전체 국민이 하나가 된다.

분열과 대립이 심한 사회에서는 이런 축제 문화가 발달할 수 없다. 원래 카니발은 종교적인 뿌리에서 시작됐지만, 오늘날에는 시민 모두가 참여하는 축제가 되어가고 있다. 가족과 친지들만의 축제가 아니고 낯선 사람들을 껴안는 축제이다. 외국인 노동자들도 함께 나와 축제의 물결로 휩쓸려 하나가 되어 모두가 공동체의 주인이 된다. 모두가 주인이라는 부르크가이스트가 나라 전체로 파도처럼 퍼져간다.

동네 축제와 노천 축제

유럽에도 양력 날짜 밑에 달 모양이 표시된 달력이 많다. 농사에도 이용되지만 축제일 계산에도 사용된다. 크리스마스처럼 고정된 축제일도 있지만, 부활절처럼 매년 날짜가 바뀌는 축제도 있기 때문이다. 부활절은 3월 21일 이후 보름달이 뜬 후의 첫 번째 일요일이 되는데, 여기서 거슬러 7주의 첫 월요일이 '광란의 월요일Rosen Montag'이다. 이때부터 카니발이 본격적으로 시작되어 성회수요일부터는 예수의 고난을 되새기며 참회를 시작한다. 물론 요즘 들어서는 참회가 아니라 대부분 축제 분위기로 이어간다.

카니발뿐만 아니라 봄·여름·가을·겨울 사시사철 축제가 열린다. 동네마다 천막을 치고 바비큐와 생맥주를 즐기는 여름날의 동네 축제도 빼놓을 수 없다. 일반적인 축제는 기독교 명절과 관련되는 것이 대부분이지만, 동네 축제는 오붓하게 동네 사람들과 편하게 날을 잡아 실속 있게 즐긴다. 그러다 보니 끊임없이 축제가 열릴 수밖에 없다. 추수절인 가을에는 그와 관련된 축제도 많이 열린다. 우리에게도 잘 알려진 뮌헨의 옥토버페스트가 대표적이다. 지금은 세계적인 맥주 축제로 명성을 얻고 있지만, 거슬러 올라가면 필시 뮌헨의 동네 축제였을 것이다.

축제의 종류가 헤아릴 수 없이 다양하지만 이곳 보덴 호수와 연결된 스위스의 소도시 아펜첼Appenzell의 광장 축제는 독특하다. 직접민주주의 노천 축제이다. 아펜첼은 장난감 같은 예쁜 집들로 들어찬 동화 속의 도시를 연상케 하는 도시인데, "아펜첼 사람들에게는 벼룩이 없다. 벼룩이 아펜첼 사람들을 데리고 다닌다"라는 농담이 있을 정도로 사람들의 체구가 작다. 기록에 의하면 19세기 아펜첼 사람들의 평균 신장은 160cm로 되어 있다. 농업이 주요 산업이며 이곳에서 생산된 아펜첼 치즈는 세계적으로도 유명하다.

4월 마지막 일요일이 되면 아펜첼 게마인데 광장에는 곳곳에서 사람들이 몰려온다. 악대와 전통 복장을 한 주민은 물론 주정부 고위 관리부터 외부 관광객까지 광장으로 모여든다. 그곳에서 고대 그리스 광장의 직접민주주의가 그대로 재현된다. 광장의 중앙에는 경계선이 표시되어 있으며 그 구역에서 직접민주주의가 시작된다. 외부 관광객

아펜첼 광장에는 수많은 시민들이 모여 직접민주주의의 축제를 벌인다.

들은 광장 주위에서 구경만 해야 한다. 아펜첼 시민만이 광장 중앙의 경계선으로 들어가 광장의 주인이 될 수 있다. 여기서는 주민발의와 지방 재정 예산 승인등 주요 현안을 거수로 찬반 표시하며 결정을 내린다. 시민 모두가 광장의 주인이요 통치자가 되는 것이다. 이처럼 축제에서도 서유럽 사회에 깃든 부르크가이스트가 넘쳐흐른다.

30

시민이 만들어내는 베켓효과

선술집의 토론 문화

담론과 대화, 그리고 축제에 등장하는 풍자의 정신은 유럽 사회의 일상에도 그대로 배어 있다. 봉건 영주나 구체제에 대항했던 무기도 담론이었듯이 지성인들의 편견 없는 대화와 담론은 문학과 예술은 물론 사회 전반에 커다란 영향을 끼쳐왔다. 오늘날 시민들의 성숙한 토론 문화는 이것과 흐름을 같이한다.

독일의 선술집에서 시민들의 토론 문화를 훔쳐보기는 어렵지 않다. '블루노트'의 주인장은 교향악의 연주자처럼 토론의 흐름을 조율해 준다. 선술집은 블루칼라에서 화이트칼라에 이르기까지 폭 넓은 계층이 드나들게 마련이다. 낯선 사람끼리도 공동의 테마가 형성되면 자연스럽게 끼어들어 의견을 주고받는 것이 일반적이다. 주제는 역사·정치·경제·문화·사회·종교에 이르기까지 다양하다. 토론 중 지나치게 톤이 올라가면 선술집 주인은 다른 의견을 제시하고 다른 사람의 의견을 유도하여 방향을 틀어버림으로써 사회자로서의 노련함을 보여준다. 손님들 역시 특별한 경우가 아니면 이것을 불문율로 받아들인다.

좌파니 우파니 하는 정치적 입장과 관련한 단어들은 생각보다 많이 등장하지 않는다. 가끔 정치인들이 정치적 목적을 가지고 언론에 나와 사용하기도 하지만 일반 시민들은 대부분 별로 귀를 기울이지 않는다. 물론 좌파 정당이니 우파 정당이니 하는 이야기들은 있지만, 많은 독일인 및 유럽인들은 좌와 우의 단순한 이분법은 지난 20세기의 일이라고 믿고 있다. 이념 자체의 논쟁은 케케묵은 이야기라는 것이다. 시대에 맞게 새롭게 옷을 갈아입은 좌와 우가 이미 사회에 균형 있게 배합되어 있다고 생각하기 때문이기도 할 것이다. 그래서인지 시민들의 토론이 시작되고 활발해지는 것은 구체적인 현실 정책이 제시될 때이다. 정치인들의 사생활을 이야기하는 것도 좋아하지 않는다. 거창한 테마보다는 실생활에 영향을 미치는 현실적인 테마를 놓고 이야기를 전개하는 편이다.

예를 들어 선거철이면 으레 나오는 세금 관련 공약에 대한 시민들의 반응을 살펴보자. 그럴 때면 시민들은 어떤 종류의 세금이 언제 얼마만큼 오르고 내리느냐에 따른 개인별 · 계층별 손익과 사회 전체의 파급효과에 관해 진지하게 이야기한다. 비교적 정책 노선이 분명한 유럽의 정당들이기 때문에 정당에 대한 어느 정도의 쏠림 현상은 분명히 있다. 많은 사람들이 자기의 가치관에 따라 이미 특정 정당을 지지하고 있으며 실질적인 후원도 마다하지 않는다. 정치 이념과 관계없는 극단적인 지역 쏠림 현상이 나타나지 않는 이유도 바로 여기에 있다.

복잡하게 이해관계가 얽힌 현대사회에서는 어떤 정책이 마련되더라도 개인과 계층 간의 유·불리는 있게 마련이다. 하지만 사회적 공동선을 지향하는 정책이라면 개인의 자유가 어느 정도 제약받는 경우가 있더라도 사회적 합의가 비교적 쉽게 이루어진다. 이것 또한 유럽 사회의 역사적 특수성과 시민들에게 흐르고 있는 부르크가이스트의 평등적 공존정신 때문이라는 것을 짐작하기는 어렵지 않다.

독일 정치인들은 비교적 소신을 가지고 투명한 정치를 하는 편이다. 만약 이들이 국민의 환심을 얻기 위해 겉 다르고 속 다른 소리를 했다간 여지없이 풍자의 도마에 올라 난도질당할 수 있다. 선술집에서도 카니발에서도 서릿발 같은 풍자를 뒤집어 쓸 각오를 해야 한다. 반대 입장에 있는 야당의 공격도 마찬가지다. 정권만 바뀌면 모든 것이 잘 풀릴 것이라는 황당한 이야기를 하다가는 본전도 건지지 못한다.

"정치는 너무 중요하기 때문에 정치인에게 맡길 수 없다"라는 어느 유명한 프랑스 정치가의 말을 뒤집어볼 필요가 있다. 안타깝게도 이 말을 한 사람도 정치인이라서 믿어야 할지 모르겠으나 사람이 정치를 하는 것이 아니라 비전과 정책, 철학이 정치를 해야 한다는 뜻일 것이다. 이는 곧 성숙한 시민의식이 정치를 이끌어야 함을 강조하는 것이다. 정치의 선진화를 위한 열쇠는 바로 여기에 있다. 시민과 국민이 진정으로 깨어 있어야만 한다. 사사건건 대립하고 싸우는 후진 정치에서는 관전의 재미는 있을지 몰라도 어떤 정책도 쉽게 효과를 거두지 못한다. 사회 전체의 이익보다는 각자의 이익에 익숙한 사회일수록 더욱 그렇다. 개인의 이익과 사회의 이익을 균형 있게 조화시키는 성숙한 시민의식은 참으로 많은 것들을 만들어낸다.

시민에 의한, 시민을 위한 시민의식

베켓효과Becket Effect라는 것이 있다. 13세기 유럽에는 화폐경제가 발달하게 된다. 왕들은 멋대로 화폐를 과도하게 만들어서 나라의 부채를 줄이고 봉건 영주들의 힘을 약화시켰다. 영주들은 대부분 화폐를 많이 보유하고 있었다. 과도하게 화폐를 만들어 급격한 인플레이션을 야기함으로써 영주들의 실질자산 가치를 떨어뜨린 현상을 고전적 의미의 베켓효과라고 한다.*

독일에는 깨어난 시민의식의 상징인 현대판 베켓효과가 있다. 슈뢰더Gerhard Schröder는 총리로 재임할 당시, 재무장관 라퐁텐Oskar Lafontaine과 함께 줄기차게 금리인하를 요구했다. 그러나 전문성으로 무장한 독일연방은행은 끄떡도 하지 않았다. 물론 유로화가 등장함으로서 독일연방은행은 역사의 뒤안길로 사라져 갔지만 당시의 독일연방은행은 어느 누구도 넘볼 수 없는 독립성을 과시하며 세계의 주목을 받았다.

---

* 영국 헨리 2세 때 대주교로 임명된 토머스 베켓(Thomas Becket)은 당시 성직자의 법적 지위를 약화시키고 왕권을 강화하려는 헨리 2세와 사사건건 대립한 것으로 유명하다. 누구도 거역할 수 없는 왕의 엄명에 목숨을 걸고 항명한 베켓의 이름을 따서 베켓효과라는 말이 쓰이게 되었다.

그 결과 사람들은 “독일연방은행은 베켓효과로 무장되어 있다”라고 말하게 되었다. 누구라도 일단 독일연방은행에서 일을 하게 되면 은행의 독립성을 위해 꼬장꼬장한 자세가 자연스럽게 배어들게 된다고 한다. 어떤 외부의 압력도 단호하게 차단하겠다는 추상 같은 자세다.

독일인들은 제1차 세계대전에 패한 배상금 문제를 해결하기 위해 당시 독일국립은행이 마구잡이로 화폐를 발행하여 일어난 초인플레이션으로 평생의 부가 휴짓조각으로 변해버렸던 아픈 기억을 가지고 있다. 때문에 독일인들이 독일연방은행에 가졌던 애정은 그야말로 각별한 것이었다. 어떤 정치권력도 함부로 독일연방은행에 압력을 행사할 수 없도록 독일 시민들은 눈을 부릅뜨고 깨어 있었다.

시민들은 독일연방은행에게 줄기찬 러브콜을 던진 정부를 용서치 않았다. 시민들은 언론은 통해 그러한 정부를 적나라하게 풍자했다. 풍자의 핵심 장면은 한 손엔 정부가 독일연방은행을, 다른 한 손엔 독일 시민들의 모가지를 움켜쥐고 있는 장면이었다.

독일연방은행은 총리나 재무부장관의 것이 아니라 시민들의 것이다. 그러나 그것은 시민이 깨어 있을 때 가능한 것이다. 베켓효과는 결국 깨어 있는 독일 시민들이 만들어낸 것이다. 세계의 주목을 받았고, 세계 각국 은행의 벤치마킹 대상이었던 독일연방은행의 독립성 뒤에는 사회를 구성하는 주인으로서의 시민들이 있었다. 시민을 위한 시민의식. 이것 역시 부르크가이스트에서 솟아나는 것들이다. 독일연방은행의 독립성 뒤에는 이런 부르크가이스트가 그림자처럼 따라다니고 있었던 것이다.

31

부르크가이스트와 돈의 한계효용

블루노트 주인의 영업 마인드

언젠가 블루노트의 주인에게 제안을 한 적이 있다. 몇 가지 간단한 메뉴를 추가해 서비스도 늘리고 돈도 더 벌어보라는 간단한 이야기였다. 대체로 안주 없이 맥주를 즐기는 유럽인들이지만, 떠들며 시간을 보내게 되면 출출해지는 법. 두어 가지 기본 요리는 제공하고 있었지만, 조금만 부지런하면 얼마든지 추가 수입의 가능성이 보였기 때문이다. 예를 들어 인스턴트 스파게티 같은 것은 간단히 데워서 내주기만 하면 된다.

하지만 주인은 그 제안을 받아들이지 않았다. 그러한 제안은 이미 알고 있지만 바쁘게 되면 자기가 좋아하는 음악 감상에 방해가 된다는 이유였다. 현재로서도 생활하는 데 불편함이 없고, 옆 골목집에 스파게티집이 있으니 아쉬운 손님들은 그곳을 이용하면 된다나. "그러고도 너희 나라가 살만큼 사는 게 신기하다"라고 한마디 했더니,

“동네끼리는 나눠 먹지만 국제적으로는 치열하게 살아간다”라고 응수한다.

이 같은 느슨한 일상의 영업 마인드는 비단 블루노트의 주인만 갖고 있는 것이 아니다. 많은 사람들의 일상이 그렇다. 치열하게만 살아가는 우리와는 딴판이다. 만약 우리에게 독일과 똑같은 사회 시스템이 작동된다고 해도 그럴까? 절대 그렇지 않을 것 같다. 독일인이 근면하다지만 부지런하고 억척스럽기는 오히려 우리가 그네들을 앞설 것 같다. 그것은 우리가 가지는 또 다른 미래의 희망이기도 할 것이다.

치열한 경쟁의 삶이 아니라 유유자적 즐기는 삶! 사회 자체가 그러한 분위기에 익숙하다. 유럽에도 교포들이 많지만 미국처럼 큰 사업을 일으키며 치열하게 살아가는 경우는 별로 없다. 미국의 교포들보다 게을러서 그런 게 아니다. 유럽에서는 한탕주의가 통하지도 않고 쉽게 이루어지지도 않는다. 그저 모두가 일상을 음미하듯 살아가는 것이다. 단적으로 비교하자면 독일이나 서유럽인들은 퇴직 연령을 높이는 것을 싫어한다. 최근 일을 좀 더 하려는 사람이 늘고 있긴 하지만, 그런 사람은 일부에 불과하다. 국가가 연금 재정 고갈 문제 등을 해결하기 위해 퇴직 연령을 높이려 하면 대부분의 시민이 반대하는 것이다.

어떤 경우든 자기에게 주어진 일에 충실한 이상 한 사람이라도 기본 인권이 박탈되는 것을 방치하지 않기 때문에 가능한 일이기도 하다. 이상한 이야기지만, 실업자는 본업이 실업이다. 실업에 충실하면 잘 먹고 잘 입지는 못해도 생계와 교육 의료 등 최소한의 기본권은 누리게 된다. 이유는 간단하다. 실업자도 시민이기 때문이다. 근래 들어 실업자에 대한 감독이 더욱 엄격해지는 등 안전망에 작은 손질이 가해지기는 하지만, 기본 틀은 크게 달라지지 않는다.

여기에서 과연 돈이란 무엇인지 생각해 본다. 한계효용체감의 법칙이라는 것이 있다. '첫 키스는 날카롭다. 그러나 세월이 가면서 반복되는 키스의 감미로움은 조금씩 떨어져 간다. 배고플 때 먹는 따뜻한 첫 밥숟갈은 너무나 감미롭다. 둘째, 셋째 숟갈……. 드디어 배가 불렀을 때의 마지막 밥숟갈은 있어도 좋고 없어도 그만이다.' 이것이 한계효용체감의 법칙이다. 이것은 사회적 · 물리적 균형을 유지시켜 주는 자연의 법칙이기도 하다. 물론 돈을 마다하는 사람은 상상하기 어렵다. 그런데 돈에도 이러한 한계효용체감의 법칙이 적용될까? 돈이 많으면 돈 욕심이 줄어들까?

물론 노후의 복지 등 여러 사안에서 우리와 비교할 수 없는 사회지만, 서유럽인들이 퇴직 연령을 높이는 것을 싫어한다든지, 돈을 눈앞에 두고도 비교적 느슨한 마인드로 살아가는 일상을 보면 돈에도 어느 정도는 한계효용체감의 법칙이 적용될 수 있다는 생각을 해본다. 일상의 돌출 변수를 없애기 위해 여러 가지 사회적 합의를 통해 안정된 삶의 설계를 가능케 하는 사회이기에 가능한 광경이며, 그 바탕에는 부르크가이스트의 평등적 공존정신이 자리 잡고 있다고 할 수 있다.

거꾸로 읽어보는 돈의 한계효용

우리나라처럼 대부분이 미래에 대해 불투명하게 살아가는 사회는 돈에 대한 한계효용체감이 아닌, 한계효용체증의 법칙이 적용되는 사회에 가깝다. 빈자는 가지지 못해서 바쁘고, 부자는 더 가지려고 바쁘다. 가지면 가질수록 욕심이 나는, 그래서 법이나 도덕 따위는 있거나 말거나 기회만 있으면 불법도 마다하지 않고 욕심을 채우려 한다. 물론 서민이나 빈곤층은 저지르고 싶어도 할 수가 없다. 그러한 욕심 채우기는 가진 자들의 특권이다. 하지만 안타깝게도 누가 누구에게 감히 돌을 던질 수가 없다.

돈이 없어 학원은 꿈도 못 꾸는 자식을 둔 부모의 심정은 아무것도 아니다. 대학병원이나 종합병원의 암 환자 병동을 살펴보자. 암 환자뿐만 아니라 갑작스레 닥쳐온 희귀병이나 모든 중환자들도 마찬가지지만, 특히 소아암 병동에 들어서면 서늘함을 느낄 수밖에 없다. 수천만 원에 달하는 치료비를 감당하기 어려워 치료를 중단해야 한다고 울먹이는 부모의 모습을 흔하게 볼 수 있다. 소아암 환자의 보호자는 대부분이 가정이라는 둥지를 이제 막 틀기 시작한 젊은 층으로, 경제적 형편이 넉넉하지 못한 경우가 대부분이다. 치료의 중단은 곧 자식을 먼 하늘나라로 보내야 함을 의미한다. 아직 피지도 못한 생명들이 돈과 직거래되는 싸늘한 시장! 참으로 편리한 시장만능주의이다. 입원 중에도 원무과에서는 중간 정산을 독촉한다. 가난이 죄가 아니라는 말은 공염불에 지나지 않는다. 가난이란 곧 하늘이 내린 천벌이다.

천벌을 피하는 유일한 방법은 수단과 방법을 가리지 않고 돈을 버는 것뿐이다. 부정부패에 대한 죄책감보다는 현실적으로 천벌을 피하는 방법을 찾는 것이 우선이다. 고상한 윤리의식은 뒤로 밀어두고 철저한 배금주의로 무장하여 돌진해야 한다. 이 같은 현실을 덮어두고 부정부패에 대한 사회적 비용을 계산하고 말로만 투명한 사회를 외치는 국가청렴위원회는 국가예산을 낭비하는 곳일 수도 있다. 투명한 사회가 이 같은 위원회의 설치로 저절로 이루어진다면 얼마나 좋겠는가! 부패의 근원적 척결은 제도와 의식을 통해서면 이루어지며, 그것은 결코 어렵거나 불가능한 일이 아니다. 못 가진 자는 분노하며 불안해야 하고, 가진 자도 행여나 싶어서 불안해야 한다. 혼자서 감당하지 못할 미래의 불안은 누구에게나 불시에 닥쳐올 수 있는 법. 이런 상황에서 '협력하는 열린 경쟁'이니 '인정하는 열린 공존'은 공염불이 된다.

이제 우리도 의료보험 수혜 폭을 늘리는 등 사회 불안의 뇌관 제거에 눈을 뜨기 시작했다. 그러나 아직은 시작에 불과한 실정이다. 대중의 인기에 영합하는 포퓰리즘의 생명은 길지 않다. 가정 파탄으로 직결되는 희귀병이나 중병에 걸린 환자들을 구제할 수 없다면, 감기 몸살 등 잔병에 대한 혜택이 무슨 의미가 있을까? 그야말로 인기 영합적 미봉책이라고 할 수 있다. 감기 치료비로 파탄에 이르는 가정은 없다. 단 하나의 가정이라도 불의의 파탄을 막아주는 것이 공보험의 취지일 것이다.

의료 문제뿐만 아니라 진정한 기회 균등이 보장되는 교육 문제 또한 마찬가지다. 생명과 교육만큼은 시장에서 거래되지 않도록 지혜를 모아야 한다. 우리 사회 구성원 모두가 주인의식을 가지고 사회 통합을 위한 타협에 팔을 걷어붙여야 한다. 광장과 시장이 손을 잡고 만나야 한다.

엄밀한 의미에서 돈에 대한 한계효용체감의 법칙이 작용하는 사회는 사실 어느 곳에도 없다. 돈이라는 재화의 특성상 먹는 음식과는 달리 아무리 가져도 포화 상태가 되지 않기 때문이다. 이 점을 감안한다면, 선진 서유럽 사회에선 어느 정도 돈에 대한 상대적인 한계효용체감이 작용함을 인정하지 않을 수 없다. 반대로 역시 돈의 특성을 감안하더라도, 이미 많은 것을 가지고 있는 사람마저도 돈에 대한 끝없는 목마름으로 발버둥 치고 있다면 돈에 대한 한계효용체증이 작용되는 사회라고 말할 수밖에 없다.

돈에 대한 한계효용체증은 개발도상국에서는 흔히 나타나는 현상이다. 언뜻 보면 사회가 치열하고 역동적이어서 가능성이 있는 사회로 보이기도 한다. 그러나 돈에 대한 건전한 욕심과 무지막지한 한계효용체증은 구분이 된다. 부정부패는 접어두고서라도 틈만 생기면 사회 전체가 투기 판으로 변해버리니 말이다. 부동산만 그런 것이 아니고 단기차액을 노리는 주식 등 모든 것들이 투기의 대상이 된다. 문제는 가지지 못한 자는 생각이 있어도 손 한 번 쓰지 못하고 처참하게 당한다는 데 있다. 개인적인 부가 자신의 의지와 노력과 상관없이 요동친다.

여기서 한 술 더 뜨는 세력이 등장한다. 모든 것이 시장에서 결정되는 자본주의에서 이는 자연스런 현상이며 정당한 재테크라고 변호하는 이들이다. 이들은 투기와 투자의 구분은 교과서에나 나오는 순진한 이야기일 뿐, 자본주의적 현실에서는 구분되지 않는다고 철없이 말한다. 투자는 윈윈의 가능성이 있는 반면, 투기는 한 사람의 재산 증식이 타인의 재산 침해를 가져올 수 있는데도 그것마저 자연스런 자본주의 현상이라고 우긴다면 논의는 일단 중단할 수밖에 없다. 역동적인 사회 같아 보이지만, 일하는 사람 따로, 챙기는 사람 따로인 사회가 된다. 개인적인 부는 운 좋고 힘 있는 사람에게 쏠리며 양극화와 함께 나라 전체의 파이는 제자리걸음을 하게 하는 것이 투기다. 어떻게 부자가 될 수 있었을까 하는 우문보다 부모를 잘 만났거나 투기를 잘했기 때문이라는 현답이 더욱 그럴싸하다. 문제는 바로 여기에 있다.

돈에 대한 무지막지한 목마름의 사회, 한계효용체증이 강력하게 작용하는 사회의 특징 중 하나가 바로 누군가가 챙기는 만큼 벼랑으로 떨어지는 사람이 동시에 존재할 가능성이 높은 경제행위가 별다른 도덕적인 저항 없이 떳떳이 이루어진다는 점이다. 시장의 속성상 훈풍만을 기대하기는 어렵다. 만약 그렇다면 그것은 정상적인 시장이 아니다. 때로는 한파도 몰아친다. 그러나 건강한 땀과 노동, 희망마저 쓸어버리는 무자비한 광풍만은 잠재워야 하지 않겠는가? 그것은 시장의 건강한 기능을 마비시키고 자유시장주의를 위협하는 것으로 시장이 항상 경계해야 할 암적인 요소가 아닐 수 없다. 시대적인 광장 정신인 '인정하는 열린 공존'은 꿈도 꾸지 못하게 된다. 광풍이 몰아치는 시장은 절대로 광장과 손을 잡을 수 없게 된다.

이런 사회에서 모두가 땀을 흘리면서도 꿈과 희망을 가지며 살아갈 수 있다는 구호는 허망한 것이 된다. 그렇다고 누구만을 탓할 수도 없는 노릇이다. 주인인 우리 스스로가 만든 우리 사회의 분위기며 현주소이기도 하다. 그러나 어쨌든 우리는 이만큼 달려왔다. 하지만 가야할 길이 아직 남은 앞으로가 문제다. 앞으로 넘어야 할 하나의 계단은 여태까지 넘어온 수많은 계단보다 벅차고 중요하다. 광장과 시장이 만나지 못하면 어떤 정부의 어떤 정책도 무자비한 투기성을 근원적으로 잠재우는 데 실패할 것이다. 마고할미의 축복도 사라질 것이다.

이런 점에서 우리는 부르크가이스트의 평등적 공존정신이 가지고 있는 저력을 솔직히 인정하지 않을 수 없다. 남의 떡이 커 보이는, 막연한 서구에 대한 환상이 절대로 아니다. 우리 사회를 위해, 그리고 우리 자신을 위해서도 그 의미를 끝까지 새겨봐야 할 필요가 있다.

제3부

집시 여인 에리카와 부르크가이스트

32

바바루 술집에서의 기이한 만남

집시 여인과의 첫 만남

머리를 식힐 겸 에리카에 대한 이야기를 잠시 해야겠다. 블루노트에서 많은 사람과 어울려 보았지만 그중에서도 평생 잊을 수 없는 사람이 있으니, 그가 바로 에리카다. 에리카와 처음 만난 것은 초겨울답지 않게 매섭게 추웠던 어느 날, 독일 콘스탄츠와 스위스의 경계 지역에 있는 바바루란 술집에서였다. 선술집이 아니라 유흥주점쯤 되는 곳이다. 물론 술값은 선술집보다 비싸다. 인구 약 10만 정도의 조그마한 도시 콘스탄츠에는 바바루처럼 공식적으로 종업원을 두고 새벽까지 영업을 하는 술집이 고작해야 두어 곳에 불과하다.

보통 선술집은 밤 12시까지만 영업을 한다. 12시가 가까워지면 주인은 폐점 시간을 알리며 문 닫을 준비를 한다. 손님들이 아쉬워 맥주를 더 주문하면 간판 불을 끄고 12시 이후에 주문한 술값은 받지 않겠노라고 호의를 베푸는 주인들도 있다. 영업시간을 준수하겠다는 간접적인 의지의 표현이라고나 할까. 술집 주인들도 이 점을 감안, 나름대로 애교스런 대책을 세우기도 한다. 시계 바늘을 30분 정도 미리 당겨 놓는 것이다. 손님이 눈치를 채든 말든 30분 연장 영업을 했다고 믿고 술집을 나와서 시계를 보면 정확히 12시다.

한국에서 업무차 독일에 들른 친구와 늦도록 맥주를 마시며 이야기를 나누고 헤어져 스위스의 집으로 돌아가는 길. 국경 세관을 향해 걸어가고 있는데 평상시 무심히 지나쳤던 바바루의 네온사인이 그날따라 유난히 나를 유혹했다. 술집은 별로 붐비지 않았고, 국경 지역이라 독일 사람, 스위스 사람이 섞여 있었다. 조명도 선술집과는 달리 희미해서 겨우 얼굴을 식별할 정도였다. 종업원들은 주로 동구권 여자들인 것 같았고 독일 여자도 섞인 듯했다. 유럽 생활에 조금만 익숙해지면 독일 사람과 동구권 사람은 외양상 쉽게 구분이 된다.

대화 상대로 여종업원을 불러도 되고 그렇지 않아도 된다. 독일 여자를 불러 앉히고 간단히 인사를 건넨 다음 맥주를 시켰다. 여자를 위해 샴페인을 주문하려다가 자리가 지나치게 길어질까 싶어 그만두었다. 보통 맥주를 주문하면 맥주는 못 마시니 샴페인을 한 잔 사라며 은근히 압박을 가하는데 그녀는 그렇지 않았다. 술 냄새가 진하게 풍기는 걸 보니 손님들과 어울려 제법 마신 모양이다. 맥주를 시켜주면 대개의 종업원은 몇 분 내에 마시는 둥 마는 둥 고맙다고 인사를 건네고 자리를 뜨게 마련인데 그녀는 계속 이야기를 이어갔다.

그녀는 치고이너Zigeuner, 즉 집시 출신이라고 했다. 그냥 농담이겠거니 했다가 가만히 생각하니 동양인이라고 놀리나 싶어서 금방 되물었다. 말투를 들어보면 분명 독일인인데 독일인 집시가 도대체 어디 있느냐, 당신이 집시라면 당신 부모도 집시여야 하지 않느냐……. 집시에 대해 알고 있던 얄팍한 상식을 내세워 한바탕 거드름을 피웠다. 술을 마셔서인지 평소 신통치 않은 독일어도 술술 풀려나왔다.

자유로운 영혼의 여인

새벽 4시가 가까워지고 문 닫을 시간이 다가왔다. 잠시 들렀다가 나오려고 했던 것이 그렇게 되어버렸다. 몸은 취할 대로 취해 있었고 택시라도 잡아야 할 텐데 주머니는 비어 있었다. 날은 추웠지만 국경을 넘어 40분 정도 걸어가면 되는 거리이기 때문에 별문제는 없었다. 집시 여자는 택시를 불러주려고 했다. 걸어서도 갈 수 있는 거리이니 걱정 말라며 "아웁 비더제헨auf wiedersehen"*을 외친다.

그런데 사건(?)은 다음에 있었다. 그녀는 내가 걸어간다는 것이 마음에 걸렸는지 날씨도 춥고 마침 자기 숙소가 바로 뒤에 있으며 소파도 따로 있으니 쉬었다가 가도 좋다는 상상하기 힘든 호의를 베풀어왔다. 보여줄 것이 있다는 것이다. 유럽 생활을 할 만큼 했지만 이처럼 수수께끼 같은 상황을 맞이하기는 정말 흔치 않은 일이었다.

숙소는 낡은 호텔의 방을 빌려 쓰는 듯 했다. 구석에 큼지막한 여행

---

* 이 인사말의 원뜻은 '다시 보자'이지만 병원이나 감옥 같은 곳을 제외하고는 언제 어디서나 사용하는 일상적인 인사말이다.

용 가방이 보이는 것을 보니 아마 타지에서 온 모양이다. 콘스탄츠 생활의 짬밥으로 따지면 내가 대선배인 셈이다. 나는 콘스탄츠의 어느 골목길 몇 번째 집이 어떻게 생겼는지 맞출 수 있을 정도니까. 그런 식으로 일말의 불안감을 달래고 있는데, 여자는 예상외로 차분했다. 오래된 친구 대하듯 사진 몇 장을 건네주기에 무심코 받아들었는데, 아뿔싸! 놀랍게도 집시들과 실제로 생활하며 찍은 사진이 아닌가! 그녀는 까무잡잡한 얼굴의 집시 아이들과 함께 달구지를 타고 있었다. 사진 속의 아이들은 햇빛이 강한 듯 얼굴을 찡그리고 있었다. 마치 주워들은 집시 이야기로 어쭙잖은 잘난 척을 했던 나를 노려보는 것만 같았다.

그녀는 내게 대마초를 권했다. 사실 유럽에서는 대마초가 상당히 보편화되어 있다. 실제로 대학교수 중에서도 대마초를 즐기는 사람이 있을 정도다. 네덜란드만 가도 커피숍에서 공식적으로 대마초를 구입할 수 있다. 대부분 유럽 국가에서 대마초 흡연은 원칙적으로 불법이지만, 단속은 관례적으로 너그러운 편이다. 어쨌건 독일에서도 법적으로 대마초 흡연은 불법이다.

대마초를 권하는 집시 여인과 같이 행동해 주고 싶은 마음이 불현듯 솟구쳤지만 그럴 수는 없었다. 술이 확 깬다. 이상하게 마음이 편해진다. 초면인 남녀가 한 방에 있는데 이처럼 무심無心할 수가 있을까? 알 수 없는 일이다. 처음 어설프게 유쾌한 상상을 했던 것과는 영 딴판이다. 어쨌든 그녀가 보여주고 싶은 것은 집시와 생활했던 사진이었던 것이다.

소파에서 잠시나마 눈을 붙이기로 마음먹었지만, 잠이 올 리가 없었다. 옆 침대에서는 곤한 숨소리가 들려왔다. 사진을 보여주는 임무가 끝났다는 것인가. 지친 심신을 거두는 평화로운 집시 여인의 잠든 숨소리였다. 집시는 어째서 이처럼 자유로운가. 영혼이 자유롭기 때문일까. 이불을 덮어주고 숙소를 빠져나오니 새벽의 공기가 차가웠다.

33

제도권 안에서 밖으로 내미는 손길

버스 정류장에서의 뜻밖의 해후

그때까지만 해도 그녀와의 인연이 계속 이어져 갈 것이라고는 생각하지 못했다. 하지만 역시 앞일은 알 수 없는 법. 그로부터 한참이 지난 어느 날 급히 자료를 찾을 일이 있어서 주말인데도 대학 도서관에 나왔다가 집으로 돌아가는 버스를 기다리고 있을 때였다.

누군가 아는 척하며 다가서는데 바로 그녀, 바바루에서 만난 집시 여인이었다. 정말 뜻밖의 해후다. 이름을 기억해 내고 인사를 건네니, 마침 노는 날인데 시간이 있다면 생맥주를 한 잔 사겠다며 잘 아는 집이 있으면 안내해 달라고 친한 친구처럼 말한다. 머쓱함도 잠시, 주말인데다가 희귀한 경험의 연속이다 싶어 흔쾌히 동의하며 주차장 뒷골목의 생맥줏집으로 안내했다.

예상치 못한 이야기들이 이어졌다. 본명은 에리카. 그녀는 놀랍게도 구동독 지역인 에르푸르트 대학에서 사회학을 전공한 인텔리였다.

동양인으로서 젊은 외국 여자의 나이를 추정하기가 쉽지는 않지만 얼른 보아 30대 초반쯤 되어 보인다.

당연히 집시 이야기가 이어졌다. 그녀는 얼마 전까지만 해도 실제 집시 생활을 했다고 한다. 집시는 집시끼리만 집단생활을 한다. 그녀는 원래 집시는 아니었다. 집시가 아닌 당신이 어떻게 집시 생활을 할 수 있었느냐고 물어보니 집시들이 사회적으로 정당하고 인간적인 대우를 받도록 의견을 수렴하고 당국에 건의를 하는 등의 시민운동을 하면서 집시와 함께 생활했다고 한다.

영어로 집시Gipsy인 유랑 민족을 독일에서는 '치고이너' 혹은 '진티Sinti'라고 부른다. 일반적으로 치고이너는 포괄적인 집시를 일컬으며 진티는 독일계 집시만을 일컫는 말이다. 방랑벽이 있는 친한 친구에게 "너는 역시 치고이너 같은 녀석이야"라고 농담을 하면 괜찮지만 "너는 진티 같은 놈이야"라고 하면 실례가 된다. 모든 집시를 일컫는 치고이너에는 자유와 방랑의 이미지가 있지만, 좁은 의미의 집시인 진티는 부정적이고 천민적인 이미지가 더 강하게 부각되기 때문이다.

프랑스에서는 집시를 보헤미안Bohemian이라고 부른다. 15세기부터 체코의 보헤미아 지방에서 집시가 많이 살았기 때문이다. 오늘날 이 단어는 단순히 집시만을 가리키는 말이 아니라 기존의 문명과 제도를 거부하면서 평화와 자유를 만끽하려는 자유주의자, 예술인, 지식인 등을 총칭한다.

여름이 시작되면 독일뿐만 아니라 유럽 도처에서 이들과 같은 사람이 움직이기 시작한다. 물론 그들은 집시가 아니다. 자유다운 자유를 누려보겠다는 사람들이라고 보는 것이 정확할 것이다. 텐트와 간단한 살림살이를 꾸려 방랑을 시작하며, 저녁이면 도심지를 벗어나 외곽지에서 끼리끼리 모닥불을 피우며 바비큐에다 맥주를 곁들이면서 조촐하게 탈속을 자축하는 무리들이다.

세계 300~400만 명의 집시 중 절반이 유럽에서 생활하고 있으며 독일에도 수만 명의 치고이너가 살고 있다. 하늘을 지붕 삼아 정처 없이 유랑하는 집시의 삶은 자유와 애환 그 자체이다. 1,000년 이상 유랑하며 유태인 이상으로 박해를 받은 그들은 유럽의 역사와 문화에 커다란 영향을 미쳤다. 분방하고 격정적인 리듬 속에 녹아 있는 그들의 슬픔과 애환은 헝가리풍 집시 음악 등에서 유감없이 드러난다.

히틀러가 집시를 박해하고 살해한 것, 오늘날에도 집시들의 보금자리에 대한 폭력이 종종 발생한다는 것, 그래서 작가 루이제 린저Luise Rinser가 시 당국에 인간적인 처사를 촉구했다는 이야기 등으로 화제가 이어졌다.

에리카는 많은 유럽인들이 집시 전체를 노래와 춤만을 즐기고, 더럽고 게으르고 구걸하는 잠재적인 범죄자 집단으로 취급하는 데 불만을 가지고 있었다. 그것은 집시에 대한 대중적인 사회적 폭력이며 간접적인 인권침해라는 것이다. 에리카는 독일에 정착한 집시를 독일 사회의 소외 계층으로 생각하고 있었다. 자청해서 집시와 생활했던 것은 결국 그들의 생활 여건과 처우를 개선하려는 봉사활동이었던 셈이다. 귀족 출신인 여류시인 안네테가 하층민을 생각했다는 것에는 고개가 끄덕여졌지만 술집 종업원인 그녀가 소외 계층을 생각했다는 것은 당시엔 쉽사리 이해가 가지 않았다는 것이 솔직한 심경일 것이다.

나타샤의 딸에게 선물한 롤러스케이트

소외 계층에 관한 이야기가 이어졌다. 우크라이나에서 온 술집 동료가 불법으로 매춘을 하다가 단속에 걸려 엊그제 떠나갔다는 안타까운 이야기도 들었다. 짧은 시간이었지만 많은 이야기를 나누며 가장 절친하게 지낸 동료였으며 밤마다 우크라이나에 두고 온 어린 딸 생각으로 잠을 설친 친구라고 했다. 어린 자식을 품에 안지 못하는 여인의 영혼처럼 황폐한 것이 없다는 어느 시인의 이야기가 떠올랐다.

에리카는 그녀를 나타샤라고 불렀다. 나타샤는 러시아나 동구권 지역에서 흔한 여자 이름이다. 그래서인지 서유럽에서 나타샤는 개인의 이름이 아니라 날씬한 다리와 짙은 립스틱으로 치장한 동구권 여자들을 상징하는 대명사가 되어버렸다.

사회주의 체제에서 시장경제로 진입하는 과정에서 드러나는 여러 가지 부작용 중 하나가 바로 향락 문화의 창궐이다. 구소련에서 향락 문화는 인민의 건전한 정신을 좀먹는 자본주의의 해악으로 지목되어 철저한 단속의 대상이었다. 하지만 소련이 해체된 이후, 러시아와 동구권 국가들의 향락 산업은 극에 달하고 있다. 향락 산업에 종사하는 사람들은 가능하면 소득수준이 높고 벌이가 좋은 서유럽으로 진출하기 위해 갖은 노력을 기울인다. '꿈의 알프스를 향하여'라고 불리는 이른바 서유럽 신드롬이다. 이런 여인들은 중간 기착지로 일단 폴란드행이나 체코행을 택한다. 이들의 마지막 꿈은 결국 독일이나 스위스 같은 서유럽에 정착하는 것이다.

문제는 생활고에 시달리는 주부나 학생들까지 유혹을 받는다는 점이다. 이들은 술집에서 술을 나르고 춤을 추는 정도로 큰돈을 벌 수 있다고 생각할 뿐 그 이상의 탈선은 상상하지 못하는 순진한 사람들이다. 종종 언론은 서유럽행을 감행했던 우크라이나 여성의 꿈이 어떻게 좌절되고 있는지를 상세히 보도하기도 한다.

같이 일했던 나타샤도 딸 하나를 둔 주부였다고 했다. 그녀는 몇 년 전 여대생 친구와 함께 돈을 벌기로 작정하고 브로커를 통해 일단 폴란드로 들어갔다고 한다. 바에서 춤을 추면서 큰돈을 번다는 것은 상상만 해도 즐거운 일이었다. 하지만 그녀들의 꿈은 폴란드에서부터 좌초되기 시작했다. 건장한 남자들로부터 모든 것을 빼앗겼기 때문이다. 다음날 밤 그녀들은 독일과 폴란드의 국경 지역으로 던져졌다고 한다. 오데르 강에는 고무보트가 그녀들을 기다리고 있었다. 노동허가는커녕 비자도 없이 독일 함부르크에 던져진 그녀들을 받아줄 술집은 없었다. 쾰른에서 터키 사람에게 5만 마르크에 팔려 벨기에와 네덜란드 등으로 흘러가 상상을 초월하는 모욕을 감수해야만 했다.

그 후 둘은 터키로 넘어가 터키탕에서 일을 하다가 나타샤 홀로 다시 독일로 넘어왔다고 했다. 이미 모든 것은 망가져 있었다. 나타샤는 마지막으로 이곳 콘스탄츠의 술집에서 일하면서 짬짬이 호텔 등에서 몸을 팔다가 경찰의 일제단속에 걸려 강제추방을 당하게 된 것이다.

에리카는 우크라이나로 추방되는 나타샤의 어린 딸을 위해 롤러스케이트를 선물해 주었다고 한다. 선물은 기쁜 마음으로 전달하는 것이지만, 나타샤가 과연 그럴 수 있을까? 무지개를 좇아 서유럽으로 향했던 파란만장한 여정을 마치고 이제 찢긴 빈 몸으로 우크라이나로 돌아간 나타샤. 그녀는 딸에게 롤러스케이트를 건네주며 "너는 나중에 술집에서 춤출 생각은 절대로 하지 말거라"라고 말할지도 모른다며 에리카는 담배를 물었다.

아시다시피 에리카는 술집 종업원이다. 술집 종업원도 떳떳하게 일하고 생활할 수 있는 사회이기는 하지만 술집 종업원 신분으로 소외계층을 위한다는 것은 얼른 이해하기 힘들었던 것이 사실이다. 그러나 조금만 생각해 보면 매우 중요한 사실을 알 수 있다. 집시나 불법체류자는 독일 사회의 제도권에 속하지 않지만 독일인인 에리카는 그래도 제도권에 속해 있다는 것이다. 독일 제도권 안에서는 우리 사회에서 볼 수 있는 것처럼 극단적인 생활고를 겪는 소외 계층은 한 사람도 찾아볼 수 없다. 설마라고 생각할지 모르겠지만, 실제 독일뿐 아니라 서유럽 모든 선진국이 그렇다. 중요한 것은 그러한 제도권에 속한 사람들이 그렇지 못한 사람들에게 손을 내밀고 있다는 사실이다. 그것이 바로 부르크가이스트의 평등적 공존정신으로 만들어낸 그들 사회의 또 다른 하나의 단면이다.

34

러시아 여인의 팬티 전시회

혁명의 광장 상트페테르부르크

오늘날 러시아나 동구권 여성의 노출은 우리가 생각하는 것보다 훨씬 과감하다. 노출의 정도가 점점 높아지는 것은 소련이 무너지고 자본주의 체제가 익숙해지면서 나타나는 현상 중 하나인데, 모스크바나 상트페테르부르크St. Peterburg* 등 도시 지역에서 더욱 심하다. 속이 훤하게 비치는 바지에다 아슬아슬한 실 팬티는 보통이다.

유서 깊은 역사와 문화의 도시 상트페테르부르크에서는 몇 년 전 러시아인들의 소련 시절 속옷 전시회가 열려 화제를 모았다. 1917년 10월혁명에서부터 1991년 고르바초프가 공산당 서기장 직을 사임하

* 상트페테르부르크는 이름이 여러 번 바뀌었다. 제정러시아 때는 페테르스부르크로 불리다가 1914년 페트로그라드(Petrograd)로 개칭되었으며 1924년 레닌이 죽자 그의 이름을 따 레닌그라드(Leningrad)가 되었다. 1991년 공산당이 무너지면서 상트페테르부르크라는 이름을 되찾게 되었다.

원래 황제가 겨울을 나기 위해 만들어졌다는 겨울 궁전. 그 앞에 펼쳐진 상트 페테르부르크 광장은 공산혁명의 생생한 역사를 고스란히 품고 있다. 민주화가 이루어진 지금은 다양한 집회와 행사가 열리고 있다.

고 공산당 중앙위원회를 해체해 버림으로써 역사의 뒤안길로 사라진 소련공산당 시절의 속옷들이다.

상트페테르부르크는 혁명의 역사가 살아 있는 곳이다. 1905년 추운 겨울, 차르(황제)에게 최소한의 생존과 인권을 호소하려던 노동자들의 소박한 염원이 군대와 경찰에 의해 짓밟힘으로써 혁명의 서곡이 울려 퍼진 곳도 상트페테르부르크의 광장이었고, 1917년 2월 혁명의 소식을 듣고 그해 4월 외국에 망명 중이던 레닌이 돌아왔을 때 그를 가장 열렬히 맞은 이들도 상트페테르부르크 시민이었다. 레닌은 그해 10월 사회주의 혁명의 성공을 이곳에서 웅변한다. 이처럼 러시아혁명의 생생한 증인이자 혁명 역사의 중심지인 상트페테르부르크에서 이제 러시아 여성의 팬티 전시회가 열린 것이다.

크렘린 궁전의 적색기가 사라지고 망치와 낫을 쌍독수리 문장으로 바꾸면서 러시아인들은 소련의 역사를 지우려고 노력하고 있지만, 역사의 뒤안길로 모든 것을 한꺼번에 밀어내기란 쉽지 않은 법이다. 러시아의 미래를 모색하기 위해선 과거를 알아야 한다는 것이 속옷 전시회의 취지였다.

모든 것을 녹이는 자본의 위력

속옷은 시대 순으로 세 단계로 분류되어 전시되었다. 첫 단계는 1920년부터 1940년대의 속옷. 이 시대의 압권은 볼셰비키 레닌그라드 당 서기장 키로프Sergei Mironovich Kirov*를 상징하는 인형과 피로 얼룩진 속옷의 재현이다. 당시 소련인들이 입었던 속옷은 개인의 개성과는 너무나 거리가 멀었으며, 초라할 정도로 투박한 것이 특징이다. 여성의 팬티는 거의 무릎까지 올 정도로 길고 옷감도 두꺼워 추위에 잘 견디도록 되어 있었다. 혁명과 전쟁의 시대상을 그대로 반영하고 있는 것이다.

두 번째는 1946년에서 1964년 사이의 속옷인데, 이 시대 속옷들은 한마디로 활동적인 것이 특징이다. 잠 잘 때는 속옷이지만 작업장에서 겉옷을 벗고 작업을 시작하면 바로 작업복이 되기도 했다. 전쟁의 공포도 지워지고 경제 재건의 기치가 높이 울려 퍼지는 시기였다. 소련은 대외적으로 보면 전승국이지만 독일군이 후퇴하면서 구사한 초

---

* 키로프는 레닌이 사망한 뒤 권력 투쟁 과정에서 스탈린에 의해 1934년 숙청당했다. 그의 암살로 시작된 스탈린의 피의 숙청은 1938년까지 계속되었다.

토화 작전으로 수많은 공장과 농장, 도시와 촌락이 폭파된 상태였다. 이 시기는 국가경제계획위원회의 계획안에 발맞춰 이러한 전화를 극복하고 모두가 열심히 일하던 시대였다. 1957년에는 소련 과학자들이 미국보다 한발 앞서 지구 궤도를 회전하는 최초의 인공위성 스푸트니크Sputnik를 쏘아 올리기도 했다. 여성들의 팬티 색깔도 서방의 영향을 받기 시작해 하늘색이나 분홍색 등 개성이 드러나기 시작한다.

세 번째 시기는 1964년부터 소련이 무너지는 1991년까지로, 옷감은 고급화되고 디자인은 서유럽의 유행을 따랐으며 치장은 화려했다.

"우리는 반反소련이나 외설을 이야기하는 것이 아니다. 소련 시절의 속옷 문화를 그대로 살펴보자는 것이다. 원래 소련 여성들의 팬티는 유혹과는 상관이 없는, 금욕적이고 실용적인 성격이 강했다." 전시회를 기획했던 주최자들의 설명이었다.

서유럽뿐만 아니라 이제 어느 나라에서도 불나방 같은 러시아나 동구권 여자들을 보기는 어렵지 않다. 일부는 매춘도 마다하지 않는 실정이다. 자본의 위력이 여성의 팬티까지 녹일 수 있다는 사실은 비단 자본의 맛을 느끼기 시작한 러시아 여성들에게만 해당되는 것은 아닐 것이다. 러시아 여인의 팬티 전시회는 바이러스처럼 번져가는 여인들의 매춘을 질타하고 있는지도 모른다.

에리카와 아쉬운 작별을 하고 막차 버스를 타기 위해 술집을 빠져나왔을 때 나타샤의 이야기가 계속해서 머리에 맴돌고 있었다. 자본의 힘이 여성의 팬티를 녹일 수 있다는 사실을 이제 막 깨우치고 있을 나타샤를 생각해 본다. 그녀는 잘못된 자본의 힘 앞에서는 인간의 기본적인 가치마저 어렵지 않게 포기할 수 있다는 사실을 배우기 시작했을 것이다.

필요할 때면 언제든지 전화를 해도 좋다며 건네준 에리카의 전화번호 쪽지를 소중하게 수첩에 꼽았던 기억이 생생하다. 보헤미안, 고독한 자유주의자, 휴머니스트 에리카와의 만남은 그렇게 계속되어 갔다.

35

광장 안으로 끌어들여야 할 한국판 나타샤

가정 실패와 행복 경제학

나타샤의 이야기를 떠올리며 우리 주변의 가정 실패를 생각해 보지 않을 수 없다. 영국 에섹스 대학의 어느 경제학자는 결혼 시장을 경제학적으로 분석하여 여기에서도 다른 모든 시장과 마찬가지로 시장 실패가 일어난다고 주장했다. 이들은 구혼자들이 짝을 찾기 위해 인위적으로 과다 투자하는 것을 결혼 시장 실패의 주된 요인으로 꼽았다. 그중에서도 가장 심하게 시장 왜곡을 불러일으키는 투자가 성형수술 등의 형태라고 분석했다.

그 주장에 따르면 성형 등 인위적인 미에 대한 과다 투자는 결혼 시장에서 적정가격 이상으로 매도 신청을 할 수밖에 없는 상황을 가져온다. 이런 과정을 거쳐 성사된 거래는 결국 본인이 원하는 기대치 이하의 이익(행복)을 거둘 수밖에 없으며, 특히 성사된 당사자 남녀 모두가 결혼을 위한 인위적인 과다 투자자일 때 거품은 극대화될 수밖에 없다. 이는 곧 가정 실패로 이어진다.

이와는 반대로 자연 그대로인 본연의 모습으로 상대를 만나게 될 경우 진실한 사랑을 발견할 확률이 훨씬 높다. 이것은 결혼 시장이 왜곡되지 않을 확률과 비례하기 때문이다. 주식이나 상품이 시장가치(진정한 가치)가 제대로 반영되어 거래될 때 시장이 순기능을 하게 되는 것과 비슷한 이치이다.

공감이 가는 이야기지만 우리 눈에는 유럽 사회의 이러한 가정 실패 유형이 어찌 보면 한가해 보이기도 한다. 우리 사회에는 유럽에서는 상상하지 못할 절박하고 안타까운 가정 실패가 있기 때문이다. 성형수술에 투자하기는커녕 생활고로 갈가리 찢어지는 가정이 있는 것이 우리의 현실이 아닌가?

유럽의 학자들이 말하는 부부 사이의 행복지수니 부모와 자식 간의 행복지수니 하는 분석 또한 우리를 공허하게 만든다. 굶어 죽어야 하고 병들어 죽어야 하는 사람에게, 억울하게 치이고 짓밟혀야 하는 사람에게 행복지수의 의미는 다를 수밖에 없다. 유럽의 학자들이 한가로이 말하는 가정 실패는 지금 우리들에서 일어나고 있는 가정 실패와는 상당 부분 궤를 달리하는 것들이다.

'행복 경제학'에 대한 관심이 커지고 있다. 행복 경제학이란 돈으로 채워지지 않는 '행복'에 대해 연구하는 학문이다. 영국 및 유럽의 일부 대학에서는 행복학 강의도 개설되고 있다. 히말라야의 작은 왕국

부탄에는 경제적 풍요와 관련 없는 행복의 개념이 널리 받아들여지고 있다. 부탄 사람들은 국민총생산Gross National Products 대신에 국민총행복Gross National Happiness이라는 개념을 사용한다. 왕위보다는 국민 전체의 행복이 훨씬 중요하다며 왕이 숲 속의 통나무집에서 살아가는 나라, 고층건물과 신호등이 없는 나라, 못살아도 관광객을 제한하는 자존심의 나라, 그래도 교육과 의료는 선진 서유럽과 마찬가지로 무상으로(즉, 국민 세금으로) 제공하는 나라이다. 부탄을 부러워할 필요는 없지만, 행복이 무엇인지는 잠시 생각해 볼 필요가 있을 것 같다.

얼마 전 영국 래스터 대학에서는 국민소득과 교육 여건 등을 감안한 나라별 행복지수를 산정해 발표한 적이 있다. 덴마크, 스위스, 오스트리아가 나란히 1, 2, 3위를 차지했고, 앞서 말한 부탄이 8위를 차지했다. 우리나라의 순위는 무려 102위. 행복이란 워낙 추상적이어서 조사 방법에 따라 천차만별의 결과가 나올 수 있다는 것을 감안하더라도 무시하고 넘어갈 수만은 없는 문제이다. 미래에 대한 불확실성의 사회에서 모든 방법을 동원하여 모으고 또 모아도, 끝도 없고 기준도 없는 돈을 향해 땀만 흘린다고 행복할 수는 없을 것 같다. 그러나 가진 것은 차이가 있어도 모두가 희망을 가지며 열심히 땀방울을 쏟아내는 사회에서는 그렇지 않을 것이다.

우리에 의해, 우리가 행하는, 우리를 향한 우리의 폭력

IMF 시절부터 본격화되기 시작한 양극화의 골은 점점 깊어지고 있다. 생활고로 인한 가족의 동반자살은 우리 가정과 사회의 실패를 보여주는 극단적인 예이다. 사회를 믿지 못하며 자식까지 데려가는 이의 마음은 어떨까? 이런 일이 일어나는 것은 아직까지 우리 사회가 결손가정의 아이들을 제대로 돌보지 못하기 때문이다. 결식아동을 위한 지원조차도 예산 문제로 밀고 당기는 것이 사회에서 그들의 장래를 위한 교육 문제를 생각한다는 것은 상상하기 어려운 일이다. 때문에 극단적인 선택을 한 부모를 무턱대고 비난할 수만도 없다.

그런데 한편으로는 이상한 진풍경이 벌어진다. 세계에서 가장 빠른 속도로 고령화가 진행된다며 출산을 장려한답시고 난리를 피우고 있다. 저출산과 고령화 문제는 사회적인 광장의 몫이다. 그러나 가임 부부들은 양육비와 교육비 등 복합적인 개인의 시장 원리에 따라 출산을 기피한다. 자신의 몸으로 낳은 아이만을, 자신의 돈을 투자해 키워 자신들만의 부를 추구하는 사회이기에 이것 역시 누구를 탓할 수가 없다. 그러나 이런 문제에서도 얼마든지 시장과 광장은 만날 수 있다. 시장에서 광장으로 조금만 손을 내밀면 된다.

물론 출산 정책은 계속되어야 한다. 그러나 수많은 결손가정의 아동들 또한 우리의 소중한 아들딸이다. 이들 중에서도 글로벌 시대의 진정한 인재로 자라나 미래의 금맥을 캐어낼 이들이 많을 것이다. 낳은 아이들도 제대로 먹이고 가르치지 못하면서 저출산 시대라고 야단만 피워서는 곤란하다. 여기에 소요되는 예산도 당연히 사회 안전망에 해당하는 것이다. 이런 예산을 두고도 진보니 보수니 운운하며 감히 성장을 위해 접어야 한다는 논리를 펴는 사람이 있다면 정녕 잘못된 이념의 포로라고 말하지 않을 수 없다.

극단적인 가정 실패가 아니더라도 본의 아니게 돌발적인 사고나 경제적인 이유로 발생하는 가정 파탄은 우리 주위에서 어렵지 않게 찾아볼 수 있다. 생활고 때문에 부부 간의 사랑이 왜곡되고 가족이 찢어지는 가정 실패는 억울함과 분노 그 자체이다. 여기에도 괴이한 시민의식의 양극화가 존재한다. 한국의 주부들은 노래방 도우미 때문에 속병에 시달린다고 한다. 남편들이 퇴근 후 노래방에서 접대부들과 버젓이 퇴폐 행위를 하는데도 당국이 별다른 조치를 취하지 않는다고 울화통을 터트리고 있다. 퇴폐에 무신경한 당국과 무감각한 사회에 대해 시민 자격으로 분통을 쏟아내는 것이다.

그러나 노래방 도우미라는 존재는 그렇게 개인적인 불만의 차원에서만 간단하게 보아 넘길 것이 아니다. 다소 비약된 논리일 수 있겠지만 노래방 도우미를 한국판 나타샤의 한 유형으로 볼 수 있지 않을까? 모든 도우미가 그런 것은 아니겠지만, 남편이나 아버지가 노동시장에서 실패하여 실직 가정을 살리기 위해 나서야만 했던 우리의 딸과 동생과 누님과 어머님들도 분명히 있을 것이다. 가족 중에 누군가의 의료비 마련을 위해, 혹은 아들딸의 학원 수강비를 위해, 그렇지 않으면 자신과 가족의 최소의 생존을 위해……. 사정은 다를지언정 사연이 없을 리 없다. 의료와 교육, 그리고 최소의 생존이 보장되지 않는 사회에서 어떻게든 그것을 스스로 해결하려는 도우미들을 두고 불법이니 합법이니 운운하는 것은 큰 의미가 없다. 또한 강도나 도둑과는 달리 도우미들은 절박한 생존의 문제에서 비교적 자유로운 대다수

고객에게 기쁨을 선사하지 큰 사회적 해악을 끼치는 것은 아니다. 해악은 오히려 고객에서 도우미로 행해진다.

노래방에 들어서면서부터 인사치레로 언어폭력부터 당한다. 가해자는 곧 우리의 동생과 오빠, 남편과 아버지들이다. 이들은 몇 장의 지폐로 신체적 폭력을 정당화하며 스트레스를 푼다. 그리고 그것을 익숙하고 당연한 것으로 생각하면서 무감각해진다. 마치 악덕 영주와 농노의 관계와 다를 바 없다. 가정을 살리기 위해 이곳에 발을 들여놓은 영혼들은 우리의 광장에서 증오를 품으며 추락한다. 서로를 인정하는 열린 공존은커녕 복수심에 불타는 증오의 꼬리가 이어지기 시작한다.

여기서 찾아볼 수 있는 것은 우리에 의해, 우리가 행하는, 우리를 향한 우리의 폭력이다. 극단적인 언어폭력과 존비의 대립은 우리라는 광장의 울타리를 무너뜨리고 현대판 신분사회를 형성한다. 이런 상황에서 사회적 통합과 합의라는 말은 듣기 좋은 수사에 불과하다. 작게 보이는 것일지라도 우선 분열과 대립을 누그러뜨릴 준비를 해야 한다. 빈자도 부자도, 소외 계층도 기득권자도 서로를 인정하며 가능한 한 빨리 손을 잡을 수 있는 우리 식의 시스템을 구축하기 위해 고민해야 한다. 그것은 압축 성장으로 이뤄온 역량을 재결집시켜 선진으로 향하는, 생략할 수 없는 길이다.

모두가 주인이고 시민이 되는 사회, 단 한 사람도 낙오하지 않도록 진지한 눈길로 살피며 고민하는 사회, 아무도 다른 누군가를 광장 밖으로 밀어내지 않고 밀어낼 수도 없는 사회가 바로 앞으로 맞이해야 할 선진 사회의 한 모습이 아닐까?

36

시장 실패와 고뇌하는 자유시장주의자

시장 실패의 의미와 요인

경제학에서 말하는 '시장의 실패market failure'는 생각보다 간단치 않은 개념이다. 경제학 교과서에는 "상품의 수요나 공급, 그리고 생산기술의 선택 등은 시장 기능의 역할에 의해 최적으로 해결되지만, 시장 기능이 정상적으로 작동되어도 시장이 왜곡되어 자원이 효율적으로 배분되지 않은 상태"를 말한다고 나와 있다.

대학에서 강의를 하다 보니 경제학과 학생조차도 시장주의의 백미인 '자원이 최적으로 배분되는 상태'와 그러하지 못한 상태가 무엇인지, 그리고 시장 실패가 무엇인지 정확히 이해하지 못하는 경우가 생각보다 많다. 시장 실패를 모르고 시장주의를 말할 수는 없다.

시장의 우동집을 예로 들어보자. 우동 한 그릇을 소비하면서 지불하는 가격에는 농민이나 중간업자에게 지불되는 밀가루 값, 고춧가루 값, 어민이나 중간업체에 지불되는 멸치 값, 단무지 가공업체에게 들어가는 단무지 값 등이 포함되어 있다. 여러 우동집들의 경쟁에 의해 형성된 시장가격으로 한 그릇의 우동을 소비하는 순간, 우동을 구성하는 각각의 요소(단무지, 멸치, 고춧가루, 밀가루 등)에 정확한 대가가 지불된다. 우동 한 그릇에 포함된 모든 자원이 최적이면서도 효율적으로 배분되는 것이다. 시장의 위력과 효율을 동시에 보여준다.

그런데 단무지를 제공하는 업체에서 단무지 만드는 데 필요한 노란색의 식품첨가제 생산을 위해 수질오염이 불가피하다면, 이는 경제의 마이너스 외부효과가 발생하는 경우가 된다. 환경세를 납부하지 않거나 정화 시설을 갖추지 않았다면 단무지 업체는 부당한 이득을 취하는 셈이다. 이처럼 경제의 외부효과로 인해 자원이 효율적으로 배분되지 못하는 것은 시장 실패의 고전적이고 전형적인 사례이다.

문제는 여기서 그치지 않는다. 단무지 업체가 환경세를 충실히 납부하거나 오염 방지 시설을 갖추었다 치자. 하지만 수질 오염의 대가가 어느 정도인지 행정 관료나 전문가들이 쉽게 추정할 수 없다는 문제가 여전히 남아 있다. 시장 실패를 최소화하는 것은 그만큼 어렵고 복잡한 것이다.

이외에도 시장 실패에는 정보의 불완전성, 경제의 외부효과, 공공재의 성격, 기업과 산업의 독점 등 수많은 요인들이 복합적으로 얽혀 있다. 지나친 소득 양극화로 오는 빈부 격차도 시장 실패의 한 단면이라고 할 수 있다.

경제적 의미에서 위헌 판정의 위헌

이러한 시장 실패는 개인적 부가 시장에 의해 항상 공정하게 분배되지는 않는다는 사실을 보여주고 있다. 언젠가 우리나라 상위 1%가 전 국토의 사유지 절반을, 상위 5%가 무려 80%를 소유하고 있다는 조사 보고가 나와 충격을 주었다. 물론 통계 기법에 따라 현실보다는 다소 과장된 수치가 나왔을 수도 있지만, 토지 소유가 엄청나게 집중되어 있다는 사실은 부인할 수 없을 것이다. 더군다나 땅은 단기간에 마음대로 생산할 수 있는 성질의 재화가 아니다. 땅의 독과점은 엄청난 시장 왜곡을 일으켜 비정상적인 땅값 상승으로 이어지며, 이는 서민들의 주머니를 착취하게 된다. 지난 1980년대 토지 공개념 도입의 일환으로 시행하려던 택지소유상한제와 토지초과이득세 등이 위헌 결정을 받아 좌초되었다. "모든 국민의 재산권은 보장된다"라는 헌법상의 사유재산권 보장 원칙을 침해한다는 이유 때문이었다.

우리 헌법 23조에는 "재산권의 행사는 공공복리에 적합해야 한다. 공공 필요에 의한 재산권의 수용, 사용 또는 제한 및 그에 대한 보상은 법률로써 한다"라는 조항이 있다. 이에 따르면 토지에 대한 부분적 공개념의 도입이 국민의 재산권 보장을 침해한다는 위헌 판정 그 자체가 오히려 위헌일 수 있다. 적어도 경제적 의미에서는 분명히 그렇다. 토지 소유의 집중 현상은 부동산 시장의 왜곡과 시장 실패, 부당한 땅값 인상으로 많은 서민들의 재산권을 침해할 우려가 있기 때문이다. 토지와 같은 특수한 재화에 대해 부분적으로 공개념을 도입하는 것은 오히려 자유시장주의를 활성화시키고 촉진시킬 수 있다. 「독과점금지법」이 존재하는 이유도 시장에서 많은 소비자들이 불합리한 가격을 지불하는 피해를 방지하자는 것이며, 이는 실제로 많은 소비자들의 사유재산을 지켜주지 않는가?

헌법 위에는 항상 국민이 있다. 국민의 삶과 복리 위에 군림하는 헌법과 그 해석은 의미를 상실한다. 불로소득과 투기 목적의 가수요를 잡는 시장 친화적 정책은 그만큼 어렵고 연구되어야 한다.

시장 실패의 요인을 최소화하여 시장경제를 건강하게 하고 활성화시키기 위한 서유럽의 여러 경제정책이 우리 광장에서는 잘못된 선입관 때문에 기피해야 할 '사회주의 정책'으로 건성으로 소개되는 경우가 많다. 참으로 안타까운 일이 아닐 수 없다. 오늘날의 서유럽은 자본주의 사회 혹은 사회주의 사회라고 꼬집어 말할 수 없다. 서유럽 사회는 두 체제의 장점을 결합하려고 노력하는 사회, 뒤집어 이야기하면 자본주의에도 사회주의에도 모두 비판의 눈길을 주는 사회라고 할 수 있다. 이는 곧 건강한 자본주의를 실현하는 길이 그리 간단치 않다는 의미를 내포하고 있다. 물론 우리가 반드시 유럽을 지향하고 배울 필요는 없다. 그러나 과연 무엇이 정책의 실체인지 분석하려는 노력조차 없다면, 그러한 토론은 도움이 되기는커녕 정책 입안자와 시민들 사이에 이뤄질 수 있는 협력하는 열린 경쟁을 헝클어버릴 것이다. 더구나 그러한 것들을 누군가가 특정 정치집단의 이익을 위해 의도적으로 행한다면, 언젠가는 돌아올 처참한 부메랑을 자신의 몫으로 준비해야 할 것이다.

시장이 실패하는 곳에서는 시장에 대한 믿음이 사라지며, 여기서는 광장과 시장이 제대로 만나기 어렵게 된다. 이러한 시장 실패가 최소화될 때 건전한 자유시장주의 경제가 활성화될 수 있다. 그러한 시장에서 비로소 개인들의 부가 정당하게 배분되고 축적되어 간다. 시장이 실패하는 틈을 타 축적되는 부와 그로 인한 소득의 불균형은 시기와 원성, 나아가서는 약탈의 대상이 되어도 할 말이 없다. 언젠가는 큰 사회적인 소용돌이에 휘말릴 수도 있다.

모든 것을 시장에 맡기기만 하면 된다는 단순한 논리만을 펴는 정치인들도 많다. 지금까지 우리는 그러려니 하며 쉽게 지나쳐 왔다. 시장을 중시하고 시장주의를 신봉해야 하는 것은 당연하지만, 국민 개개인의 부가 시장에서 어떻게 공정하며 효율적으로 배분되고 있는지 고민조차 하지 않는 사람들을 감히 시장주의자라고 불러줄 수는 없는 노릇이다.

진정한 시장주의자는 시장 상황의 새로운 변수에 대해 항상 냉철하게 관찰하는 사람일 것이다. 수시로 발생하는 셀 수 없이 많은 시장 실패의 요인을 점검하고 개인의 부가 정당하게 형성되고 분배되도록 고민하고 노력하는 사람일 것이다. 냉철하고도 뜨거운 진정한 자유주의자, 진정한 시장주의자는 절대 말로만 되는 것이 아니다. 이익 관계가 복잡하게 얽힐 수밖에 없는 오늘의 시장에서 때로는 냉철하게, 때로는 뜨겁게, 때로는 온몸의 피투성이로 가시덩굴을 돌파할 수 있는 용기를 가진 사람이어야 할 것이다.

37

유럽의 부러운 오리발 전략

밀고 당기는 끈질긴 투혼

냉철하고 뜨거워야 하기는 국제시장에서도 마찬가지다. 국가 간에 이루어지는 여러 경제행위 중에 무역을 빼놓을 수 없을 것이다. 개방경제에서 무역이 일어나는 이유는 각 나라들이 가지고 있는 부존자원의 형태가 다르고 어떤 품목이든 상대적인 비교우위가 있기 때문이다. 물론 자연자원뿐만 아니라 인적자원도 이 범주에 속하며, 이는 세계화가 가속화되는 글로벌 경제 시대에 우리에게 절호의 기회가 될 수도 있다. 여기서 무역이 다른 거래와 다른 점은 국가 간의 거래라는 속성상 시장뿐 아니라 국가의 역할 또한 중요하다는 것이다.

국제경제학 분야에 유명한 '핵셔-오린Heckscher-Ohlin'이란 정리가 있다. 모든 국가가 다른 어떤 나라와 비교해 상대적으로 풍부하게 가지고 있는 자원과 생산요소를 이용하는 재화를 집중적으로 생산해서 서로가 교역하게 되면 두 나라 모두 이익을 볼 수 있다는 것이다.

간단히 이야기하면 서로가 상대적으로 싸게 생산할 수 있는 제품을 생산해 무역을 하면 두 나라 모두 이익을 본다는 주장이다.

지구촌의 교역을 활성화시키기 위한 것으로는 세계무역기구WTO와 자유무역협정FTA이 있다. 복잡한 국제 이익 관계로 부침을 거듭하고 있지만, WTO의 기본 이념은 자유무역을 활성화시키는 것이다. 하지만 다자 간 협상 체제인 WTO는 의견 일치를 도출하는 데 현실적인 한계가 있기 때문에 한편으로는 협상 파트너와 일대일로 각개전투를 벌이는 FTA가 활발하게 진행되고 있다. 물론 이 과정에서 협상 양국가 모두 이익이 되도록 정확히 협상하지 못한다면 한 나라가 이익을 독식하거나 손해를 볼 수도 있다.

국제시장 역시 국내 일반 시장처럼 그리 간단하지 않은 것은 당연한 사실이다. 당장에 자국 내 장래 성장 잠재력이 있는 산업을 개방 앞에서 쉽게 무너뜨려야 하는 문제부터 닥친다. 전략적으로 키워야 할 산업도 미리 염두에 두어야 하며, 연쇄적인 파급효과도 예측해야 한다. 노동시장도 협상의 정도에 따라 술렁일 수밖에 없다. 뜨는 일자리와 사라지는 일자리가 생겨난다. 뜨는 기업이 있는가 하면 쓰러지는 기업도 있을 것이다. 경쟁력을 키우기 위한 구조조정도 불가피하다. 그 외에도 교역으로 인한 자국 국민들 사이의 엇갈린 이해관계를 어떻게 조정해야 할 것인가라는 중대한 난제에도 부닥치게 된다.

미국과 유럽연합 사이에 벌어진 바나나 분쟁 이야기를 보자. 유럽연합이 영국과 프랑스의 식민지였거나 자치령으로 남아있는 아프리카 카나리아 등지에서 경작된 바나나를 우선적으로 수입하고 미국이 대리 경작한 라틴아메리카산 바나나에 대해서는 관세 등을 부여해 문제가 된 일이 있었다. 무역으로 발생하는 이익은 참여 국가의 소득으로 이어진다. 팔은 안으로 굽는 법. 유럽연합으로서는 라틴아메리카보다는 자치령으로 남아 있는 지역을 돌보는 것이 조금도 이상할 게 없다. 무역을 통한 국가 간의 소득 분배에 있어서는 자국의 이익을 가장 먼저 고려할 수밖에 없다.

더욱 복잡한 문제는 자국민끼리의 소득 문제이다. 바나나 분쟁보다 더욱 치열했던 미국과 유럽 사이의 육류 분쟁을 보자. 유럽이 성장촉진제가 투여된 미국의 육류를 정상적인 육류로 취급하지 않겠다고 선언했다. 성장촉진제가 투여된 미국산 육류는 호르몬 투여가 엄격히 통제된 유럽산 육류와는 완전히 차별되므로 수입을 할 수 없다는 것이다. 유럽의 농업은 우리나라의 농업과 비슷한 처지에 놓여 있어 갖은 트집을 잡아가며 미국으로부터 농업 시장을 사수하려 한다. 유럽에서도 WTO의 규정 때문에 드러나지 않게 여러 형태의 보조금 등 농민들에게 혜택을 주고 있지만, 평균적으로 일반 도시민들보다는 농민의 소득이 낮은 게 사실이다. 때문에 농민을 위해 가능하면 농산물 시장을 보호하려 안간힘을 쓰는 것이다.

여기서 우리들이 주목해야 할 것이 있다. 자세히 보면 유럽이 완전히 엉뚱한 생트집을 부리는 것은 아니다. 고도의 협상 전략이 깔려 있는 것이다. 미국과 FTA 협상을 끝내고 앞으로도 유럽연합 등 여러 나라들과 협상을 벌여야 하는 우리가 눈여겨봐야 할 대목이 있다. 시장 개방 압력은 제품의 동류성homogeneous이 전제될 때 가능한 것이

유럽연합 통상부장관들이 브뤼셀에 모여 회담을 할 때마다 시민단체는 신중한 시장 개방을 요구하는 운동을 벌인다.

다. 물론 동류성의 범위를 어디까지 잡느냐에 대해서는 여러 의견이 있을 수 있으며, 이는 곧 협상의 능력으로 이어지는 전략의 문제이다. 유럽은 육류 시장을 개방했더라도 육류가 아닌 것을 수입할 수 없다는 일단은 당연한 논리를 편다. 인체에 해가 되는 육류는 육류가 아니라는 것이다. 유럽은 성장호르몬이 투여된 육류가 인체에 미치는 유해성을 증명하기 위해 오래전부터 연구 자료를 축척해 오고 있다. 물론 미국도 가만히 있지 않는다. 성장호르몬이 인체에 전혀 해가 없다는 연구 자료를 지속적으로 확보해 간다.

그러니 싸움은 장기전이 될 수밖에 없다. 서로 합의를 보다가도 어느 날 심기가 불편하면 불쑥 내미는, 유럽연합의 연속성 있는 협상 전략이다. 성장촉진제가 투여된 육류가 인체에 전혀 무해할 수는 없다는 새로운 연구 결과도 내밀어 보인다. 성장촉진제가 투여된 미국산 육류를 육류로 보지 않겠다는 이 태도는 우리로서는 정말 부러운 오리발이다. 시장 개방에 있어서 시간도 벌 수 있고, 다른 협상에서 또 다른 양보를 얻어낼 수 있기 때문이다. 시민단체들도 직·간접적으로 가세한다. 미국 입장에서는 정말로 얄미운 노릇이겠지만, 밀고 당기는 끈질긴 투혼이 아닐 수 없다.

국민과 기업, 국가의 삼박자

우리 경제에서 수출이 차지하는 비중이 크다는 것은 누구나 아는 사실이다. 수출품은 경쟁력 있는 품목이어야 한다는 것 또한 상식이다. 그러나 치열한 국제무대에서 이러한 상식들이 크게 도움이 되는 것 같지는 않다. 울며 겨자 먹기 식으로 양보해야 할 분야가 있는가 하면 무리해서 쟁취해야 할 분야도 있으며 기업과 국가가 정책적으로 조율해야 하는 분야도 있다. 때문에 시장 원리가 작동하면서도 동시에 시장의 실패가 어쩔 수 없이 얽히게 된다.

국제시장의 상황과 수출 전략에 따라 우리나라에서 수출 상품과 관련된 분야에 종사하는 사람과 그렇지 않은 사람의 부 축적에는 차이가 날 수밖에 없다. 어쩔 수 없이 수입해야 하는 분야에 종사하는 사람은 불리함을 감수해야 하는 것이다. 넓은 의미에서 또 다른 시장 실패가 일어나고 있다고 할 수 있다. 수출 전략에 따라 시장 실패가 일어나며 당연히 개인적인 부와 이해관계가 엇갈리게 된다. 그러나 시장 실패가 있다고 수출 전략을 포기할 수는 없으며, 따라서 우리에게는 시장 실패에 대한 냉철한 관찰과 고뇌가 필요하다. 그 고민이 진지하지 않으면 성공할 수 없다. 그래서 성공할 수 있는 수출 전략은 모든 국민이 함께하는 것이지 기업과 국가만 외롭게 하는 것이 절대로 아니라는 것이다. 사회적 자본이 축적되지 않아 사회에 대한 신뢰와 통합이 부족한 상태에서는 이러한 것들이 제대로 될 리가 없다.

어떤 무역이든 사전에 충분한 대비책을 마련하여 정확하게 협상한다면 두 나라가 이익을 볼 수 있다는 무역 이론에 이의를 제기하는 사람은 많지 않을 것이다. 상대가 미국이든 일본이든 유럽연합이든 마찬가지다. 따라서 정상적인 협상과 교역 과정을 거치기만 한다면 국가 전체의 파이는 무역이 이루어지기 전보다는 분명히 커질 것이다. 그러려면 세금과 보조금 등 복잡한 배분 과정을 거쳐야 하겠지만, 다음과 같은 이상적인 여지는 분명히 있다. 국가 전체의 파이가 커진 만큼 그 이익을 국민들이 골고루 가질 수는 없지만, 무역이 이루어진 후 적어도 손해를 보는 계층은 없어야 하지 않겠는가 하는 점이다. 이를 위해 필요한 것은 진지한 고민과 사회적 합의이다.

그러나 현실은 만만치 않다. 각자가 시장 원리를 지키면서 자기의 몫을 추구할 권리가 있기 때문이다. 국가 전체의 파이를 키울 수 있는 기회를 눈앞에 두고서도 업종 간의 소모적인 충돌은 피할 수 없게 된다. 여기서도 우리는 시장과 광장이 만나지 못하는 장면을 볼 수 있다. 시장과 광장이 만나지 못하여 사회적 자본이 축적되지 않은 나라일수록 소모적인 충돌로 입게 될 피해는 커질 것이며 그것은 국민의 몫으로 고스란히 돌아오게 된다.

우리가 살아갈 전략 중 하나가 바로 수출을 통해 통상 선진국으로 나아가는 길이다. 수출 전략은 온 국민이 함께하는 것이어야 한다. 시장과 광장이 진정으로 만나 국민과 기업 모두가 주인의식을 가지며 함께한다면 진정한 통상 선진국이 될 수 있을 것이다.

38

아기 천사들의 자선 합창

에리카의 가슴에 얹어준 집시 음악

에리카를 알게 된 그 이듬해, 크리스마스를 며칠 앞둔 어느 겨울날 함께 이곳 블루노트를 찾았었다. 유럽 사회를 균형적으로 바라볼 수 있도록 조타수 역할을 해준 에리카는 짧은 술집 종업원 생활을 마감하고 주로 동구권 지역을 여행하며 잡지사와 신문사 등에 사진과 글을 기고하는 프리랜서로 활동하고 있었다.

크리스마스*는 자선이 그 어느 때보다 활발해 자선의 계절이라 불린다. 유럽인들은 크리스마스에는 멀리 떨어져 있는 가족을 찾아가 함께 지내고 연말연시에는 친한 친구와 함께하는 것이 일반적이다. 예수의 탄생을 결부시킨 신성한 축일이지만 오늘날에는 카니발적인

---

* 크리스마스를 프랑스에서는 노엘(Noel), 이탈리아에서는 나탈레(Natale), 독일에서는 바이히나흐트(Weichnacht)라고 부른다.

요소가 혼합된 가족 축제일의 성격이 강하다고 할 수 있다. 하기야 중세 크리스마스 때에도 교회 의식과 농신제를 겸한 가장 행렬이 있었으니 종교행사뿐만 아니라 축제의 성격도 함께 지니고 있었다고 추측할 수 있다.

사정에 따라 가족과 함께 성탄을 보내지 못하는 사람들을 위해 블루노트 같은 시내 생맥줏집 몇 곳에서는 특별히 밤늦게까지 영업을 한다. 크리스마스가 다가오면 아무래도 많은 사람들이 다소 들뜨게 마련. 이곳은 조용한 캐럴이 흘러 이야기를 나누기에 좋다. 창가에 자리를 잡고 밖을 내다보니 짙게 깔린 어둠 속에서 화려한 트리들이 어둠을 자양분으로 빨아들이는 겨울 꽃처럼 거리에 피어 있었다. 어두울수록 더욱 화려한 자태를 드러내는 밤의 꽃처럼.

크리스마스 선물로 준비한 책을 탁자 위에 올려놓았다. 영혼의 자유를 형상화한 듯 난해한 추상화로 표지가 장식된 『집시 음악Zigeuner-musik』이라는 책이었다. 한국 작가들이 쓴 독일어판 책을 선물하려 했으나 주문이 여의치 않아 집시 책을 골랐는데, 에리카는 "위버라슝Ueberraschung(뜻밖이다)"을 연발하며 고마움을 표시한다. 책은 주로 헝가리 집시 음악에 관한 내용으로 불가리아와 러시아 등지에서 유행했던 음악에 관한 역사도 담겨 있었고 음악을 연주하는 집시들의 모습을 담은 삽화와 악보도 곁들어 있었다. 낯선 거리에서 고독과 방랑을 즐기면서도 미래에 대한 불안으로부터 자유로울 수 없었던 그들의 애환이 담긴 독특한 선율의 음악. 그 음악을 에리카의 가슴에 얹어주었다.

집시 음악의 영향을 받은 음악의 대가들도 많다. 헝가리 바이올리니스트 레메니Eduard Remenyi의 영향을 받은 브람스Johannes Brahms가 대표적이다. 유럽 각국을 순회할 정도로 뛰어난 바이올리니스트 레메니가 브람스의 고향인 함부르크에서 연주회를 가진 것은 1832년, 브람스가 19세 되던 해였다고 한다. 황홀하면서도 애잔한 헝가리 집시풍의 선율이 가득 담긴 레메니의 연주는 감수성 강한 청년 브람스를 단번에 사로잡았고, 집시 음악에 매료된 브람스는 레메니와 친교를 나누게 된다. 유명한 「헝가리 무곡」도 레메니로부터 받은 영감이 없었다면 태어나기 힘들었을 것이다.

곳곳에 울려 퍼지는 천사들의 합창 소리

강림절Advent을 시작으로 유럽은 본격적인 크리스마스 시즌으로 접어든다. 크리스마스 야시장이 열리며 거리와 상가마다 꼬마전등으로 만들어진 갖가지 형상의 크리스마스트리와 별 모양이 등장한다.* 트리와 함께하는 성탄절, 팍팍한 유럽인들이 다소 느슨해지고 자선이 가장 왕성해지는 때이다. 크리스마스 시즌에 관청을 찾아 어려움을 풀어보라는 것을 농담으로만 들어서는 안 된다. 특히 외국 유학생들

---

* 트리는 16세기 독일의 종교개혁자 마르틴 루터가 저녁 숲 속을 산책하다 끝이 하늘로 향하는 삼각형의 전나무를 집으로 가져와 별을 상징하는 촛불을 장식하면서 급속도로 확산되었다고 한다.

의 복지 문제 상담은 이때가 제격이다. 기숙사 및 방값 보조금에서부터 식당의 식권까지 어려운 경제 사정을 이야기하면 실제로 해결이 되는 경우가 많다.

꼬마들도 들뜨기는 마찬가지다. 한국의 꼬마들은 크리스마스하면 산타클로스를 떠올리지만 유럽의 꼬마들은 대체로 성 니콜라우스St. Nicolaus와 산타클로스를 정확히 구분한다. 성 니콜라우스는 3세기 말, 남몰래 많은 선행을 베풀었으며 특히 가난한 어린이들에게 많은 것을 나누어주었다는 전설적인 성인이다. 유럽의 꼬마들은 그가 죽은 날로 추정되는 12월 6일에 선물을 받게 된다. 그날 부모들은 니콜라우스 역할을 하는 자원봉사자를 집으로 초대해 꼬마들에게 선행 여부를 묻게 하고 선물을 전달케 한다. 날렵하고 큰 키로 추정되는 니콜라우스의 전통적인 모습을 원하는 부모들도 있고 현대판 산타클로스의 복장을 원하는 부모들도 있다.*

진짜 니콜라우스로부터 선물을 받았다고 믿는, 스스로가 아기 예수인 순진한 꼬마들은 교회로 몰려가 예수의 탄생을 축하하고 불우 이웃에게 사랑을 베풀기 위한 자선의 합창에 동참한다. 그러나 자선의 의미가 우리가 생각하는 것과는 다소 차이가 있다. 서유럽에는 우리들이 생각하는 극빈층이 없기 때문이다. 굳이 이야기하자면 상대적으

* 우리가 흔히 떠올리는 산타클로스의 이미지, 즉 빨간 옷과 빨간 모자, 흰 수염과 검정 벨트의 산타클로스는 1930년대 코카콜라의 광고에 등장한 것이 기원이라고 한다.

로 국가와 사회의 손길을 조금 더 필요로 하는 상대적인 소외 계층이 있을 뿐이다. 예를 들어 흰색 반지라는 뜻의 바이써링Weisser Ring 같은 자선단체는 범죄 피해자를 돕는 데 활발하게 활동하고 있다. 범죄 피해자는 아무 죄 없이 끔찍한 범죄를 당하고 난 이후에도 극심한 스트레스와 정신적인 문제 등으로 정상적인 활동을 하지 못하는 경우가 많다. 실업자와 제도권 안에서 합법적인 단순노동을 하는 외국인 노동자 등도 상대적으로 불우한 계층에 속한다. 물론 그들도 의료와 교육 등 기본적인 인권을 누리고 있기 때문에 극빈층이라고 할 수는 없다.

어쨌든 꼬마들의 자선 합창은 유럽은 물론 세계 도처 어디서든 울려 퍼진다. 미국의 화려한 뉴욕 빌딩 도심 속에서도, 극단의 가난이 판박이로 대물림되는 빈민가 뉴올리언스에서도 아무것도 모르는 아기예수 꼬마들의 천진한 합창이 맑게 울려 퍼진다. 성탄절이 다가오면 어김없이 합창은 계속될 것이다. 유럽에서도 미국에서도 그리고 우리에게서도.

39

서유럽 사람들의 눈에 비친 부다페스트와 프라하

부다페스트의 빛과 그늘

몇 년 전 어느 겨울날에도 에리카와 이곳 블루노트에서 만나 밤늦도록 이야기를 나눈 적이 있다. 동구권 몇 나라와 모스크바를 여행하고 돌아와서 사진과 기행문을 신문사에 넘기고 왔다며 생생한 여행기를 들려주었다. 마침 에리카보다 앞서 동구권을 다녀왔기 때문에 많은 것을 동감하며 함께 이야기를 나눌 수 있었다. 혹시 우크라이나를 다녀왔느냐는 농담도 건넸다. 처음 만나 들려줬던 나타샤의 이야기가 떠올랐기 때문이다. 에리카는 묻는 말에는 대답하지 않고 좀 더 멀고도 깊고도 자유로운 여행을 하고 싶다고만 이야기했다.

자동차로 오스트리아의 고속도로를 달려보면 설레는 교통표지판을 만날 수 있다. 체코의 수도 프라하Prague로 가는 길, 헝가리 수도 부다페스트Budapest로 빠지는 길 등의 안내판이다. 따지고 보면 오스트리아가 동구권의 관문이기에 신기할 것은 없다. 오스트리아와 인접한 동구권 국가들의 수도까지는 자동차로 불과 몇 시간만 달리면 도착하는 거리이기 때문이다. 하지만 우리에게 동구권은 여전히 '폴란드의 망명지폐' 식의 수사로만 존재하는, 지리적으로나 여러 가지로 베일에 싸여 있었던 국가들이었기에 여전히 감회가 새로울 수밖에 없었다. 물론 이전부터 유럽인들의 동구권 여행 절차는 간단한 편이였기 때문에 에리카는 이런 기분을 느끼지는 못했을 것이다.

지금의 부다페스트는 동유럽의 파리로 불려도 손색이 없을 정도로 화려하다. 헝가리인들은 카페와 부티크, 고급 호텔과 레스토랑 사이를 누비며 한껏 자유를 만끽하고 있는 모습이다. 15년 전만 해도 부다페스트의 밤거리는 깊은 적막에 빠져 있었지만, 오늘날의 부다페스트는 밤과 낮 구별 없이 시끌벅적하다. 젊은이들은 부지런함과 노력, 그리고 자본의 결합에서 나오는 무한한 가능성을 깨닫기 시작했고 도시는 새롭게 태어나고 있었다.

부다페스트는 부다와 페스트의 두 지역이 합쳐진 도시이다. 부다는 부다대로 페스트는 페스트대로 새롭게 치장되고 있다. 페스트에는 아직 남아 있는 사회주의의 그림자를 걷어내려는 듯 새로운 공공건물들이 들어서기 시작했고, 부다에는 '메트로Metro'와 '테스코Tesco' 등 독일계와 영국계의 다국적 유통업체들이 진출해 고객을 유인하고 있다. 페스트 지역에서는 자동차를 주차하기가 힘들 정도로 자동차 수가 엄청나게 늘어났다. 한때 사회주의체제의 우월성을 상징했던 값싼 동독산 자동차 '트라비Trabi'는 거의 자취를 감췄다. 그렇다고 부다페스트 사람들 모두가 차를 몰고 다닌다거나 서유럽의 고급 승용차가 흔하다는 이야기는 아니다. 그만큼 부다페스트가 빠르게 변하고 있다는 얘기다.

그러나 부다페스트 사람들이 마냥 행복한 것은 아니다. 체제의 변화가 빠를수록 그늘이 빨리 드리워지는 법. 사회주의 시절 부다페스트에서는 마약과 에이즈가 없었다. 노숙자도 없었고 거지도 찾아보기 힘들었다. 하지만 지금은 다르다. 기차역 부근에 진을 친 노숙자들은 시에서 제공하는 공짜 수프로 주린 배를 채우며, 밤이 되면 잠자리용 공중전화 부스를 서로 차지하려고 다툰다. 부다페스트 시내의 모스크바 광장에는 새벽이 되면 일당을 건지려는 건장한 청년들이 몰려들어 인력시장을 형성한다. 이들의 일당은 2,000~3,000포린트(약 1만 원) 정도. 그나마 있는 일당이 삭감되거나 자칫 하루 일자리마저 놓쳐버릴까 전전긍긍한다. 게다가 형편이 못한 인근 루마니아나 세르비아인들까지 몰려와 헝가리 노숙자들을 애태운다.

이처럼 변화하는 부다페스트를 보며 헝가리의 작가 죄르지 콘라드 György Konrád를 떠올려본다. 그는 헝가리의 대표적인 현대 작가로서 사회주의 운동에 몰입했지만 사회주의가 결코 이상이 될 수 없다는 것을 깨닫고 작품을 통해 사회주의 체제의 그늘을 폭로했다. 그의 작품은 어둡고 참담한 현실을 우회적이면서도 깊이 있게 그려냈으며, 나름대로의 대안을 제시했다는 평가를 받는다.

체코의 수도 프라하는 유럽 중세의 모습을 그대로 간직한 도시 중 하나로서, 유럽의회는 프라하를 2000년 유럽의 문화 도시로 지정했다. 도시 전부가 고딕, 바로크, 르네상스, 아르누보 건축물로 꽉 차 있어 중세 건축물의 박물관이라는 찬사는 결코 과장이 아니다. 프라하는 몇 시간이면 충분히 돌아볼 수 있는 규모의 작은 도시지만, 건물 하나 하나를 뜯어보려면 몇 년도 부족할 만큼 아름답고 로맨틱한 도시다.

이런 프라하 역시 자본주의를 익혀가는 모습이 뚜렷하다. 카페 '슬라비아Slavia'는 프라하의 명소 중 하나인데, 고급 샴페인, 층층으로 쌓아올린 화려한 케이크인 토르테, 남부 보헤미안에서 가져온 청어, 블타바 강Vltava River(몰다우 강)에서 건져 올린 가재, 양과자 등의 산해진미가 유명한 최고급 레스토랑이다. 시인이자 체코의 대통령이었던 하벨Václav Havel도 이곳에서 커피를 마시면서 휴식을 취했다고 한다.

카페의 벽에는 1905년도에 그려진 <압생트주酒를 마시는 사람>이라는 그림이 걸려 있다. 압생트주는 알코올 도수가 75%에 달하는 독한 증류주다. 쑥이나 회향, 아니스 등 향미료가 첨가된 리쿠어주酒도 판매된다. 알코올 도수가 75% 이상인 술은 너무 독하기 때문에 자칫 환각을 일으키거나 눈이 멀 수 있다고 하여 서유럽 대부분 국가의 술집에서는 법적으로 판매를 금지하고 있는데, 프라하에서는 1991년부터 다시 허용됐다. 음주에 대한 부작용은 음주자 스스로 책임지라며 자유를 준 것이다. 과연 1인당 맥주 소비량 최고를 자랑하는 나라

중세 블타바 강에는 양쪽의 왕족과 귀족을 연결해 주었다는 카렐(카를) 다리가 있다. 분명 평민의 땀방울에 의해 만들어졌을 카렐 다리 밑에는 지금도 유람선이 떠돌고 있다.

답다. 심지어 「술 마실 때 행복해」라는 민요가 있을 정도라니.

술 이야기만 했지만 여기도 엄연히 카페이다. 슬라비아가 다시 문을 열었을 때 체코의 문인들은 유럽의 커피 문화가 프라하에서 다시 꽃피게 됐다고 상징적으로 노래했다. 하지만 자본의 위력 앞에서는 어쩔 수 없는 운명. 카페 슬라비아도 경영난에 봉착하여 청산 절차에 들어가고 있었다. 슬라비아뿐만 아니라 여행객들에게 의미 있는 사색을 선사하던 프라하 구시가지의 카페 건물들도 이탈리아인들에게 팔려가고 있었다. 카페 대신 이탈리아의 스파게티나 피자집이 들어서게 된다. 프라하의 젊은이들이 즐겨 찾던 유명한 카페 '데민카'는 이미 오스트리아 은행에 넘어갔다. 그들의 전통적인 카페 문화는 그렇게 무너지고 있었던 것이다.

카페 문화가 추운 겨울을 맞고 있지만 또 다른 프라하의 모습도 있다. 바로 '카프카의 변신'이다. 프라하의 신생 기업들은 체코의 문인 카프카Franz Kafka를 브랜드화하고 있었다. 커피잔과 티셔츠에는 어김없이 카프카의 상표가 붙는다. 소시민적이고 왜소한 삶을 살았던 카프카는 낮에는 보험국 관료로 일했고 밤에는 한없이 작아지는 실존의 부조리를 소설로 남겼다. 물론 카프카가 당시 상류층만이 쓰는 독일어로 소설을 쓰기는 했지만 분명 체코와 독일의 공동 문학사라고 할 수 있을 것이다. 폴란드, 헝가리와 함께 자본주의 체제로의 편입에 우등생으로 평가받는 체코의 프라하에서는 지금 카프카 마케팅에 여념이 없다.

프라하는 '황금의 도시'로 불려왔다. 체코의 필스너 맥주병이 황금색으로 빛나서일까. 아니면 프라하의 수많은 교회 지붕 첨탑이 황금색이어서일까. 신성로마제국의 황제이자 보헤미아(현재 프라하의 서부 지역)의 왕이었던 루돌프 2세는 프라하를 포함하여 유럽 전체가 황금으로 변하길 원했다고 한다. 실제로 프라하의 대표적 관광 명소인 프라하 성 밑 골목에는 16세기 연금술사와 금 세공사가 살았다는 유명한 '황금소로Golden Lane'가 있다. 지금은 관광객들을 상대로 관광 상품을 팔고 있지만 말이다.

에리카는 프라하를 또 다른 의미에서 황금의 도시라고 이야기했다. 프라하를 찾는 외국인들에게 '황금 바가지'를 뒤집어씌우기 때문이란다. 고급 술집이나 택시기사들이 외국 관광객들에게 가격 횡포를 부리기 일쑤라고 한다. 시 당국에서 통제를 하고 있지만, 잘못된 자본주의의 황금 맛을 본 택시 마피아가 근절되지 않고 있다고 에리카는 투덜거렸다.

에리카뿐만 아니라 많은 서유럽인들은 옛 동구권 사회가 자본주의 체제로 변신하면서 개인의 극단적인 이익과 자유를 위해 사회적 균형과 평등을 지나치게 희생시키고 미국식 자본주의를 맹목적으로 닮아간다고 우려한다. 그러나 미국은 이것을 두고 동유럽 국가들이 서유럽 국가들보다 훨씬 시장 친화적이라고 치켜세운다. 유럽과 미국의 시각 차이가 여실히 드러나는 대목이다.

40

블루노트와의 작별 인사

나는 잘하고 있지

에리카는 지금 과연 어디서 무엇을 하며 지내고 있을까. 멀고도 깊고도 자유로운 여행이란 무엇일까. 한국으로 되돌아간다는 사실을 알면 에리카는 어떤 작별의 인사말을 건네줄까. 여느 누구와 마찬가지로 보편적인 부르크가이스트를 지니고 있었던 여인. 오늘 마지막으로 둘러본 고성만큼이나 지혜롭고 편안하고 아름다운 사람, 영혼이 자유로운 사람, 집시 아닌 집시 여인 에리카.

돌이켜 생각하니 블루노트에서 참으로 많은 사람들을 만난 것 같다. 그러나 이곳에서 만난 수많은 사람들의 영상을 모두 조합한다 해도 에리카라는 여인을 만들어낼 수는 없을 것 같다.

음악과 대화와 철학이 있는 선술집. 언제 다시 들르게 될지 알 수 없다는 생각을 하니 갑자기 기분이 숙연해진다. 언제나 다양한 음악으로 분위기를 만들어준 블루노트여…….

술집 주인과 마지막 이별주를 나누고 있는데 재즈풍의 음악이 흘러나왔다. 영국 브리스톨 출신의 2인조 그룹인 '데이 원Day One'의 「나는 잘하고 있지I'm doing fine」라는 노래였다. 당시 갓 음반이 나오면서 돌풍을 불러일으킨 이 노래는 제목만 보면 평범한 노래 같지만 속내를 뜯어보면 영국 사회를 향한 질타를 담고 있는 사회성 짙은 노래이다.

음악은 건조한 재즈 비트로 시작됐다. 기타와 최저음의 관악기인 콘트라베이스, 간간히 오르간 소리가 섞여 나오지만 가락은 완전히 엉켜 있다. 종소리 같은 첼레스타 소리도 들려온다. 모든 장르가 반죽되어 있는 느낌이다. 음악 전체가 사회의 혼돈과 아나키즘을 연상시킨다. 거기에 "나는 혼자다, 오케이, 그리고 잘 지내고 있지"라는 가사가 섞여 나온다. 여기서 등장하는 '나'의 모델은 노동시장에서 요구하는 조건을 갖추고 운 좋게 실업자 신세를 면한 노동시장의 생존자이다. 여기서의 오케이는 내가 아닌 당신과 제3자의 이익 관계에는 전혀 신경 쓸 여지가 없는, 오직 나 자신만을 위한 오케이를 의미한다. 혼자 살아남았고 앞으로도 그렇게 살아가야 하는 내게 다른 이들을 신경 쓴다는 것은 쓸데없는 일이다.

이 2인조 그룹은 새 노동당 총리 블레어가 펼치고 있는 경제정책의 일면을 고도의 은유로 비판하고 있었다. 청년 실업자 대책 미비와 실업수당 삭감에 대한 분노, 그리고 블레어를 당선시킨 노년층 유권자들에 대한 원성을 음반에 녹여내고 있었다.

블레어가 어쩔 수 없이 강도 높은 긴축재정의 의지와 함께 실업수당 조정을 선포했을 때도 빈부 격차는 좁혀지지 않고 있었다. 아니, 블레어가 정권을 인수하면서부터 오히려 늘어나는 추세였다. 지나친 빈부 격차는 시민들의 분열을 의미한다며 실업자나 노년층에게 자신을 믿어달라고 지지를 호소한 블레어의 배신이었다. 영국 통계청에 의하면 당시 영국의 빈부 격차는 마거릿 대처Margaret Thatcher 수상 이후 최고에 달했던 것으로 나타났다.

대다수 경제학자들은 이 같은 소득 불평등이 개인의 능력 때문만이라는 것에는 부정적이다. 구태여 경제학자를 들먹이지 않아도 개인의 능력 부족만을 탓할 수 없다는 사실은 쉽게 이해할 수 있다. 행운의 문제도 있고 상속의 문제도 있으며, 자본주의가 지닌 어쩔 수 없는 구조적인 문제도 수없이 많다. 타의적이고 잠복적인 변수들이 많다는 점은 어느 사회의 누구나 익히 아는 사실이다.

여기서 독일의 사회학자 다렌도르프Ralf Gustav Dahrendorf의 이야기를 들어보자. 그에 따르면 사회는 근본적으로 이해관계가 상반되는 개인과 집단 간의 갈등과 대립이 있으나 동시에 변동하려는 에너지도 가지고 있다. 그는 사회가 균형과 통합을 이루고 있는 것처럼 보이는 현상은 지배 계층과 기득권층의 보이지 않는 외부적 강압이 작용하기 때문이라고 주장했다. 다렌도르프는 개인의 능력과 노력과는 관계없는 가정과 사회 환경 등의 요인에 의해 사회적 가치와 부가 분배되는 경우가 많다고 강조했다. 때문에 시장 메커니즘만을 통해 개인적인 부가 배분되는 기능론을 비판했으며 부의 세습 방지와 누진세 강화를 통해 불평등과 갈등을 해소해야 한다고 주장했다.

데이 원은 이 노래가 일시적이고 지속성이 없는 파토스 같은 상태가 되는 것을 경계했다고 한다. 어쩌면 이 노래는 자본주의 내에서 살아가는 극단적 이기주의자들을 상징적으로 겨냥하고 있는지도 모른다. 노동자와 사용자, 빈자와 부자, 불운아와 행운아 모두를 어루만지고 보듬어줄 전능한 자본주의의 신神은 어디에도 없는 모양이다.

주인과 작별 인사를 했다. 주인은 “콘스탄츠는 항상 당신의 두 번째 고향으로 남아 있을 것이다”라는 말로 아름다운 작별 선물을 주었다. 두 번째 고향으로 남아 있는 이상, 언젠가는 다시 만날 수 있다는 뜻도 포함되어 있을 것이다. 에리카나 들려줄 법한 작별의 인사말을 가슴깊이 담아두었다. 아니 실제로 에리카가 잠시 술집 주인의 가슴을 빌려 대신 작별 인사를 전해주고 있을지도 모르는 일이다. 주인 내외와도 어색하지 않은 포옹의 인사를 나누었다. 마치 유럽 생활 초기 프라이부르크에서 만난 노신사가 단골 선술집 여주인과 나눴던 인사처럼 말이다.

스트라스부르의 저항 행렬과 연대의 손길

데이 원의 노래처럼, 극단적인 자본주의하에서 윈윈의 경제는 생각보다 많지 않다. 패자가 있어야 승자가 있는 법, 패자 없는 승자는 존재할 수 없다. 이것은 노동시장에서도 마찬가지다. 패자인 실업자가 있기에 노동시장에서 살아남은 승자인 취업자가 있을 수 있다. 모두가 잠정적인 경쟁자들이다.

자본주의가 새로운 창조와 건설의 원동력이 되는 인류의 훌륭한 발명품임에는 틀림이 없다. 하지만 자본주의는 치열한 경쟁이 난무하는 피의 바다 레드오션이라는, 무자비하고 파괴적인 속성 또한 함께 가지고 있다. 하기야 그렇지 않은 자본주의는 경쟁과 효율이 없는 죽은 자본주의일 것이다. 이처럼 자본주의는 극명한 대조를 이루는 두 얼굴을 동시에 갖고 있다.

우리 사회의 노동시장도 치열한 레드오션의 세계이다. 정보 혁명과 기술 진보로 인하여 노동의 수요는 급격히 감소하는 반면 노동을 팔려는 공급자는 그대로이다. 이런 상황에서 승자인 취업자는 운이 좋았든 노력의 결실이든 많은 것을 누릴 자격이 있다. 하지만 이들은 한편으로는 잠정적 경쟁자인 비정규직이나 실업자 덕분에 존재하게 된 이들이다. 그들이 밟고 올라선 노동시장의 탈락자에게도 최소한의 기본 생존은 물론이고 최소한의 소비력과 근로 의욕을 가지도록 해주어야 한다. 경제에는 동맥과 정맥 이외도 실핏줄이 있다. 인권 보장과 사회 통합으로 오는 국가 경쟁력을 말하기 전에 경제의 선순환을 위해서도 그렇다. 문제는 우리 상황에 맞게 어느 정도의 수준으로 동행해야 할 것인지를 고민하는 것이다.

얼마 전 유럽 도처에서 이상한 무리의 행렬이 이어진 적이 있다. 독일 · 프랑스 · 이탈리아 등지에서 밤낮을 가리지 않고 도시와 마을을 유령처럼 대오를 지어 배회하는 이들이 있었다. 밤이면 빈 건물이나 공공건물을 무단 점거해 잠을 자고 일어나 다시 걸었던 이들의 정체는 바로 실업자였다. 우리도 이 땅의 주인이요 시민이라고 외치며 걸었던 것이다.

언젠가 크리스마스에는 유럽연합의 본부가 있는 스트라스부르Strasbourg의 실업자들이 부자들이 살고 있는 동네에 들어가 보이는 대로 부수고 불을 질렀다. 『노트르담의 꼽추』의 도시 스트라스부르가 화염에 휩싸였다. 누리는 자들에게야 경찰을 비롯한 법과 질서가 편한 것이겠지만 그들에겐 오히려 장애물이었다. 모든 것이 무너져 버리기를 바라며 시장경제에서 어떻게 자신들이 희생되고 있는지를 생생히 드러낸 노동시장의 저항자였다. 스트라스부르는 중세 한자동맹으로 자치를 누리다가 프랑스에 합병, 보불전쟁 때 다시 독일 점령지가 되었다가 제1·2차 세계대전 때 다시 주고받음으로서 무려 다섯 번이나 양국이 번갈아 점령한 도시이다. 역사의 부침에 따라 독일어와 프랑스어가 반복되어 사용되었으며, 알퐁스 도데Alphonse Daudet의 『마지막 수업』의 배경이 되는 곳이기도 하다. 그래서 스트라스부르 사람들은 프랑스인도 아니고 독일인도 아닌 알자스 사람이라는 의식이 강하다. 스트라스부르를 향한 실업자들의 분노는 프랑스 정부와 독일 정부 모두를 향한 것으로 볼 수 있다.

그래도 그들은 우리나라와 비교하면 교육과 의료 등 기본 생존권을 보장받는다는 점에서 행복한 축에 든다. 하지만 그들에게 “배부른 소리 말라”라는 손가락질은 없었다. 오히려 그 사건 이후 프랑스와 독일에서는 자원봉사자가 급증했다. 많은 사람들이 여가나 종교 활동에서 사회구호활동으로 방향을 바꾸었으며, 실업자뿐만 아니라 각 분야의 상대적 소외 계층을 위한 기부 문화가 더욱 활발해졌다. 어떻게 봉사

스트라스부르의 역에서 일
하고 있는 노동자들

하면 능률적인지를 다룬 『휴머니즘 가이드』라는 책자가 불티나게 팔려나갔다. 누리고 있는 자들의 온기 있는 응답과 넉넉한 메아리. 사회적 연대solidarity의 행렬이다. 여유 있는 자들의 메아리는 실업자의 행렬로 자신의 재산이 파괴될까 두려워 울려 퍼진 것이 아니다. 모두가 국민이요 주인으로서 더불어 살아가야 한다는 부르크가이스트에서 울려 퍼진 것이다.

현실보다 더욱 생생한 무지의 베일

사회 안전망이 우리와는 비교할 수 없을 정도로 잘 갖춰진 서유럽에도 실업의 문제는 잠복해 있다. 그런데 우리 사회는 어떠한가? 우리는 조금만 신경을 쓰면 충분히 해결할 수 있는, 사회 구성원들의 최소한의 생존 문제에 관한 사회적 합의에도 이상한 언어만을 쏟아내고 있다. 성장을 중시해야 한다는 정당도 있고 분배를 중시해야 한다는 정당도 있다. 올드와 뉴를 오르내리고 라이트와 레프트를 왔다 갔다 하며 화려한 언사를 쏟아내고, 그러면서도 자신들만이 진정한 애국자요 성장의 주역이라고 과시한다. 산업 현장에서 묵묵히 땀 흘리고도 제 몫을 챙기지 못하는 많은 영혼들을 또 한 번 울리는 언어의 잔치판이다. 이는 최선의 상황을 찾아야 할 국민 사이와 시민 사이, 그리고 유권자와 정치 사이의 '협력하는 열린 경쟁'과 '인정하는 열린 공존'을 오히려 무너뜨리는 오만이 아닐 수 없다. 이제 우리는 성장과 분배는 어느 하나를 선택해야 하는 문제가 아니라 그것을 어떻게 배합하느냐의 문제인 것을 알고 있다.

양극화 문제도 마찬가지다. 정당과 이념을 넘어 온 국민이 지혜를 모아도 풀기 어려운 양극화 문제를 공놀이하듯 주고받는 모습이 안타깝다. 여야나 정당끼리의 '협력하는 열린 경쟁'은 조금도 찾아보기 어렵다. 빈부의 대물림과 난무하는 반칙을 털어내고 공정한 룰과 기회 균등을 바탕으로 하는 경쟁의 씨앗을 뿌리기에도 벅차고 바쁜 우리들이 아닌가.

1970년대 초 철학자 롤스John Rawls는 사회 구성원 모두가 사회의 공정한 법칙과 정의에 대해 어떻게 객관적인 합의에 도달할 수 있을 것인지에 대해 다음과 같은 가상실험을 제안한 적이 있다.

이 세상에 태어나기 전에 누구도 장차 어떤 경제적 상황에 처할지 모른다고 가정한다. 태어난 사람의 일부는 틀림없이 아주 열악한 상황에 놓여 사회를 향해 비수를 던지며 투신하는 운명을 맞이하게 된다고 가정한다. 당신이 될지 누가 비극의 주인공이 될지는 아무도 모른다고 가정한다. 그리고 던진 비수에 누가 맞게 될지 역시 아무도 모른다고 가정한다. 극한 상황에 처한 사람들은 나머지 사람들의 조그만 양보에 의해 얼마든지 구제될 수 있다고 가정한다. 이 경우, 당신들은 구제될 수 있는 사회의 건설에 합의할 것인지, 비수가 난무하는 사회를 건설할 것인지 답해야 한다.

이것이 유명한 '무지의 베일veil of ignorance'이다. 경제학에서 소득 불평등 문제에 자주 인용되는 기초 이론으로, 비록 가상실험이지만 현실보다 더 생생한 가정들로 이루어져 있다. 물론 비수가 난무하는 사회를 원하는 사람은 아무도 없었다고 한다.

유럽인들의 부르크가이스트가 끊임없는 연대의 행렬을 만들어왔다면, 우리에게도 내 것 네 것을 가리지 않고 모든 것을 '우리'로 표현하는 고유의 연대의식이 있다. 일제강점기와 개발 과정 및 IMF를 거치며 어쩔 수 없이 훼손된 '우리'의 정신을 회복해 사회적 자본 축적의 지렛대로 이용해야 할 시대적인 과제를 앞두고 있다. 광장과 시장이 진정으로 만나는 사회, 빈부의 차이는 있어도 모두가 서로를 인정하는 사회, 누구나 꿈과 희망을 가지는 넉넉한 사회를 만들기 위해 비수를 녹여야 한다. 남 잘되는 것이 남만의 것이 아니라, 동시에 사회와 자신의 것임을 피부 느끼는 사회가 멀리만 존재하는 것이 아닐 것이다.

41

주사위놀이와 카지노, 그리고 호모 루덴스

부르크가이스트가 숨어 있는 검은 가죽통

블루노트를 빠져나왔을 때는 이미 밤이 깊어가고 있었다. 독일에서 스위스로 향하는 버스도 끊어졌다. 가게 진열장의 불빛만 거리로 흘러나올 뿐. 이곳에서는 생필품 가게도 백화점도 저녁 8시만 되면 문을 닫는다. 우리나라처럼 편리한 24시 편의점은 찾아볼 수 없다. 일요일에는 모두가 문을 닫고 다 함께 쉬어버린다. 기독교적인 요소와도 관련이 있겠지만 '함께 일하고 함께 쉬자'라는 부르크가이스트의 평등적 공존정신과도 무관치 않으리라. 그러나 최근에는 영업시간 연장 등의 조짐이 보이고 있다. 가속화되는 세계화 속에서 경쟁력을 갖추기 위해서이다. 부르크가이스트의 시대적인 작은 진화로 보아도 되지 않을까.

국경을 지나 스위스의 시내버스 정류장까지는 걸어가기로 마음먹었다. 걸어도 20분이면 충분한 거리이다. 지나간 추억들을 되돌려보며 마신 생맥주 몇 잔의 취기가 불쾌하게 오르고 있었다. 보덴 호수에 비치는 네온사인이 출렁이는 물결 따라 오색실 휘감기듯, 야경은 아름답기만 하다.

보덴 호수 바로 옆의 콘스탄츠 카지노에서 별빛처럼 흘러나오는 불빛마저 아름다웠다. 많은 사람이 게임을 즐기고 있을 것이다. 인간이란 놀이를 즐기는 존재, 즉 '호모 루덴스Homo ludens'이다. 네덜란드의 문화사학자인 하위징아Johan Huizinga는 놀이는 문화 이전에 존재했으며 인간만의 전유물이 아닌 자발적 생명체의 행위로서 언제나 생명체의 역사와 함께했다고 말했다.

오늘날 유럽인들이 즐기는 대중적인 레저와 놀이는 중세 시대의 놀이 문화에 영향을 받은 것이 많다. 놀이 중에서는 전략적인 놀이도 있고 행운에 좌우되는 놀이도 있다. 전자의 대표적인 예인 서양장기 체스는 중세 귀족과 기사들이 즐겼던 놀이다. 그 교육적 효과를 인정했기 때문이다. 그러나 중세 민중들을 비롯해 귀족까지 신분 고하를 막론하고 다양한 계층의 사람들이 즐겼던 대중적인 놀이는 행운에 좌우되는 주사위놀이였다. 모든 놀이가 그러하듯 이 주사위놀이는 점점 도박 성격을 띠게 된다. 도시고 농촌이고 사람이 모이는 곳이면 감시의 눈길을 피해 대중적인 도박성 주사위놀이가 성행했다.

15세기 중엽 뉘른베르크 광장에서 목회 설교사가 악마적인 주사위놀이 도구를 태워버리자고 주장했다는 기록이 있다. 실제로 많은 사람들이 놀이 도구를 불사르도록 가지고 나왔다고 한다. 독일에서는 이미 12세기부터 주사위놀이를 제한하는 규정이 만들어졌다. 근로 의욕을 앗아간 도박성 주사위놀이 때문에 생산성이 떨어지고 나라 살림이 쪼그라들었기 때문이다.

주사위놀이는 단순한 도박이 아니라 영혼을 걸고 승부를 겨루는 운명의 한 판이기도 했다. 로마의 명장 카이사르Caesar의 "주사위는 던져졌다"라는 말도 있지 않은가. 주사위의 눈을 결정하는 것은 신의 뜻이라고 믿었기 때문이었을 것이다. 주사위를 잘못 던지면 노예로 전락하고 행운의 여신이 웃어주면 노예를 거느리는 운명의 인생 역전 도박……. 실제로 1020년 스웨덴과 노르웨이의 국경 지역에서 영토 분쟁이 있자 양국의 왕들이 주사위를 던져 해결했다는 기록이 있다. 신의 뜻에 따른다는 것이다.

13세기 수도원에는 수도사와 수녀들, 사제는 물론 고위 성직자도 주사위놀이를 했다. 이곳 콘스탄츠의 주교도, 심지어는 교황까지도 주사위를 즐겼다고 한다. 신성로마제국 황제 오토 1세가 교황 요한 12세를 폐위시킨 이유 중 하나가 주사위놀이 때문이었다는 기록도 있다. 중세 한때 주사위가 도박과 결합되어 많은 민중들에게 막대한 피해를 주었지만, 19세기 이후에는 여유, 자유, 즐거움 등 여가라는 개념이 긍정적으로 용인돼 오늘에 이르고 있다.

주사위놀이의 성격은 계층에 따라 다른 양상을 띠었다. 계층이 엄격히 구분된 중세에는 주사위놀이 역시 그 계층 사람들끼리만 즐기는 것이었다. 도박성이 강한 것은 농노와 평민들 사이의 주사위놀이였다. 희망이라곤 없었던 그들에게는 일할 의욕마저 꺾어버리는 무서운 중독의 도박으로 번져갔다. 하지만 성직자와 귀족들의 주사위놀이는 그렇지 않았다. 그들에게 주사위놀이는 농노들이 바친 씨암탉을 삶아 놓고 어느 쪽 다리를 먼저 뜯어야 할지 결정하는 가벼운 놀이, 그 이상도 이하도 아니었다.

지금도 웬만한 유럽의 대중적인 선술집에는 주사위가 든 검은 가죽 통이 테이블 위에 놓여 있다. 술집 주인과 함께 주사위를 던져서 맥주 내기 시합을 하는 등 긴요하게 쓰인다. 혼자 들러 생맥주를 즐기는 경우도 많기 때문에 약방에 감초와 다름없는 놀이 기구이다. 실제 중세에 쓰였던 것처럼 보이는 오래된 가죽통도 있다. 그러나 오늘날의 주사위놀이는 신분을 떠나 모든 시민이 함께 즐기는 놀이로 바뀌었다. 황제도 교황도 농민도 이제 모두가 같은 시민이 되었다. 평등적 공존정신에 의해 이제 모두가 그 사회의 진정한 주인이 되어 맥주 내기 시합을 하며 어울리고 있다. 그 가죽통에는 주사위만 들어 있는 것이 아니라 부르크가이스트가 함께 들어 있는 것이다.

건전하게 즐기는 시민들의 카지노

선술집에서 맥주 내기하는 데에는 주사위가 제격이지만 오늘날 독일에서 주사위로 술집에서 도박하는 경우는 없다. 그러나 카지노는 있다. 이미 중세 때부터 귀족들에 의해 면면히 내려온 소위 갬블 gamble은 18~19세기 국왕의 재원 충당을 위해 독일을 비롯한 유럽 각지에서 카지노가 개설되기 시작하여 오늘에 이르고 있다. 지금도 웬만한 나라에서는 카지노를 합법화하고 있으며, 주정부나 국가의 재정에 크게 기여하고 있다는 점은 예나 지금이나 마찬가지다.

모두가 평등한 시민사회가 형성된 오늘날, 카지노는 귀족들만의 전유물은 아니다. 그러나 독일은 카지노의 본산답게 플레이어들은 넥타이 등 정장 차림을 해야만 입장할 수 있다. 넥타이와 정장이 없어서 입장을 못하는 시민이야 없겠지만, 여유 있는 사람만 즐기라는 상징적인 의미를 놓쳐서는 안 된다. 세금을 내고 있는 일반 시민이 구태여 카지노를 통해 국가 재정에 기여할 필요까지는 없다는 것이다. 중세 평민들을 황폐화시켰던 주사위도 독일 정통 카지노에서는 볼 수 없다. 이처럼 카지노 하나에서도 사회를 지향하는 규범적인 시스템을 읽을 수 있다.

하위징아는 놀이를 하위 개념인 단순한 수단이 아니라 목적인 동시에 일정한 시간과 공간에서 공정한 규칙에 따라 경쟁하는 행위로 파악했다.

그렇다. 저기에서는 많은 사람들이 규칙에 따라 돈을 놓고 고객과 딜러 사이에 경쟁하고 있는 것이다. 그러면서 또한 놀고 있는 것이다. 기원전 106년에 태어난 로마의 정치가이자 철학자요 웅변가인 키케로Ciciero는 "행운은 누구에게나 찾아온다"라고 했다. 이처럼 행운은 사람을 가리지 않고 아무에게나 찾아오기 때문에 행운만큼 정의로운 것이 없다고 믿는 사람이 많다. 카지노는 행운의 정의로움을 단번에 검증해 볼 수 있는 곳이다.

독일이나 프랑스, 이탈리아 등의 카지노는 미국의 라스베이거스처

콘스탄츠 카지노 주위의 전경. 보이는 건물 우측에 카지노가 있다.

럼 화려하지는 않다. 대부분 소박한 분위기인데, 흔치는 않지만 대학생들이 시험을 끝내거나 생일을 맞았을 때 기분을 내기 위해 애인과 함께 출입해 보기도 한다. 그렇다고 행운을 검증하기 위해 도박을 하는 경우는 드물다. 입장료를 지불해야 하는 만큼 맥주 한 잔 마시며 구경하면서 시간을 보내는 경우가 대부분이다. 교수들이 강의시간에 블랙잭의 카드 패나 룰렛을 예로 들면서 확률이론을 설명하기도 한다.

독일에서는 우리나라보다 카지노에 대한 인식이 부드러운 편이다. 많은 독일인이 게임을 즐기려는 인간 본연의 자유를 박탈하는 것은 잔인하다며 게임은 자기 책임하에 즐기면 된다는 식으로 생각하기 때문이다. 하지만 카지노는 역시 도박. 진짜 피해자는 가진 자보다는 못 가진 자일 수밖에 없다. 비숙련 노동자나 외국인 노동자들이 빠지기 시작하면 가산을 탕진하는 경우도 있다. 가난한 노동자가 돈을 잃게 되면 몇 달치 봉급인 1만 유로의 칩도 돈으로 보이지 않게 된다. 여유 있고 밑천이 풍부한 사람이 배팅 액수를 조절하며 반복 게임을 통해 일정한 액수의 돈을 딸 수 있는 확률이 상대적으로 높다. 그러나 가난한 노동자에게는 그것이 여의치 않다. 어차피 도박은 제로섬 게임Zero Sum Game, 누군가 잃은 만큼 다른 누군가가 따는 것이다. 그러나 고객 입장에서 카지노 게임은 마이너스섬 게임Minus Sum Game이라고 해야겠다. 판돈의 일정액은 항상 카지노 측이 챙기는 시스템과 확률로 되어 있기 때문이다. 적자 내는 카지노는 세상 어디에도 없다.

진정한 호모 루덴스가 많아지는 날

콘스탄츠 시내 기차역 앞의 작은 카지노는 성인이면 누구나 출입할 수 있다. 시 당국에서 감시 · 관리하며, 수입의 대부분은 시 재정으로 유입된다. 도박 중독으로 문제가 되는 경우도 더러 있지만 전반적으로는 긍정적으로 평가된다. 여유 있는 사람이 게임을 즐기고 그 일부가 세금 형식으로 바쳐지기에 대체로 나쁠 것이 없다는 것이다.

하지만 독일 사회니까 가능한 생각이다. 도박이란 사회 환경에 따라 엄청난 파장을 일으키지 않는가? 얼마 전 한국 사회를 떠들썩하게 했던 '바다이야기'를 생각해 보면 단순하게 그들의 오락 문화가 건전하게 정착되었기 때문만이라고 지나칠 수는 없다.

바다이야기. 그것도 빙산의 일각이라니 차라리 '불바다 이야기'라고 부르고 싶다. 마른 들판에 불길이 번지듯 순식간에 사회 전체로 퍼져 모든 것을 태워버릴 것 같은 불바다였다. 정부 실패와 규제를 논하는 것도 중요한 일이지만 그것은 차선일 뿐이다. 어차피 지하로

스며들고 어두운 장막 속으로 파고든다. 유사한 상황이 벌어지면 언제든 불바다가 될 준비를 하고 있는 사회여서는 곤란하다. 투기 열풍도 모자라 투전판으로 만들어갈 수는 없는 노릇이다.

희망이라고는 없이 암울하기만 했던 중세 유럽의 평민들이 주사위놀이로 초토화되었듯이, 지금 우리들은 선진국 진입의 희망을 가질 만큼 살고 있음에도 모두가 희망을 잃고 있는지도 모르는 일이다. 있어도 부족하고 없어도 부족해 모두가 불안한 사회. 식구가 암에 걸지만 않았어도, 애들 등록금 걱정만 없었어도, 네가 잘났으면 얼마나 잘났기에, 부모만 잘 만났어도……. '인정하는 열린 공존'이 존재하지 않는 사회는 이처럼 무섭다. 이 같은 오기가 경제적인 원동력이 되기에는 이젠 한계가 있다. 이 상황에서는 누구나 부정과 도박의 유혹을 뿌리치지 못하게 된다. 부정을 할 수 있는 위치가 되지 않아 못할 뿐이다.

카지노를 진정한 놀이 공간으로 이용할 수 있는 날이 우리에게 빨리 왔으면 좋겠다. 풍족한 노년 생활을 하는 사람이나 돈이 너무 많아 돈에 대한 한계효용체감이 작동되는 부자들이 많아졌으면 좋겠다. 어차피 사회에 환원할 돈, 도박이란 놀이를 즐긴 만큼 사회에 돌려주고 잃어도 덤덤히 돌아갈 수 있는 호모 루덴스가 많아졌으면 좋겠다. 그러나 무엇보다도 카지노가 있거나 말거나 자기 일에 최선을 다하며 부가가치를 창출하는 데 희열을 느끼는 진정한 호모 루덴스가 한반도에 넘쳐나는 그날이 하루빨리 왔으면 좋겠다.

42

코리안 마고호의 양 날개

미국의 위력과 파괴를 동시에 보는 유럽

미국의 경제를 종종 '카지노 경제'에 비유하곤 한다. 특히 서유럽인들의 눈에 비치는 미국은 더욱 그렇다. 물론 이들도 미국이 세계의 변화를 주도하고 있는 나라임을 인정하고 배울 것은 배우려고 한다. 하지만 문화의 천박함과 약육강식의 천민자본주의Pariakapitalismus를 말할 때는 미국을 빠뜨리지 않으며, 미국의 발전에는 언젠가 한계가 닥칠 것이라고 생각한다. 미국이 가진 두 얼굴을 꼼꼼히 보는 것이다. 구태여 다른 예를 들 것도 없이 미국은 유럽인이 보기에 그래서는 안 되는 교육마저 상업화시켜 이득을 취하려 한다. 또한 세계 도처에서 몰려드는 사람 중 기회를 잡는 것은 극히 일부일 뿐인데도 그러한 이야기가 성공 신화로 포장되어 다시 대중으로 퍼져간다며 비판적인 눈길을 준다.

유럽인들은 미국의 문화를 코카콜라와 청바지 문화라고 폄하하지만 키워드 하나로 세계를 파고드는 미국식 다국적 금융자본의 위력을 인정한다. 그러면서도 그로 인한 건전한 노동, 산업의 교란과 파괴도 동시에 본다.

미국의 엘리트들이 실력으로 결정되는 것처럼 보이지만, 실제로는 부모의 부에 의해 결정된다. 아메리카 대학 경제학과 교수 헤르츠Tom Hertz도 이 같은 세습 현상은 미국이 독일, 프랑스나 북유럽 국가들에 비해 10배 이상이라는 분석을 내놓았다. 능력에 따른 계층 간의 사회적 이동이 활발하지 못하고 부모를 잘 만나는 행운이 사회적 신분을 좌우하는 것이다. 수많은 사람들이 아메리칸 드림이라는 좁은 문을 향해 올인하며 몰려가는 미국은 더 이상 기회 균등과 공정한 경쟁이 이루어지는 열린 공간이 아닌, 카지노 경제의 격전장이다.

많은 유럽인들이 미국을 현대판 신분제 사회라고 생각한다. 그들은 인간이 인간 위에 군림했던 봉건 신분제의 경험과 투쟁하여 얻은 것이 아닌 극단적인 자유주의를 비판하곤 한다. 역사가 짧은 미국은 봉건제도를 거칠 시간이 없었다. 이런 역사적 특수성 때문에 계급사회도 없었고 독립혁명을 거치며 바로 시민사회로 출발한다. "모든 사람은 평등하게 태어났고 …… 생명과 자유와 행복 추구의 권리를……" 이라는 「독립선언문」과 함께. 찬란한 태양을 받으며 빛나는 뉴욕 도심 빌딩의 어두운 그늘이 빈민가 뉴올리언스까지 덮치고 있는데도 모든 사람의 행복 추구권을 이야기하는 「독립선언문」은 여전히 건재하다고 얘기한다.

빈부의 갈등과 사회적인 불평등의 잣대로 감옥의 수감자 수치를 이용하는 방법이 있다. 인구 비율로 본 미국의 수감자 비율은 서유럽의 12배에 달한다. 사회 전체의 삶의 질이나 평등을 희생시켜 개인의 자유를 향해 달려가는 미국과 자유와 평등을 조화시키려는 유럽은 분명히 다른 체제이다. 각기 다른 문화와 역사의 토대 위에 세워진 체제이다.

미국에 대한 유럽인들의 비판적인 시각은 일단 교육 시스템에서 드러난다. 서유럽의 대학이나 기타 유사한 교육기관에는 내국인 · 외국인 할 것 없이 상업적인 등록금이 없다. 일부 대학에서 수수료 정도가 부과될 뿐이다. 세금으로 자국민뿐 아니라 외국인에게도 공부를 시킨다는 이야기이다. 국가 지원이 없는 일부 사립 전문대학이 영리를 추구하는 교육 시스템을 작동시키기도 하지만, 이는 극히 예외적인 경우이다.

유러피언 부르크가이스트 호와 아메리칸 자유호

유럽에도 노벨상 수상자가 끊이지 않고 있듯이 각 분야의 천재가 없을 리 없다. 극소수의 천재가 다수를 먹여 살린다는 이 시대에 천재라는 존재는 사회의 자원으로 중시되어야 한다. 하지만 유럽인에게는 이들의 천재 신화, 성공담이 우리에게만큼 감동적이지 않아 보인다. 그저 조용하게 감탄과 찬사를 보낼 뿐이다. 한 개인이나 가정의 눈물과 희생으로 이루어진 신화가 아니라 사회 전체가 일궈낸 신화라는 생각이 강하기 때문이다. 신화적인 성공담이 귀중하듯이, 성공담을 만들어낸 모든 사회 구성원 역시 귀중하지 않을 수 없다고 생각한다.

그러나 우리나라나 미국은 아무래도 유럽과는 분위기가 다르다. 사회 전체가 인재를 키우는 유럽과는 달리 개인은 성공을 위해 스스로 투자하고 희생한다. 그것도 경제적 여력이 있을 때 가능한 이야기이다.

한국을 잘 아는 유럽인 중에는 한국을 '작은 미국'이라고 이야기하는 경우가 있다. 한국과 미국 사이의 우호적인 관계를 가리키는 말이다. 실제로 한국과 미국은 닮은 점이 많다. 세계화 속에서 양극화가 전개되는 것도 비슷하다. 슈퍼 강국이라는 미국에도 백인, 흑인, 히스패닉계 등 인종에 관계없이 빈곤층은 광범위하게 확산되어 있다.

정치도 닮았다. 다양한 정당이 공존하는 유럽에서는 보수 성향의 양당 구조를 가진 미국이나 한국을 신기하게 생각하는 사람들도 많다. 민주당을 진보 성향의 정당이라고 말하지만, 유럽인이 보기에는 그게 그것인, 결국 하나의 보수 정당이다. 실제로 그걸 부정하기도 어렵다. 유럽인들은 이런 정치 구조에서는 유권자의 선택권이 원천적으로 차단될 수 있다고 비판한다.

미국을 패권국으로 인정하지 않을 수 없으면서도 미국식 자본주의 때문에 더욱 가치를 드러내는 유럽 체제의 자존심은 묘한 패러독스처럼 균형을 이루고 있다. 이처럼 오늘날의 세계는 굉음을 쏟아내는 아메리칸 자유호가 오른쪽에, 굳건한 저력을 가지며 속도를 조절하는 유러피언 부르크가이스트 호가 왼쪽에 포진하여 운항하고 있는 형상이다.

우리나라가 미국과 닮았다지만, 다른 점도 많다. 미국에서 극심한 양극화가 이뤄지고 있어도, 카지노 자본주의라는 비난을 받고 있어도, 분명히 세계화는 미국 주도하에 이루어지고 있다. 양차 세계대전 후부터 서서히 주도권을 잡으며 오늘에 이르고 있는 미국은 우리와 차원이 다른 패권국이다.

실리와 명분만 주어진다면 미 국방부의 펜타곤에서는 언제든지 불을 뿜을 수 있다. 전 세계를 무대로 '시뇨리지 효과seigniorage effect'* 를 누릴 수 있는 나라이기도 하다. 세계적으로 달러의 수요가 넘쳐나기 때문에 달러는 어지간히 찍어도 가치가 떨어지지 않는다. 유로화가 기축통화로 등장하면서 그 효과가 반감되긴 했지만, IMF 사태 같은 현상은 미국에서 일어나지 않는다. 이론적으로 보면 달러를 찍기만 하면 되기 때문이다. 달러의 수요와 화폐 시장이 세계적이어서 인플레이션을 염려할 필요도 없다.

부르크가이스트가 흐르는 유럽과 우리와도 다르다. 공산주의와 자본주의를 동시에 태동시킨 유럽, 이런 사회·문화적 배경만 보아도 우리와는 확연히 다른 대륙이다.

---

* 시뇨리지 효과는 화폐를 찍는 데 드는 원료비인 종이와 인쇄비 등을 제외한 화폐 발행 이익을 의미한다. 중세 봉건 영주나 군주(세뇨르)가 불순물 등을 섞어 화폐를 만들어 팔았다고 해서 '세뇨리지 효과'라고도 불린다.

하지만 체제에 대한 절대적 진리는 존재하지 않는다. 유럽이 미국의 위력과 파괴를 동시에 보듯이 미국도 이젠 유럽에서 희망을 찾으며 체제를 보완하려고 노력한다. 미국의 미래학자 리프킨이 대표적이다. 아메리칸 드림은 미국의 이상이며 세계인들의 선망의 대상이었다. 하지만 아메리칸 드림도 이젠 누구에게나 열려 있는 것이 아니다. 화려한 자수성가의 신화마저도 대부분 물질만능주의와 한탕주의, 극단적인 이기주의로 퇴색되어 가고 있다. 이러한 상황에서 리프킨은 유럽에서 희망을 찾아야 한다고 주장한다. 아메리칸 드림의 종말이다.

리프킨은 그 대안으로서 일자리 나눠 갖기, 생태 자연계뿐만 아니라 사회적 환경보호, 비영리 시민활동 등 정부와 기업이 아닌 제3부문의 활성화, 지역 공동체 창출 등을 제시했다. 특히 그는 경제활동의 영역에서 배려와 보살핌, 나눔과 존중, 성찰과 되돌림의 경제 윤리가 핵심으로 작용해야 한다고 주장하며 유럽에 주목할 것을 외치고 있다.

그러나 우리가 유럽을 주목해야 하는 이유는 미국의 리프킨처럼 한가한(?) 것일 수는 없다. 어차피 시장경제 체제와 세계화는 계속되며 그에 따른 다양한 형상들의 양극화는 불가피해 보인다. 지금 우리에겐 빈부의 양극화만 있는 것이 아니다. 경제력 격차에서 오는 교육의 양극화만 있는 것도 아니다. 기업과 노조의 양극화, 연금의 양극화에서부터 디지털과 아날로그의 양극화까지 헤아릴 수 없을 정도로 수많은 양극화가 노골화되고 있다. 서유럽인들은 가진 자만이 배려를 하는 것이 아니었다. 빈자도 부자를 배려하고 있었다. 서유럽인들의 부르크가이스트에서 출발하는 사회적 합의와 시스템이 그것을 가능케 하고 있었다.

아이러니하게도 서유럽인들에게 그네들의 부르크가이스트를 설명했을 때 고개를 끄덕이는 사람도 많았지만, 어깨를 으쓱하는 사람도 많았다. 어쩌면 그들에게는 당연한 일인지도 모른다. 그러나 이방인의 관찰자로선 결코 당연한 것이 아니었다.

세계적인 경제 규모만 이야기할 것이 아니라 이제 세계적인 국민소득수준을 이야기해야 하는 우리에게도 시간은 많지 않다. 경쟁심으로만 따진다면 유럽은 우리의 적수가 되지 못한다. 효율적인 경쟁으로 물꼬를 트는 일만 남았다. 지금까지 수많은 난제를 헤치고 올라온 대한민국의 저력에는 유럽도 세계도 놀라고 있다.

우리에게는 뛰어난 창조적인 융합 정신이 있다. 외국 문화나 종교마저도 한반도에 유입되면 창조적으로 토착화시켜 나가는 남다른 저력이 있는 것이다. 섬과 바다, 대륙으로 융합된 천혜의 반도적 기질도 타고났다. 각종 기술 · 서비스 · 산업이 빠르게 융합되어 새롭게 창조되어야 경쟁력을 갖는 지금의 시대는 우리에게 절호의 기회가 아닐 수 없다. 게다가 우리는 유럽과 달라서 비교적 단일민족이라는 점 등 어렵지 않게 통합의 저력을 발휘할 수 있는 조건도 갖추고 있다. 사회적 자본이 축적되지 않아 헛심을 쓰며 중진국으로 머물 수는 없지 않은가?

우리에게 광장과 시장이 만나지 못할 이유가 없다. 재도약의 기회를 놓칠 이유도 없다. 한반도를 창조한 신선 마고할미의 신화를 다시 기억하자. 광장과 시장의 양 날개로 푸른 바다와 창공을 힘차게 솟아 오르는 전설의 새처럼 '코리안 마고호'가 미국, 유럽과 어깨를 겨루며 달리는 그날이 하루빨리 오기를 염원해 본다.

43

스위스 동네 여의사 마그렛

없는 것이 없는 나라

걸어서 국경을 지나 스위스 집으로 향한다. 같은 독일어지만 발음과 톤이 구분되는 스위스 독일어가 또다시 시작된다. 여기서부터 자동차는 속도를 줄여야 한다. 독일의 고속도로인 아우토반Autobahn에는 속도제한이 없지만, 스위스에서는 시속 120km까지로 제한되어 있기 때문이다. 이 작은 나라에 속도제한이 없다면 스위스는 억울할 것이다. 스피드광에게 스위스는 몇 시간이면 스쳐가는 작은 나라에 불과할 테니 말이다. 관광객을 조금이나마 오래 묶어두기 위해서라도 속도제한은 필요할 것이다.

작고 아름다운 부국 스위스에는 그만큼 볼 것이 많다. 만년설도 있고 빙하를 보려고 아이슬란드로 가지 않아도 된다. 알프스도 있고 핀란드보다 호수도 많다. 스위스에서 볼 수 없는 것은 하나도 없다는 이야기가 있을 정도이다.

알프스 소녀 하이디Heidi도 빼놓을 수 없다. 정상의 만년설이 눈부시게 빛나고 산허리의 들꽃들이 수줍게 누워 있는 곳 알프스. 들꽃과 함께 외로이 서있는 이름 모를 나무집에는 양을 치는 할아버지와 할머니가 살고 있다. 하이디는 세상과 인연을 끊고 이름 모를 들꽃과 양을 벗 삼아 사는 할아버지와 할머니를 마을로 내려오게 한다. 맛있는 음식을 대접하고 인간의 정을 느끼게 해주기 위해서이다. 동화 이야기가 아니다. 동화 같은 하이디 식당에서는 알프스 마을 아래에서 맛있는 음식을 준비해 놓고 손님을 맞이한다.

세관을 지나려니 여기서도 묻어버리기 어려운 추억들이 스쳐간다. 그중 하나가 음주운전 사건이다. 유학생 초년 시절, 방학 때 공장에서 아르바이트를 해 중고차를 구입했던 날, 신고식을 하느라 독일 친구들과 생맥주를 마시고 운전을 한 것이 탈이었다. 평상시는 세관원들만 근무를 하지만 특별한 행사나 사건이 터지면 경찰들이 투입되어 국경 검문을 강화하는데, 그날따라 스위스 세관 5m 전방에서 독일 경찰이 검문을 했다. 술 냄새가 심했는지 독일 경찰과 의사에게 측정을 받게 되었고 결국 몇 개월간 고스란히 차를 세워놓아야 하는 벌을 받았다. 당시 학생이라 수입이 없었기 때문에 벌금이 없었던 것이 그나마 다행이랄까.

유럽 사회를 제대로 알지 못했던 그때엔 벌금도 소득수준에 따라 달리 낸다는 시스템이 신기하기만 했다. 소득수준에 따른 벌금의 차이는 북유럽 쪽으로 갈수록 심하다. 복지 수준과 삶의 질, 국민소득

수준 등에서 공히 세계 최고 수준을 달리는 북유럽 국가에서는 세금이 소득의 절반 이상이니 우리로서는 상상하기조차 쉽지 않다. 그만큼 그들에겐 조세 저항이 없는 것이다. 보험 들 듯이 세금을 낸다. 세금은 결국 자신을 위해 쓰일 것이라는 신뢰가 형성되어 있으며, 실제로도 그렇다. 2006년 9월의 총선에서 스웨덴 정권이 좌파에서 우파로 넘어갔지만, 복지의 근본 틀이 바뀌는 것은 아니다. 스웨덴의 우파는 우파라 할지라도 우리 잣대로 보면 상상할 수 없는 좌파이기 때문이다.

오늘 하루의 여정은 특별했다. 언젠가 다시 이곳을 찾을 때는 제2의 고향처럼 정답게 맞아줄 것이다. 제 할 일 하고 법만 지켜주면 심심할 정도로 안전한 도시들이었지만, 그 안에서 몸을 부딪치고 머리를 굴리며 살아온 날들을 잊을 수는 없을 것이다.

한국 TV와의 싱거운 인터뷰

콘스탄츠를 뒤로 하고 돌아온 크로이츨링겐. 거리의 간판이야 눈을 감아도 읽을 수 있을 정도. 그만큼 많은 세월이 성큼 흘러버렸다. 'Fr. Dr. Med. Beck'이라는 간판이 보인다. 신경과 여의사 벡 씨의 개인병원 간판이다. 그녀와는 동네에서 친하게 서로 알고 지내므로 마그렛이라고 이름만 부르는 사이다. 남편 미카엘은 정신과 의사인데, 콘스탄츠 부근 라이헤나우Reichenau 섬의 정신병원으로 출퇴근한다. 미카

스위스 호반의 도시 크로이츨링겐의 모습. 뒤에 보이는 호수가 보덴 호수이다. 정면의 큰 건물은 시민체육관이다.

엘은 한국과 일본에 관심이 많아 안동국제탈춤축제를 함께 관람하기도 했다.

몇 년 전 한국의 모 TV 방송국에서 독일과 스위스의 전문 직업인들의 납세 의식과 이곳의 연금 제도를 취재하면서 이 병원을 찾아와 인터뷰를 한 적이 있다. 사실 인터뷰는 싱거웠다. 벌어들인 만큼 정확히 신고하고 세금 내는 것이 뭐가 이상하냐고 반문하는 마그렛에게 납세의 의무란 당연한 것이었기 때문이다. 세금으로 아플 때 의료 혜택 받고 내 자식 네 자식 교육시키고……. 내가 세금 내는 것은 나 자신과 내가 속한 사회를 위해 쓰인다는 상식적인 이야기, 그리고 자신이 의학을 전공할 수 있었던 것도 국민의 세금 덕택이었다는 말도 덧붙였다. 스위스뿐만 아니라 독일이나 서유럽 선진국 국민들이 공통으로 가지는 일반적인 납세 의식이다.

서유럽인들의 조세부담률은 우리나라보다 훨씬 높다. 그러나 조세부담률이 높아 가계 살림에 그만큼 부담이 갈 것이라는 생각은 섣부른 것이다. 교육비 하나만 봐도 그렇다. 그들은 능력과 자질에 따라 세금으로 교육시키기 때문에 따로 교육비가 들지 않는다. 비효율적인 과다 경쟁도 없다. 자식이 없어도 세금은 낸다. 자식이 없는 죄(?)로 오히려 더 많이 세금을 낸다. 인적자원을 사회의 공동 자산으로 생각하는 경향이 강하기 때문이다.

우리의 부모들이 자식들에게 사교육비를 포함하여 대학 졸업 때까지 치르고 있는 비용을 세금으로 가정해 보면 어떨까? 우리나라는 고등학교 졸업생 수보다 대학 정원이 더 많다. 교육에 대한 열정과 보상심리가 작용해 누구나 무리를 해서라도 끝까지 교육을 시키는 현실이다. 어차피 누구나가 치르는 교육비기 때문에 세금으로 가정해도 별 무리가 없다. 그렇다면 그것은 상상을 초월하는 세금이 아닐 수 없다. 입시 등 불필요한 과다 경쟁에 대한 정신적인 스트레스 비용을 제외한다고 해도 그렇다.

전문직 종사자가 아닌 보통 시민들의 납세 의식 또한 마그렛과 유사하다. 신뢰받는 정부와 사회 교육 시스템과 각종 제도가 있기 때문에 가능한 일이다. 그렇다면 그러한 시스템과 제도를 만드는 이들은 과연 누구일까? 다름 아닌 그들, 즉 모든 시민이다.

44

스위스 세 아주머니와 슈타웁 할머니

세 아주머니들이 살아가는 모습

마그렛도 병원을 나서 동네로 돌아오면 이웃 아주머니들과 어울려 떠들며 노는 스위스의 보통 아주머니이다. 프란체스카와도 친하고 엘리자베트와도 친하다. 프란체스카는 이탈리아 출신으로 이탈리아인 남편과 함께 젊을 때 스위스로 이주해 와 살고 있다. 같이 공장에 다니다가 그만두고 네 아이를 키우면서 넉넉지 않은 살림을 꾸려가며 어느덧 중년을 넘기게 됐다.

한때 남편이 다니던 공장이 문을 닫자 게마인데의 도움을 받아 최소의 생활을 꾸리기도 했다. 이제 네 아이들은 모두 능력과 소질에 따라 직업학교나 여타 상급학교로 진학했다. 보트 만드는 직업학교로 진학한 큰아들은 벌써 취업을 했고 추가 전문교육을 받고 있다. 프란체스카는 지금 동네에 있는 농아학교의 식당에서 주당 3일씩 비정규직 아르바이트를 하고 있다. 오전 9시부터 10시 반까지, 그리고 오후에 한두 시간씩 일을 한다. 비정규직이라지만 정규직과 시간당 임금은 차이가 나지 않는다. 일하는 시간이 적으니 적게 받을 뿐이다. 때문에 우리와는 상황이 다르지만, 비정규직으로 밀려나느니 정규직으로 올라가느니 하는 야단법석은 없다. 특별히 계획해서 저축하는 일은 없다. 그 달 수입은 대부분 그 달로 지출된다. 공장에서 일하는 남편의 봉급이 넉넉할 리 없기 때문이다.

스위스의 여론조사 기관 게에프에스GFS에 의하면 스위스 가정의 약 44% 정도가 특별한 계획성 저축은 하지 않는 것으로 나타났다. 그렇다고 장래의 생활이 불안하다는 것은 결코 아니다. 자녀들 교육에 특별히 들어가는 돈이 없을뿐더러 의료보험이나 노후를 위한 연금제도 등이 독일과 비슷해서 별다른 걱정은 하지 않는 것이다.

독일의 의료보험은 전적으로 무상인 데 반해, 스위스는 감기 같은 것으로 병원을 방문할 때 약 20% 정도는 개인이 부담해야 한다. 스스로 건강관리를 하지 못한 범칙금 정도로 보면 될까? 건강의 유지도 하나의 의무라는 것이다. 육체에도 하나의 도의가 있다는 것을 기억하라는 스펜서의 말처럼 말이다. 물론 가정이 휘청거릴 정도로 목돈이 지출되는 중병은 완전 무상이다. 보험의 취지를 그대로 살리면서도 과잉 진료 등의 부작용을 줄여나가려는 지혜를 엿볼 수 있다.

엘리자베트는 전형적인 스위스 주부이다. 남편은 택배 우편 서비스 사업을 하고 있다. 우체국 공무원이었던 남편은 몇 년 전부터 개인의 소포나 우편물을 즉시 처리해 주는 개인 사업을 시작했다. 공무원이었을 당시나 개인 사업을 하는 지금이나 평균적인 중산층이라 할 수 있다. 직위에 따라 다르지만 스위스 역시 평균적으로 공무원이 일반 시민보다 더 잘살지는 않는다. 엘리자베트는 초등학교 5학년인 늦둥이 아이가 있어서 주말이나 방학을 이용해 인근 병원 뢴트겐실에서 아르바이트를 한다. 1년 후면 늦둥이도 초등학교를 졸업하게 되고 1차적인 진로가 결정될 것이다. 물론 진로 판단은 여느 부모와 마찬가지로 학교에 맡긴다. 사교육비에 대한 경제적 부담이나 기타 자녀 교육에 관한 스트레스가 있을 리 없다.

스위스나 독일에서는 주부들이 쉽게 할 수 있는 시간제 아르바이트가 보편화되어 있다. 일부 특수 직업을 제외하고는 의사, 교사에서부터 청소부에 이르기까지 정상적인 근무를 기준(100%)으로 80%, 60%, 40%, 20% 등 파트타임제가 세부적으로 나눠져 있다. 근무량에 따라 차별적이기는 하지만 모두가 연금 혜택을 받으며, 연금 혜택이 최저 생활비에 못 미치면 게마인데나 국가로부터 보조를 받게 된다.

재미있는 사실은 미세하나마 게마인데마다 세금이 차이가 난다는 점이다. 앞서도 말했지만 스위스는 연말이면 주민들이 게마인데에 나가 예산을 살펴보고 심의 · 결의를 할 정도로 직접민주주의의 뿌리가 깊은 곳이다. 모두가 주인이다. 세금이나 예산 집행에 불만이 있어 다른 게마인데로 이사를 가는 사람들도 있다. 재정학에서 이야기하는 '발의 투표Fuss Stimmung'가 행사되는 것이다.

정 많은 잔소리꾼, 슈타읍 할머니

같은 연립주택 아래층에 홀로 사는 슈타읍 씨는 잔소리도 많고 정도 많은 할머니다. 빨래를 널어두고 외출한 사이에 비가 오면 어김없이 대신 거두어 문 앞에 놓아둔다. 그리곤 아들 중 하나도 캐나다에서 살고 있다는 이야기를 들려주며 지구촌이 정말 하나라고 이야기한다. 공동으로 이용하는 세탁기나 여름에 삼겹살이나 소시지를 굽는 데 주로 사용하는 정원의 바비큐 시설이 더러우면 제일 먼저 빗자루를 들면서 공동 물건일수록 깨끗이 사용하라고 잔소리를 늘어놓는다. 이동거리도 얼마 되지 않는 동네 사람이 대형차를 구입하면 환경과 에너지를 생각하라며 잔소리를 한다. 아들 · 딸 · 손주들이 방문하는 날이면 평상시보다 일찍 일어나 분주히 움직이곤 한다. 가게에 물건을 싸게 파는 것을 보면 이웃에 알려주고 다량 구입해서 냉장고에 보관하기도 한다. 여느 할머니처럼 절약하고 아낀다. 그러나 연말이면 날아드는 복지 단체의 기부금 쪽지를 세금 납부서보다 소중하게 거둬가는 할머니다.

연립주택의 바비큐 시설이 넓기 때문에 본격적인 여름이 오면 주위에 살고 있는 마그렛, 프란체스카, 엘리자베트 등이 모여 소시지 등을 얹어놓고 조촐한 파티를 마련한다. 연립주택 정원 한 구석에 각자 좋아하는 채소를 심어두고 물을 준 뒤의 저녁에는 어김없이 이런 파티가 열리곤 한다. 세 주부의 떠드는 소리가 들리면 슈타읍 할머니도 냉동실에 보관했던 소시지를 꺼내 들고 합류하는 것이 보통이다.

이들 세 아주머니와 슈타웁 할머니는 모두가 알뜰하다. 그러나 이들은 주식투자니 증권이니 하는, 우리가 흔히 생각하는 재테크에는 관심이 없다. 투기적 투자를 통하여 떼부자가 된다든지 재산을 날린다는 것은 상상도 하지 못하는 사람들이다. 의사인 마그렛은 비교적 넉넉한 축에 들고, 식당에서 일하는 프란체스카는 빠듯한 사람이지만 마음만은 모두가 넉넉하다. 스위스 동네 전체를 자기의 정원처럼 생각하며 살아가고 있다. 어쩌면 그들은 또 다른 차원에서 엄청나게 놀라운 재테크를 하고 있는지도 모른다. 빈부의 차이가 있어도 모두가 넉넉할 수 있는 사회를 스스로 만들어가고 있기 때문이다.

세월이 흘러 나이가 들면 세 아주머니도 슈타웁 할머니처럼 냉동실에 보관했던 소시지를 꺼낼 것이다. 그때가 되면 연금도 비교적 넉넉하고 아이도 없어 적적할 마그렛 부부는 해외여행을 자주 갈지도 모른다. 엘리자베트는 슈타웁 할머니처럼 평범한 스위스 할머니로 여생을 보낼 것이다. 프란체스카는 아이를 많이 둔 덕택에 슈타웁 할머니처럼 자식 손주 기다리는 재미가 쏠쏠할 것이다. 이들도 연말이면 틀림없이 슈타웁 할머니처럼 기부금 쪽지를 세금 납부서보다 더 소중히 챙길 것이다. 젊은 시절 고생과 어려움이 많아 게마인데의 지원까지 받아 생활해 본 프란체스카는 누구보다도 더욱 그럴 것이다. 그 장면을 그려보니 나도 모르게 슬며시 웃음이 난다.

이제 여기서 스위스 시내버스를 타고 집으로 들어가면 잊을 수 없는 오늘의 긴 여정도 한 점의 과거로 쌓일 것이다.

제4부

부르크가이스트가 흐르는 유럽의 기업과 비즈니스 문화

45

오렌지 색조의 향연, 스위스의 국민 기업 미그로스

소비자와 생산자의 성실한 가교

버스를 타고 가다 보니 어둠을 뚫고 비치는 아름다운 M자 모양의 오렌지색 형광 간판이 눈에 들어왔다. 스위스 최대의 유통업체 미그로스Migros의 간판이다. 독일의 8번 시내버스가 이곳 스위스 미그로스까지 들어오기 때문에 콘스탄츠 사람들은 미그로스에서 쇼핑을 즐기고 가곤 한다. 스위스는 치즈와 초콜릿을 비롯한 일상 생필품이 세계 최고 수준이다.

미그로스는 그야말로 스위스의 '국민 기업'이라고 불릴 만하다. 국민들로부터 그만큼 대중적인 사랑을 받고 있기 때문이다. 국민이 사랑하는 기업의 숫자가 바로 국력의 척도가 될 것이라고 예언하는 학자들도 있다. 스위스에서 미그로스는 오렌지로 통한다. 미그로스의 얼굴인 간판 색깔이 오렌지색이기 때문이다.

기원전 100년경 오렌지색의 바위를 갈고 깎아서 만들어진 남부 요르단의 찬란한 암벽 도시 페트라. 사방이 절벽으로 방어된 도시는 지하 왕국이 연상될 만큼 신비로운 모습으로 버티고 서 있다. 일몰이 다가오면 페트라는 황혼과 어울려 환상적인 오렌지 빛 색조의 향연이 펼쳐진다. 아름다운 오렌지의 도시 페트라는 오랫동안 지상에서 잊혀 있다가 1812년 스위스의 한 젊은 탐험가에 의해 발견되면서 세상의 품으로 돌아오기 시작했다. 지금 스위스의 미그로스에서도 밤이 되면 아름다고 신비한 오렌지색의 간판이 선명한 모습을 드러낸다.

스위스에는 미그로스가 모두 528개 있다. 매장의 크기별로 미그로스의 상징인 'M'자가 하나에서 셋까지 건물에 붙는다. 밤이 되면 가게는 문을 닫지만 오렌지색의 M자는 화려하지 않으면서도 아름답게 스위스 전역을 밝혀준다. 미그로스는 쿠오프Coop와 함께 명실 공히 스위스의 최대 유통업체로 자리 잡고 있으며, 스위스인들은 미그로스의 상표인 M자만 부착돼도 무조건적인 신뢰를 보낸다. 그만큼 소비자와 호흡을 같이하는 것이다.

미그로스는 지금까지도 창업자의 철학을 그대로 이어받고 있다. 미그로스를 세운 고트리프 두트바일러Gottlied Duttweiler가 브라질에서 운영하던 커피 농장을 포기하고 귀국한 것은 1924년이었다. 기후 등 여러 조건이 맞지 않아 1년 만에 백기를 들고 빈털터리로 귀국한 것이다. 재도전을 위해 식료품 가게에서 일하던 두트바일러는 가게가 문을 닫는 바람에 브라질행의 새로운 시도마저도 무산되는 아픔을 맛봤다. 다른 일자리도 구할 수 없었다.

무언가 처음부터 시작해야 한다, 시작할 바엔 내 스스로가 무엇인가를 다시 시도해야 한다고 고뇌하던 그의 눈에 충격적인 사실이 들어왔다. 취리히에서 브라질산 커피 1kg의 가격이 무려 5프랑에 달했던 것이다. 수송비 등을 아무리 따져봐도 가격이 4배 이상 차이가 났다.

놀라움은 오기로 바뀌기 시작했다. 생산자 - 판매자 - 소비자의 고리 어디에선가 비정상적인 거래가 이뤄지고 있다고 판단한 그는 지나친 초과이윤은 생명이 짧다는 신념으로 정상적인 이윤을 추구하는 유통업체를 세우기로 결심한다. 정상적인 이윤이란 매출액에서 종업원의 인건비와 경영자의 정당한 몫을 포함한 총비용을 제하면 제로가 되는 상태를 말한다. 경영자의 정당한 몫에 대한 개념이 바로 미그로스의 철학으로 이어지게 된다.

생산자와 소비자의 성실한 다리 역할을 하겠다는 의미가 담긴 스위스의 국민기업 미그로스는 1925년 8월 15일, 두트바일러의 생일에 탄생했다. 소비자의 이익이 사회적 이익이고 기업이 진정한 사회적 공기公器 역할을 할 때 기업의 가치가 극대화된다고 믿는 그의 철학은 지금도 고스란히 계승되고 있다.

기업, 소비자, 사회의 공존

창립 당시 5대의 트럭으로 커피와 쌀, 국수, 카카오기름, 비누를 싣고 전국을 누비던 것이 오늘날 스위스 전역을 빛나는 오렌지색으로 밝히는 미그로스로 성장할 줄은 아무도 예상치 못했다. 스위스 최대 유통업체로 자리 잡은 지금도 미그로스는 트럭에 물건을 가득 싣고 규칙적으로 시골 등지를 방문한다.

스위스에도 사교육이 있다. 그러나 우리나라에서 보이는 것과 같은 입시 과외 등을 떠올려서는 안 된다. 대부분이 개인의 취미나 여가 혹은 교양과 관련된 분야이다. 이 같은 사교육 분야를 공개념화한 사람이 바로 두트바일러이다.

1925년 설립된 미그로스는 1945년 제2차 세계대전이 끝날 무렵, 세계적인 화해와 평화를 위해서는 언어의 장벽을 부숴야 한다는 취지로 영어, 프랑스어, 이탈리아어, 스페인어, 러시아어 등의 교육과정을 설립했다. 원가에도 훨씬 못 미치는 수강료를 받으면서 부족한 운영 자금은 업체의 수입금으로 충당해 나갔다.

현재 유명한 스위스의 클룹슐레Klubschule가 바로 미그로스가 운영하는 사설 교육기관이다. 지금은 각종 외국어 교육은 물론 댄스, 화초 가꾸기, 윈드서핑, 사진, 검도, 자동차운전, 헬스, 음악 연주 등 다양한 과정을 운영하고 있다. 스위스 인구 700만 명 중 연간 200만 명이 클룹슐레를 이용할 정도니 그 영향력을 상상할 수 있다. 완전 무료는 아니지만, 운영비의 일부를 충당할 정도의 수강료만 받는다. 미그로스가 클룹슐레에 쏟아 붓는 재정 규모는 연간 3,400만 유로, 우리 돈으로 약 414억 원에 이른다. 물론 미그로스에서도 클룹슐레의 고객을 통하여 최신 소비 경향을 파악하고 경영 데이터로 활용한다.

미그로스는 취리히 특파원으로 활동할 당시 첫 현장 취재를 했던, 나로서는 의미 있는 곳이다. 많은 서유럽 국가들이 그렇지만, 스위스

스위스의 국민 기업 미그로스. 미그로스의 오렌지색은 밤이면 스위스 전역을 환하게 밝혀준다.

도 법인세 인하 등 기업이 경쟁력을 가질 수 있도록 친기업적인 조세 정책을 펴는 나라이다. 사회 안전망을 유지하는 데 많은 국가재정이 필요한 나라에서 어떻게 그것이 가능한지, 그리고 그 배경이 무엇인지 파악하지 않으면 안 된다. 그 답은 소득수준에 따라 매우 높게 매겨지는 개인 소득세에 있다. 기업 운영을 잘해서 많이 벌어들인 만큼 개인 세금으로 납부하는 것이다. 그만큼 조세 저항이 상대적으로 낮은 투명한 사회라는 뜻이며, 그것은 부르크가이스트와도 떼어놓을 수 없는 것들이다.

미그로스를 창업한 두트바일러는 타계했지만 그의 창업 정신은 지금까지도 변함없이 이어져 온다. 소비자를 생각하고 사회를 생각하는 그 정신. 술과 담배를 팔지 않는 것도 그러한 정신의 한 표현일 것이다. 스위스인 중에는 대통령 이름을 모르는 사람이 많지만 두트바일러를 모르는 사람은 없다. 소비자 없는 기업이 존재할 수는 없는 법이다. 소비자는 사회의 구성원이다. 기업과 소비자, 그리고 사회가 미그로스라는 유통업체 안에서 건전하게 공존하고 있다.

46

독창적인 사회성은 글로벌 시대의 새로운 경쟁력

'발견과 이해'를 광고 카피로 삼은 당돌한 회사

오스트리아의 바드 글라이헨베르크Bad Gleichenberg에는 금속 가구만을 전문으로 만드는 가구 회사가 있다. 목재 가구가 줄 수 없는 금속 고유의 섬세한 느낌을 살린 고급 가구를 만들어내는 회사이다. 1970년도에 설립되어 오스트리아 병원에 금속 가구 등을 납품하면서 서서히 유명세를 타기 시작했다.

이 회사의 이름은 '소사이어티 메탈뫼벨Society Metall Möbel'. 우리말로 '사회금속가구'사이다. 가구 회사 이름과는 어울리지 않는 '소사이어티'라는 단어를 쓰고 있다. 그러나 제품의 제조 과정이나 제품의 모양, 마케팅 전략 등에 숨어 있는 사회적 의미를 포착해 낸다면 이 회사의 이름에 왜 사회라는 단어가 들어가 있는지 고개를 끄덕일 수 있을 것이다.

이 회사가 생산하는 금속 가구는 표면이 특수 처리되어 눈부시지 않은 투명함을 자랑한다. 사회적인 투명성의 중요성을 이야기하고 있다. 제품의 이음새나 골도 완벽하게 감춰져 있다. 사회적인 불평등이 최소화되는 사회이어야 함을 의미한다. 재료가 금속이지만 서랍 여닫는 소리를 완벽하게 제거했다. 사회적 원성과 불만 역시 최소화되어야 건강한 사회가 된다는 뜻이다. 소모적인 갈등과 대립은 결국 비생산적일 수밖에 없다는 뜻을 포함하고 있다.

이 회사의 브랜드 이름은 인간의 몸체를 뜻하는 '코르푸스Corpus'이다. 회사 제품의 구성 요소가 완벽하게 조화되어 하나의 몸체인 건강한 상품으로 만들어졌다는 것이다. 실제 사람의 몸체는 수많은 각각의 부분으로 구성되어 있으며, 하나라도 건강하게 제 구실을 지켜내지 못하면 전체가 삐걱거린다. 사회 구성원 하나하나가 건강할 때 건강한 사회가 형성된다는 의미를 쉽게 짐작할 수 있다. 큰일을 하든 작은 일을 하든 시민 모두가 사회를 형성하는 주역이라는 뜻이다.

광고 카피도 특이하다. 소비자들에게 구매를 강권하지 않는다. 오직 두 단어 '발견과 이해finden und verstehen'. 회사의 제품을 발견하고 이해하라는 뜻인지 사회를 발견하고 이해하라는 뜻인지 아리송하다. 어쨌건 기업의 홍보 카피치고는 너무 당당한 것 같다.

장난감에 사회성을 얹다

독일의 완구 회사 두시마Dusyma에서도 이와 유사한 정신을 읽을 수 있다. 독일 뉘른베르크에서는 매년 2월 초가 되면 세계 최대 규모의 국제 장난감 박람회가 열린다. 전통적인 인형과 나무 장난감에서부터 장식과 소품, 최신 컴퓨터와 비디오게임기까지 다양한 상품이 전시된다.

이미 중세 때부터 인형 만드는 장인Dockenmacher을 배출했던 뉘른베르크에는 로마 시대부터 지금까지 유행하는 완구를 모아놓은 장난감 박물관도 있다. 여기에는 중세 마녀사냥 때 주술로 사용하던 인형도 있고 19세기 독일과 스위스에서 만들어진 움직이는 장난감도 있다. 오래된 유럽의 장난감들은 주로 나무로 만들어져 있는 것이 특징이다. 어떤 것들은 현실보다 더 정교하고 현실감 있게 만들어져 어른과 아이들이 함께 공유하고 놀이하는 장난감이었음을 보여준다.

뉘른베르크의 장난감 박람회는 세계 완구계의 흐름을 한눈에 꿰뚫어볼 수 있는 전시회이자 축제이다. 포켓몬이나 해리포터 등 어린이 세계의 시대적 흐름을 읽을 수 있다. 최근에 본 것 중 인상적인 장난감은 목장에서 다른 소들이 한가롭게 풀을 뜯는데 비대한 소 한 마리만 낮잠을 자고 있는 것을 형상화한 것이다. 성장촉진제 호르몬을 투여하거나 동물성 사료를 먹여 사육된 소를 풍자화한 것이다. 여기서 장난감으로 환경 마인드를 심어주려는 노력을 엿볼 수 있다.

컴퓨터 게임이나 캐릭터 관련 산업처럼 살벌한 적자생존의 법칙이 적용되는 분야도 드물다. 재력 있는 회사들은 TV나 미디어를 통해 화려한 광고 전략을 펼친다. 결국 소수만이 살아남고 어린이들은 제한된 선택권 속에서 획일적인 게임을 즐기는 환경에 놓인다. 스피드와 단순한 액션이 반복되는 컴퓨터게임 앞에서 어린이들은 폭력성에 노출되고 풍부한 상상력과 종합적인 사회성을 잃어간다.

이 점에서 두시마는 주목받고 있다. 두시마 사는 1925년 수학 · 생물학 · 예술 · 교육학을 두루 섭렵한 쿠어트 시플러Kurt Schiffler에 의해 설립됐다. 설립 당시부터 지금까지 꾸준하게 어린이의 사회성과 공동체 의식, 창조력을 강조해 온 고집 있는 회사이다. 주로 어린이들의 사회성이 적극적으로 형성되는 유치원 등에 납품을 한다.

색깔 놀이를 위해 물에 씻을 수 있는 나무 블록이나 부모와 함께 즐기는 도미노 놀이(28개의 말로 하는 수 맞추기 놀이)를 개발하기도 했다. 우리나라에서 은물恩物로 소개되고 있는 교육용 장난감 '프뢰벨가베Fröbelgabe'를 처음 만들어낸 회사이기도 하다. 이는 공, 원기둥, 원뿔, 주사위, 막대, 육면체 등으로 구성되어 있어 아이들이 부모나 선생과 함께 과학적인 감각과 미적 감각을 동시에 키울 수 있는 장난감이다. 대부분의 완구 회사가 출생률의 저하로 오래전부터 어려움을 겪어왔지만, 장난감에 사회성을 얹어놓은 두시마는 부모들의 뜨거운 호응 속에 꾸준히 성장하고 있다.

기업과 사회성에 관한 이야기는 새삼스러운 것이 아니다. 우리나라에서도 끊임없이 나오는 이야기이다. 이윤을 최대화하는 것이 기업의 본래 목적이며 사회성은 부차적인 것일 수도 있다. 그러나 유럽에 유독 사회성을 강조하는 기업이 많은 것은 부르크가이스트와 관련이 있을 수밖에 없다. 글로벌화와 개인 익명화가 가속화되는 디지털 시대일수록 '독창적이고 진실이 담긴 기업의 사회성'이 소비자의 가슴을 여는 열쇠로 작용할 가능성이 크다는 점에 주목해야 한다. 기술 수준이 평준화되어 제품의 차별성이 작아지는 지구촌 글로벌 시대에는 더더욱 그럴 수밖에 없다. 그것은 미래의 새로운 경쟁력으로 이어지게 된다.

47

자이텐 벡셀의 경영학

속세의 경영자를 위한 수도원의 세미나

크리스마스가 다가오면 뮌헨 등지의 베네딕트 수도원*에서는 수도회가 열린다. 그것은 기업 경영자들을 위한 것으로 현실적이면서도 구도적이고 참회적인 성격을 띤다. 많은 경영자들은 여기에서 독특한 경영 비법을 터득하기도 한다.

속세의 경영자를 위한 세미나가 왜 하필이면 수도원에서 이루어질까? 지금도 유럽의 많은 기업들이 연구하고 현대와의 접목을 시도하려는 이른바 '베네딕트 모델'에 관심을 가지는 이유는 뭘까?

애초 수도원은 우리나라의 두레처럼 제한된 범위의 동료끼리 힘을

---

* 약 1,400년 전 베네딕투스는 공동체 생활을 위한 규칙을 만들고 베네딕트 수도원을 처음으로 설립했다. 개인 자신만의 욕망보다는 극기, 겸손, 성찰을 통해 공동체 전체의 복리를 위한다는 규칙 등으로 오늘날에도 많은 기업들이 경영 원리로 연구하고 있다. 기업과 소비자는 뗄 수 없는 동반자임을 강조한다.

모아 문제를 해결하는 협력적인 경제 조직의 성격을 띠었다. 수도원에서 일하는 사람들은 단순히 자본가를 위해 잉여가치를 생산하는 피동적인 자세를 취하지 않았다. 이기적인 욕구를 공동체적 협력으로 승화시키며 생산성을 향상시켜 나갔다. 이로 인한 잉여생산물은 유랑 걸식하는 빈민층에게 배분되었고, 수도원은 자연스럽게 자선 단체나 빈민 구제소로 자리 잡았다. 기독교와 공산주의가 같은 맥락에 있다는 이야기는 수도원의 이러한 성격에서 기인한다.

그러나 화폐가 등장함으로써 양상은 달라지기 시작한다. 화폐경제가 등장함에 따라 잉여생산물인 농작물, 물고기 등은 화폐로 교환되었고 부를 축적하기 쉬워졌다. 나눔의 미덕은 사라지고 부가 쌓이는 재미에 따라 수탈의 유혹을 이기지 못하고 외도를 하기도 했다.

중세 중반의 수도원은 기업과 유사한 점이 많았다. 다른 점이 있다면 일반 기업과는 달리 종교적인 임무와 사회적 의무를 동시에 띠었다는 점이다. 베네딕트 수도원은 공동체의 규율을 정하고 엄격한 운영 방침에 따라 수도원을 운영했다. 나중에는 농업뿐만 아니라 상업과 제조업에도 관여했는데, 적자를 기록한 수도원에는 어김없이 퇴출 명령이 떨어졌다.

오늘날 유럽의 많은 기업인이 이 같은 베네딕트 모델을 연구하고 있다. 크리스마스 시즌을 맞아 열리는 베네딕트 수도원의 수도회에 참가한 독일 및 유럽 각지에서 온 경영자들은 "너 자신을 먼저 해고하라. 그리고 다른 사람에게도 책임을 주어 일을 수행토록 해보라" 같은 말들을 되새기며 묵상한다.

텔레비전도 전화도 라디오도 없다. 수녀들과 함께 묵상하고 침사沈思하면서 평상시에 행한 자신들의 업무에 대해 깊은 비판과 자성의 시간을 가진다. 무거운 짐을 지고 있는 동료를 보면서 무엇을 생각했는가? 어떤 동료가 자신이 원했던 위치를 가로챘을 때 어떤 생각을 했는가? 실업의 문제와 실능失能의 문제를 어떻게 생각했는가? 동료가 해고되었을 때 기업의 입장이 아닌 인간 본래의 입장에서 어떤 아픔을 함께 나누었던가?

소외층과의 커뮤니케이션

독일에는 '자이텐 벡셀Seiten Wechsel'이라는 말이 있다. 영어로 옮기면 사이드 체인지side change. 축구 등의 구기 종목에 쓰이는 이 용어는 경영학에도 쓰이고 있다. 축구 경기에서 상대 수비 진영을 교란시키는 중요한 전략 중 하나가 측면 돌파이다. 축구 경기장의 측면은 좌우가 있으며, 한 측면만을 공격하는 것보다는 양 측면을 수시로 번갈아 공격하는 것이 훨씬 효과적이라는 것은 누구나 아는 사실이다.

그러나 여기서 말하는 자이텐 벡셀에는 훨씬 포괄적인 의미가 담겨 있다. 균형 잡힌 눈길로 좌우를 번갈아 보기, 나와 상대를 번갈아 보기, 바뀐 입장에서 서로를 이해하자는 역지사지의 지혜까지 포함되어 있는 것이다.

사실 말이 쉽지 입장을 바꿔놓고 제대로 생각해 본다는 것만큼 어려운 것도 없다. 공자의 일화가 하나 있다. 공자가 제자들과 학문 정진에 여념이 없는데, 어디선가 흥겨운 꽹과리 소리가 들려와 분위기를 망쳐놓는다. 하지만 분위기를 진정시키고 돌아오라는 공자의 엄명을 받은 제자들은 돌아오지 않는다. 놀이꾼을 설득하러 갔던 제자들이 함께 놀고 있다는 소식을 들은 공자는 노발대발 직접 나갔으나, 공자도 제자들과 함께 놀이꾼과 어울려 어깨춤을 추고 말았다는 일화이다. 그 위대한 성인도 직접 겪어보기 전에는 흥겨운 놀이판의 사정과 제자들의 어울림을 이해할 수 없었던 것이다.

독일의 경영자들이 깊은 관심을 가지고 있는 자이텐 벡셀의 경영학에는 부르크가이스트가 고스란히 배어 있다. '자이텐 벡셀 세미나'에 참여하는 기업으로는 니베아 크림으로 유명한 비어스도르프Biersdorf, 자동차 회사인 베엠베BMW와 다임러 크라이슬러Daimler Chrysler 같은 굴지의 기업도 있고 중소 규모의 전기·가스회사, 생필품 배달업체까지 다양하게 분포되어 있다.

자이텐 벡셀의 특징은 상대적으로 소외를 느끼는 계층과 입장을 바꿔보는 프로그램으로 구성되어 있다는 점이다. 마약중독자, 불우청소년 집단, 정신병원, 감옥, 난민 수용소 등을 찾아 나선다. 경영자는 완전히 그들의 입장이 되어서 심연의 커뮤니케이션을 시도한다. 비슷한 처지를 이해하는 것도 쉽지 않은 법인데, 하물며 경영자와 상대적인 소외 계층은 여러 모로 극과 극이 아닐 수 없다. 하지만 극과 극 사이에 진정한 역지사지가 이루어진다면, 기업 내에 존재하는 종업원과의 벽이나 고객과의 벽은 거뜬히 뛰어넘을 수 있을 것이다.

이런 과정에서 획득한 것들을 의사 결정의 잣대로 삼으면서 기업과 고객, 기업과 사회가 하나의 덩어리로 나아간다는 것이 자이텐 벡셀 경영의 핵심이다. 지금도 유럽의 많은 기업인들이 베네딕트 모델을 연구하고 있다는 사실은 특히 유럽의 소비자들이 그만큼 기업의 사회성에 커다란 가치를 부여하고 있다는 방증이기도 하다.

48

보통 사람들의 노블레스 오블리제

자율적 성금과 근로 의욕

경제학에 래퍼곡선Laffer curve이라는 것이 있다. 공급주의 경제학자 아서 래퍼Arthur Laffer가 주창한 것으로 국가가 세율을 높인다고 해도 국가의 조세수입이 항상 그에 비례해서 증가하지는 않는다는 사실을 담은 곡선이다. 쉽게 이야기하면 정부가 자금이 필요해 세금을 올려도 생각만큼 조세수입이 발생하지 않는다는 것이다. 지나치게 세금을 올리면 탈세가 늘어날뿐더러 국민들의 근로 의욕과 투자 의욕이 꺾여 오히려 생산성이 떨어지기 때문에 결국 조세수입이 극대화되는 적정 세율이 존재한다는 것이다.

국가가 존재하는 한 세금은 불가피하다. 민간이 해결하지 못하는 국가적인 사업의 자원 조달은 물론 사회 안전망 구축이나 소득재분배 정책의 강력한 수단 중 하나가 세금이기 때문이다. 래퍼는 높은 세율은 근로자의 근로 동기와 기업의 투자 의욕을 꺾을 수 있다는 점을 지적했다. 이 지적은 세금이 지닌 강제성에서 출발한다. 여기서 다음과 같은 상황을 상상해 볼 수 있다. 기업이나 개인이 세금에 상응하는 액수만큼을 스스로 국가나 단체에 기부한다면? 이때의 자율적 기부금은 세금과 같이 근로 의욕이나 투자 의욕을 꺾는 것이 아니라 오히려 상승시키게 될 것이다. 이렇게 본다면 자율적인 성금이나 기부가 자유시장경제 체제하에서 제기되는 분배 문제에 얼마만큼 순기능을 할 것인지는 명백해진다.

얼마 전 독일 프랑크푸르트Frankfurt에서는 사회적 성금 활성화를 목표로 모금 컨설턴트를 양성하는 2년제 전문 직업학교인 '펀드레이징 아카데미Fundraising Academy'가 처음으로 개설됐다. 펀드레이징과 관련된 시장과 조직 이론 및 전략과 부기, 관련 법규 등을 공부하는 곳이다. 현재 독일에 있는 복지, 환경, 인권, 교회, 동물보호 단체 등 크고 작은 사회단체나 협회의 숫자는 무려 8만 개에 이른다. 연말이면 우체통에는 각종 단체에서 보낸 성금 안내장이 수북이 쌓인다. 소득이 넉넉한 사람뿐만 아니라 연금 생활자인 노년층까지 액수에 관계없이 빠뜨리지 않고 기부를 하는 것이 일상사가 되어 있다. 은행에 들어서면 상설 성금 창구가 따로 마련되어 있는 것을 어렵지 않게 볼 수 있다.

유럽에서 본격적으로 빈민의 개념이 생기게 된 것은 11~12세기 도시를 중심으로 부가 축적되면서부터이다. 당시의 빈민 개념은 부정적인 것만은 아니었다. 빈민이 사회적 문제로 부각되기 시작한 것은 14~15세기부터였다. 인구가 늘어나고 특히 무토지 농민 및 도시 빈민이 증가하면서 사회계층화되기 시작했고 심지어 걸인 길드가 형성될 정도에 이르렀다. 빈곤이 사회에 하나의 불안 요인이 될 수 있다는 인식이 시작된 것도 이때부터였다.

16세기 유럽에서는 신대륙 발견에 따라 급격히 증가하는 해외 무역과 경제활동으로 시장경제가 활성화되면서 계층별로 풍요와 빈곤이 동시에 확산되어 갔다. 이때부터 빈곤층의 목소리는 이제 부랑아의 단순한 투덜거림을 넘어 점차적으로 가진 자에 대한 분노의 감정으로 표출되기 시작한다.

세계 최초의 복지 시설

이 시기에 세계 최초의 복지 시설을 탄생시킨 야곱 푸거Jacob Fugger가 등장한다. 1516년 중세 유럽 상업의 중심지였던 독일의 고도 아우구스부르크Augusburg에 살았던 푸거는 빈곤층을 위해 자신의 재산을 기부한다. 그는 아버지 한스 푸거의 사업을 이어받아 당시 전 유럽의 상권을 장악했는데, 종교개혁의 불씨가 되었던 면죄부 판매가 마인츠의 대주교나 교황 레오 10세 등이 푸거에게 빌린 돈을 갚기 위해서였다고 하니 그 부의 규모가 짐작이 된다.

중세 영주들이 황제에게 충성을 맹세하며 서로의 이익을 위해 결탁하지 않을 수 없었던 시절, 황제와 돈거래를 했던 푸거는 아우구스부르크에서 사실상 영주 이상의 강력한 지위를 누렸다. 그런 그가 죽기 전 구빈을 위한 자선 사업을 시작한다.

야곱 푸거가 세운 세계 최초의 복지 시설 푸게라이에는 지금도 많은 관광객이 찾아온다.

그가 가난한 시민을 위해 건설한 '푸게라이Fuggerei'라는 주택단지는 세계 최초의 사회화된 복지 주거 시설로 기록되었다. 푸게라이는 지금도 아우구스부르크의 명소로 남아 많은 관광객을 맞는다. 눈길을 끄는 것은 입주자의 자격 요건인데, 우선 범죄 사실이 없어야 하고, 빈민 증명서를 갖고 있어야 한다. 그리고 가장 중요한 것이 바로 아우구스부르크의 시민이어야 한다는 것이었다. 당시 아우구스부르크의 시민이라면 아우구스부르크라는 작은 나라의 국민인 셈이다. 작은 나라, 즉 성 안에서 한 사람도 탈락해서는 안 된다는 영주나 지배층의 노블레스 오블리제라고나 할까? 크게 보면 개인과 국가의 이익이 어긋나지 않기 때문일 것이다. 수 세대에 걸쳐 지배 계급으로 군림한 지배 계층이 갖는 자연스럽고 당연한 책임감과 도덕심일 수도 있다.

오늘날 영주나 지배층이 사라지고 모두가 똑같은 권리와 의무를 지닌 시민사회에서 노블레스 오블리제를 딱히 특정 계층만의 전유물로 보기는 어렵다. 오늘날 광범위하게 형성되어 있는 독일과 서유럽의 기부 문화는 더 이상 가진 자만의 전유물이 아니다. 계층을 막론하고 대부분 크든 작든 성의껏 일부를 사회로 던진다. 사회를 위하고 결국은 자신을 위하는 자연스런 시민들의 노블레스 오블리제이다.

이런 의미에서 성금 모금 전문가를 양성하는 펀드레이징 아카데미는 여러 가지 의미를 가진다. 기업이 브랜드를 개발하고 서비스를 강화하며 끊임없이 고객에게 이미지를 심어주듯이 모금업자들도 전문성과 철학을 가지며 조직적으로 기부 문화를 활성화하자는 것이다. 신학이나 심리학 등 인문사회학을 전공한 사람이면 성금 모금 전문가로 성공할 확률이 높다고 한다. 성금이 주는 사회적 순기능을 자신 있게 피력하며 소신껏 설득할 수 있어야 하기 때문이다.

시장경제 체제에서 감동만을 주는 사회는 존재하기 힘들다. 그러나 감동까지는 아니더라도 '인정하는 열린 공존'에 바탕을 둔 시민적 기부 문화의 활성화를 통해 체제의 약점을 보완하고 가다듬는 것은 결코 포기할 수 없는 과제일 것이다.

49

노동자를 울린 피날곤 연고

수출 1위 독일의 에스노 마케팅

"변화에 반응하는 속도가 느리다. 따라서 새로운 모델을 앞세운 시장 공략에는 비교적 신중해야 한다." 독일 시장을 공략하기 전에 타 유럽 국가들이 일반적으로 되새기는 비즈니스 잠언이다. 독일뿐만 아니라 스위스, 오스트리아 등 게르만족이 많은 다른 나라에도 적용할 수 있는 말이다.

이같이 어떤 나라 국민의 인성이나 풍속을 이용하는 마케팅을 에스노 마케팅Ethno Marketing이라고 한다. 민족 마케팅 혹은 인종 마케팅이라 부를 수도 있지만 '민속 문화 밀착 마케팅'이 부드러운 표현이 될 것 같다.

유럽에서 에스노 마케팅이 가장 발달한 곳 중 하나가 바로 독일이다. 웬만한 기업에는 에스노 마케팅만을 연구하는 전문가가 배치되어 있으며, 심지어 카엔데KND처럼 에스노 마케팅을 전문으로 하는 컨설팅 회사도 있다.

터키 · 유고슬라비아 · 이탈리아 · 그리스 · 스페인 · 포르투갈 등 곳곳에서 많은 외국인 노동자들이 독일로 들어와 정착해 있으니 그럴 만도 하다. 전후 경제성장기에 불가피했던 노동력을 외국 인력으로 채우면서 라인 강의 기적을 일구어낸 독일은 지금까지도 외국 인력의 선별적인 유입을 허용하고 있다. 합리적이고 꼼꼼한 나라인 만큼, 외국인 노동자 유입과 자국 경제의 관계에 대한 분석은 혀를 내두를 정도로 치밀하다.

외국인 노동 유입과 경제성장률의 관계, 자국민의 일자리 등이야 기본적인 고려 사항이겠지만, 독일은 외국 인력 송출 국가와의 수출 관계 변화까지 다각도로 분석한다. 외국인 노동자가 독일에 거주하면서 사용하는 독일 제품의 이미지가 노동자의 고국 가족이나 마을로 확산되는 정도까지 측정하는 것이다. 이것들이 모두 글로벌 마케팅의 살아 있는 자료로 활용된다. 그러기 위해서는 독일에 거주하는 외국인 노동자의 민족적 성향이나 풍속의 변화 등 시대적 흐름을 수시로 점검해야 한다. 독일에 에스노 마케팅이 필요하고 그것이 발달할 수밖에 없는 이유가 여기에 있다. 세계 수출 1위를 달리는 독일, 장인정신으로만 이루어지는 것이 아닌 모양이다.

독일로 노동력을 가장 많이 송출한 나라는 터키다. 약 240만 명의 터키인이 독일에 거주하고 있다. 오델로Othello 같은 통신회사는 전기나 전화가 귀한 터키 시골 지역 출신의 이민 1세대들의 정서를 파고드는 광고로 성공을 거두고 있다. 물론 터키 신세대를 상대하는 광고는 별도로 만든다. 고급 자동차 메르세데스 벤츠 사에도 터키인을 위한 에스노 마케팅 전문가가 포진해 있다. 현재 독일에 거주하는 터키인 5명 중 1명이 벤츠를 타고 다닌다. 모두 생활이 넉넉해서 그런 것은 아니다. 아무래도 외국에서 단순노동자로 생활하면서 갖게 되는 정신적인 보상심리도 작용하기 때문일 것이다.

외국인 노동자도 엄연한 시민이다

에스노 마케팅이 그저 상술에 그치지 않고 진심과 결합될 때 그 위력은 커지고 감동은 배가된다. 1987년 터키인만을 상대로 마케팅에 주력하면서 약품을 개발한 제약업자 카를 토메Karl Thomae의 일화는 유명하다. 그는 터키 출신의 많은 노동자들이 공장에 다니면서 얻는 허리 고통에 관한 이야기를 듣고 진심으로 그들의 아픔을 생각했다. 그는 독일에서 일하며 거주하는 사람 모두가 건강한 독일 시민이어야 한다는 생각으로 외국인 노동자의 허리를 어루만지기로 마음먹었고, 그 결과 허리 통증을 완화하는 연고인 피날곤Finalgon을 개발했다. 사업이나 돈벌이를 떠나 하나의 인간으로서 보여준 그의 마음은 외국인 노동자들의 허리뿐만 아니라 외로움과 고독까지 감싸주었다. 독일어와 터키어로 함께 쓰인 연고 사용 설명서를 봐도 그렇다. 노동의 강도와 시간대에 따라 어머니가 보살펴주는 듯 자상하게 설명해 주고 있다.

인간은 어쩌면 모두가 신神. 위장된 진심과 고뇌하는 진심은 가려지는 모양이다. 연고를 바르며 눈물을 훔치는 노동자도 있었다. 피날레는 독일에서 활동하는 터키인 노동자는 물론 터키 본국인과 많은 유럽인에게 커다란 감동을 주었다.

어려웠던 1960년대, '코리안 에인절'로 불리던 간호사와 타국의 지하 1,000미터 갱도에서 땀을 흘린 광부들이 있었다. 그러나 이제 우리 대한민국도 외국 노동력이 몰려드는 인력 유입국이 되었다. 외국 인력에 대한 정당한 대우는 국제적인 국가 신뢰도와 직결된다. 마침 동남아 등지에서 불고 있는 한류 열풍과 함께 에스노 마케팅에도 관심을 가질 때이다.

외국인 노동자뿐만 아니라 지금 우리의 농촌에서는 외국 여성과 가정을 이루는 경우도 드물지 않게 볼 수 있다. 단일민족이라는 대한민국도 이제는 바야흐로 다민족국가로 변화하고 있다. 이러한 새로운 시대에서 무엇보다 잊지 말아야 할 것은 외국인 노동자와 이주자에 대한 인간적인 보살핌과 배려일 것이다. 그들도 엄연한 우리 사회의 주인이요 시민이기 때문이다.

그러나 무엇보다 중요한 것이 아직 남아 있다. 우리 사회에서 우리들 스스로가 한 사람도 예외 없이 희망을 가지며 넉넉하게 살아가야 그들을 진정으로 배려하고 포용할 수 있다는 사실도 잊지 말아야 할 것이다.

50

세계 최초의 장애인 맥주 공장

리바이어던의 교훈과 부르크가이스트

독일에서도 장애인은 소외 계층의 대명사이다. 독일을 비롯한 서유럽에서는 극소수의 장애인을 위해 엄청난 시설 투자를 한다. 시내버스에는 장애인이 휠체어를 타고 쉽게 오를 수 있도록 시설이 완벽히 갖춰져 있다. 웬만한 대학에는 몇몇의 장애인을 위해 휠체어를 타고 고층의 강의실까지 직접 들어갈 수 있도록 만들어놓았다. 엘리베이터에는 장애인이 쉽게 누를 수 있는 위치에 버튼이 따로 설치되어 있으며, 천장에 손잡이가 달린 넓은 화장실 설비는 기본이다. 당연히 극소수 몇 명만이 이용한다. 그렇게 생각해서는 안 되겠지만, 우리가 보기에는 아까울 정도다.

학교에서 장애인들이 시험을 치르는 과정을 보아도 독일 사회의 합리성을 읽어낼 수 있다. 손이 있어도 쓸 수 없는 장애인에게는 구술시험만으로 시험을 치르게 한다. 장기간 약을 복용해야 하는 장애인들에게는 약물 복용으로 인한 집중력 저하가 있을 수 있기 때문에 전문가의 의견을 듣고 일부 과목에 대해 시험을 면제해 주거나 출제 문항을 줄여준다. 그러나 반드시 관문을 통과해야 한다는 사실에는 변함이 없다. 배려하되 공정한 경쟁이 이뤄져야 한다는 취지다. 이런 관점에서 본다면 장애인이라고 특별한 혜택이 부여되지 않는 나라라고 할 수 있다. 균형 잡힌 경쟁으로 장애인을 당당한 시민으로 끌어안고 있는 것이다.

특히 독일 남부 소도시 마르부르크Marburg는 '장애인 친화 도시'로 불려도 손색이 없는 도시다. 시각장애인을 위해 읽어주는 컴퓨터는 물론 기숙사 등 모든 건물이 비장애인과 마찬가지로 쉽게 이용할 수 있도록 설비되어 있다. 기숙사에서는 장애인의 장애 정도에 따라 간호사나 자원봉사자가 그림자처럼 따라다닌다. 말이 쉽지 결코 쉬운 일이 아닐 것 같다. 장애인과 상대적 약자를 배려하는 사회와 비장애인의 정성이 단순한 인간애로 출발하는 것 같지는 않다. 태어나면서부터 가지는 신체적·경제적 핸디캡을 고려하면서 가능한 한 모두가 공정하게 출발해 보자는 사회적 정의가 없이는 불가능해 보인다. 이런 사회적 정의가 자연스럽게 시민사회에 정착할 수 있었던 것은 그들이 가진 부르크가이스트의 평등적 공존정신이 강하게 작용하고 있기 때문일 것이다.

장애인 등 사회적 약자를 배려하려는 독일의 노력을 보면 중세 봉건사회가 쇠퇴기로 접어들던 당시 유럽 사회에 충격을 주었던 『리바이어던Leviathan』의 교훈이 떠오른다. 저자인 홉스Thomas Hobbes는 공동 권력에 의한 정의가 없는 인간 사회는 만인에 대한 만인의 투쟁으로 이어져 약육강식의 야만적 자연 상태로 빠지게 된다고 지적했다. 불만과 원성 속에서 불법이 난무하는 균열의 사회가 바로 홉스가 지적하는 현대적인 야만적 자연 상태일지도 모른다.

장애인 문제를 떠나서도 생각해 보면 오늘날 우리 경제적 인간Homo Economicus은 공유해야 하는 자연이나 사회적 환경, 그리고 타인의 처지와는 무관하게 오로지 자기와 자기가 속한 집단의 눈앞 이익을 극대화하는 무차별적 경쟁에 익숙해져 있다. 자기가 속한 이익단체의 극단적 로비에서부터 모든 분야에서 벌어지는 양극화, 급기야는 국제적인 테러까지도 어찌 보면 홉스가 이야기하는 자연 상태라고 할 수 있다.

인간이 자연 속의 늑대와 다르다는 사실은 명백하다. 야만적 자연 상태를 극복하기 위해서는 집단이나 개인이 공평하고 평등한 조건에서 서로의 권리를 인정하는 '사회적 정의'가 필요하다. 독일 및 서유럽에서 이뤄지는 소외 계층과 장애인에 대한 배려는 바로 '사회적 정의'를 성실히 실천해 가는 하나의 좋은 예이다. 공동선과 사회적 연대감을 중시하는 광장의 역할이 비교적 빨리 발달한 유럽의 역사, 그리고 부르크가이스트와도 관련을 가지는 대목이다.

생산적 사회보장의 전형

몇 년 전 세계 최초의 장애인 맥주 공장이 독일에서 탄생한 것도 이와 무관치 않다. 당시 독일 노르트라인베스트팔렌Nordrhein-Westfalen 주 올스베르크Olsberg의 하늘에는 "우리도 해낼 수 있다!"라는 장애인들의 함성이 높이 퍼져나갔다. 세계 최초의 장애인 맥주 공장이 탄생하는 순간이었다. 독일에는 이처럼 장애인 위주로 꾸린 소규모 업체가 많다. 세탁 공장도 있고 대형 슈퍼마켓도 있다. 비장애인 못지않게 경영을 해나간다.

독일 정부에서는 올스베르크의 장애인 맥주 공장에 대해 재정의 일부를 지원한다. 지원금은 어차피 장애인에게 지불해야 할 사회보장비이다. 공장이 가동되는 아침 시간이 되면 장애인들은 휠체어의 높이에 따라 물탱크, 가마솥, 보일러 등에 앉아 작업을 시작한다. 작업장 모니터에는 작업 순서가 질서 정연하게 나타난다. 일부 장애인들은 전문교육을 받아 맥주의 대가Meister가 되려는 꿈을 키우고 있다. 장애인 청소년에서부터 장애인 노인까지 모두의 땀과 정열과 희망으로 맥주를 빚어내는 이 회사를 '융합 회사'라고 부를 수 있지 않을까?

그들은 또 하나의 희망을 가지고 있다. 자신들의 회사가 비장애인이 가질 수 없는 것들을 끝없이 녹여낼 것이라고 한다. 에너지 보존의 법칙에 따르면 어떤 변화에 관계없이 전체 에너지양은 일정하다. 이곳의 장애인들은 비장애인이 가지지 못한, 자신들만이 가지고 있는 숨어 있는 에너지를 맥주에 녹여내고자 한다.

장애인들은 맥주 공장을 '테마의 광장'으로도 꾸며 방문객을 맞이한다. 자신들의 의지와 노력을 사회에 겸허하게 되돌려주겠다는 뜻이다. 이 정도면 생산적인 사회보장의 전형적인 사례로 손색이 없을 것이다.

51

공존의 철학, 아베다

자연이 키워낸 아이 레켈바커의 꿈

오스트리아 케른텐Kernten 주의 주도인 클라겐푸르트Klagenfurt는 자연과 문화의 도시로서, 사람과 자연이 서로를 더불어 가꾸고 성장하는 곳이다. 오스트리아 빈에서 이탈리아 방향으로 가다 보면 국경 지역에 클라겐푸르트가 은은한 숲 향기를 뿜으며 사람들을 맞이한다. 중·동·남부 유럽을 연결시켜 주는 지리적 여건 때문에 7~8세기부터 전쟁과 평화가 반복된 이곳에서는 다양한 행사를 통해 평화를 지키자는 목소리가 끊임없이 메아리친다. 여름이면 유럽 최대 규모의 목재 박람회가 열리는 곳이기도 하다.

시내에 들어서면 전형적인 유럽 고도의 모습이 드러난다. 고딕, 로만에서부터 현대에 이르기까지 다양한 양식의 건물들, 성당과 수도원, 궁전, 박물관, 수도원, 음악당, 극장, 레스토랑, 호텔, 서점, 호프집과 카페……. 구시가 광장에는 거리의 악사와 집시, 음대생들의 즉흥

거리 연주와 인형극이 펼쳐진다. 옆에는 거리의 화가들이 주저앉아 그림을 그리고 꼬마들은 그들에게 동전을 건넨다. 참으로 평화로운 광경이다.

외곽지로 빠져나가면 아름드리 울창한 나무가 깊은 초록의 산책길을 만들고, 구스타브 말러Gustav Mahler나 브람스 같은 대가들이 음악적 영감을 얻었다는 뵈르터 호수가 여유롭게 자리 잡고 있다. 『추락하는 것은 날개가 있다』라는 시집으로 우리에게도 잘 알려진 잉게보르크 바흐만Ingeborg Bachmann이 태어난 곳이기도 하다. 새로운 언어와 유토피아를 갈구했던 바흐만의 생가가 보존된 이곳 클라겐푸르트에서는 초여름이 시작되면 바흐만 문학상 행사로 열기가 더해진다.

평화 · 화합 · 공존을 강조하는 자연 친화적인 화장품 회사로 세계적으로 유명한 아베다Aveda의 본사는 미국의 미네소타 주에 있다. 그러나 아베다의 경영 철학이 싹트기 시작한 곳은 바로 이곳 클라겐푸르트이다. 창업자인 레켈바커Horst Rechelbacher의 고향이 이곳이기 때문이다.

클라겐klagen은 '호소하다'라는 뜻이다. 클라겐푸르트라는 도시명 자체가 묘하게도 무엇인가를 끊임없이 호소한다는 의미를 지니고 있다. 울창한 나무숲과 호수의 낭만이 어우러진 자연 속에서 자라난 레켈바커는 무엇을 호소하기 위해 산과 한 몸이 되었을까. 어린 시절과 청소년기를 클라겐푸르트에서 보낸 그는 식물학자인 어머니의 손에 이끌려 함께 약초를 캐며 산속으로 돌아다녔고, 약초를 캔 어머니가 가난한 이웃들을 무료로 치료해 주는 것을 보며 자라났다. 어린 레켈

레켈바커가 태어난 도시 클라겐푸르트의 전경. 한눈에 보아도 숲이 많음을 알 수 있다. 흰 건물은 클라겐푸르트 대학이다.

바커는 아름다운 자연 속에서 피어나는 아름다운 마음의 조화와 화합의 의미를 조금씩 깨달아가고 있었던 것이다. 자연이 선사하는 약초에 대한 고마움과 아름다움에 대한 탐구가 일생으로 이어지기 시작한다.

미적 탐구에 집착한 레켈바커의 학교 성적은 엉망이었다. 그러나 꿈을 가진 그에게 학교 성적은 크게 문제가 되지 않았다. 앞서도 말했지만 오스트리아도 독일과 비슷하게 초등학교 4~5학년을 마치면서 1차적인 진로가 결정된다. 그는 미용사가 되는 직업학교를 선택하여 차근차근 꿈을 실현해 나간다. 어느 직업학교든 학과목 외에 일정 시간은 현장 실습으로 채워지므로 일찍부터 미용 산업 분야의 견습공 생활도 거쳤다. 레켈바커는 18세부터 로마와 런던 등지에서 미장원의 종업원으로 일했다. 배우 소피아 로렌Sophia Loren의 포스트를 오려

수집하는 것도 일과였다고 한다. 로렌의 아름다운 헤어스타일은 아름다운 그녀의 마음속에서 피어난다고 믿었기 때문이다.

환경과 평화, 자연과 함께하는 공존의 철학

레켈바커는 4년 후인 1961년, 22세의 나이로 미국 뉴욕의 미용 대회에서 자신의 컨셉트를 발표하기에 이른다. 2년 후에는 4,000달러를 융자해 미용 살롱 '호스트 오브 오스트리아Horst of Austria'를 열면서 꿈을 이루기 시작한다. 이를 토대로 1978년에는 자연 화장품 '아베다'를 만들었으며, 환경과 평화, 자연과 함께하는 공존의 철학을 통해 최고의 기업으로 키워냈다. 얼굴과 머리 모양만 가꾸는 것이 아니라 몸과 마음의 건강함과 아름다움을 동반하는 '아베다 컨셉트 살롱'은 오늘날 미국과 유럽, 아시아 등지에서 7,000여 개에 이르고 있으며, 오직 아베다 화장품만으로 미용실을 운영하는 곳도 3,000여 개에 달한다.

모발용과 피부용 화장품, 향수 등 500여 가지의 화장품을 생산하는 아베다의 제품 중 절반은 순수 자연원료 포함량이 97%에 이른다. 아베다는 무자비한 원료 채취와 환경 파괴를 거부하며 세계 도처의 원주민들과 더불어 살면서 자연을 관리하는데, 브라질의 토착 부족민과 손잡고 생산한 우루쿠Uruku 브랜드는 그 좋은 예이다. 아베다는 또한 쓰레기 문제로 몸살을 앓고 있는 지구를 위해 쓰레기를 배출하지 않는 제품을 생산하겠다는 야심도 갖고 있다.

1998년 경영 일선에서 물러나 환경운동을 하고 있는 레켈바커는 여전히 아베다를 후원하는 아이디어맨이요 정신적인 지주로 남아 있다. 클라겐푸르트가 키워낸 레켈바커는 지구촌 오지에 버려진 소외된 사람들을 위해 지역공동체를 활성화시키고 공존과 평화를 믿으며 실천한 기업인이요 철학인이다.

52

벨기에의 아르덴 숲과 이케아

아르덴 숲에 가져가야 할 세 가지 것

독일 · 프랑스 · 오스트리아 · 스위스 등 서유럽 선진국에는 광적으로 숲을 좋아하는 사람들이 많다. 소위 삼림욕을 즐기는 '열성파 산책인'들이다. 이들은 자기나라뿐만 아니라 특색 있는 숲이 있다면 유럽 어느 곳이든 찾아 나선다.

특히 인기 있는 숲 중 하나가 바로 벨기에 남부 아르덴Ardennes 지역의 숲이다. 아르덴 숲의 투박한 수려함이 이들을 사로잡는다. 특히 가을이 되면 밤나무와 떡갈나무 등이 누렇게 변하기 시작한다. 숲 주위에는 옛 봉건지주들이 살았음직한 대저택과 사원, 고성의 흔적이 어우러져 클래식한 분위기를 만들어낸다. 셰익스피어William Shakespeare의 걸작 『한여름 밤의 꿈』에 피어난 환상적인 로맨스의 무대가 바로 아르덴 숲이다.

이런 아르덴 숲이 유럽의 산책광에게 인기가 없을 리 없다. 그런데 이들 사이에 회자되는 아르덴 숲에 대한 재미난 이야기가 있다. 숲을 찾아가기 전에 꼭 준비해야 할 세 가지 것, 즉 용기와 붕대, 넥타이에 관한 이야기이다.

아르덴 지역의 숲 속에 들어가면 수많은 길 안내 표지판이 산책객을 안내한다. 하지만 워낙 숲이 울창하고 길이 복잡하여 안내판을 착실히 따라가도 엉뚱한 곳을 헤매게 되는 경우가 종종 있다. 산책길을 잘못 선택하면 끝없이 좁은 길로 빠져들어 잘못하면 산림 벌목꾼으로 오해를 받을 수도 있다. 그래서 아르덴 숲을 산책하기 위해서는 '용기'를 가져야 한다.

아르덴 지역 일대의 숲은 아직도 개인 소유인 곳이 많다. 산책을 하다보면 철조망 같은 것이 보이는데, 바로 이런 곳이다. 물론 철조망의 높이가 1.5m를 넘지 못하도록 되어 있기는 하지만 전기 장치까지 허용하기 때문에 조심해야 한다. 산책을 하다가 철조망에 걸려 옷이 찢어지고 다치거나 감전사고도 있을 수 있으니 '붕대'만큼은 꼭 가져가야 하는 것이다.

산책을 하다가 허기가 지면 식당을 찾아야 한다. 이럴 땐 값이 싸고 허름한 식당에서 요기를 하는 것이 제격이다. 선술집에서 감자튀김 등을 안주 삼아 목을 축이는 재미는 산책객들에게 빼놓을 수 없는 즐거움일 것이다. 그러나 아쉽지만 이런 소박한 꿈은 아르덴 숲에서는 접어야 한다. 대부분이 호화로운 고급 식당이기 때문이다. 그렇다고 현대식 건물의 레스토랑은 아니고 대저택이나 사원을 개조한 것들로 음식 값이 비싼 편이다. 여기에 오는 손님은 대부분 산책객이 아니라 지리를 잘 아는 자동차 관광객이나 미식가들이다. 분위기에 맞게 말끔한 정장 차림으로 식탁에 앉아야 허기를 채울 수 있다. 그래서 '넥타이'를 준비해야 하는 것이다. 모든 시민을 감싸야 할 자연의 숲이 자본 앞에 무릎을 꿇어서는 안 된다는 시민의 항의가 풍자적으로 섞여 있다.

이러한 아르덴 숲의 풍경에 세계적인 스웨덴 가구업체 이케아IKEA의 이미지가 묘하게 오버랩된다. 이케아는 서유럽인들 중 모르는 사람이 거의 없을 정도로 유명한 스웨덴의 가구업체이다. 서유럽에서 공부했던 한국 유학생이나 교민 생활을 했던 사람 중에서도 이케아를 기억하는 사람이 많다. 저렴한 가격으로 간단한 것을 구입해서 조립해 본 경험이 있기 때문이다. 이케아 제품은 값이 저렴하면서도 실용성이 뛰어나 한 번쯤 탐을 내게 된다. 더욱 놀라운 것은 심플하면서도 싫증나지 않고 어디 두어도 어울리는 디자인이다. 이케아는 탁월한 디자인과 함께 '절반은 우리가, 나머지는 고객의 땀과 함께'라는 슬로건으로 가격 인하에 성공하면서 세계로 시장을 넓혀갔다.

이케아는 독일 등지에서 심플하고 현대적인 이케아 가구를 배치한 카페식 레스토랑 체인을 직접 운영함으로써 사업 영역을 성공적으로 확장해 나가고 있다. 오늘날 소비자들은 이케아에서 가구만 사는 것이 아니라 푸짐하고 저렴한 핫도그와 커피 등을 이케아풍의 분위기에서 패키지로 즐기고 있다. 아르덴 숲 속의 비싼 고급 레스토랑을 원망하는 시민들의 한을 풀어주고 있는 셈이다.

노동자의 땀과 사회란 숲을 사랑한 사람

이케아를 설립한 잉그바르 캄프라드Ingvar Kamprad는 1926년 엘름타리드Elmtaryd 농장에서 태어났다. 그곳은 당시 스웨덴에서 가장 가난한 아군나리드Agunnarid 지역에 있었으며, IKEA라는 회사 이름은 그의 이름과 출생지의 첫 글자를 모은 것이다. 그는 17살 되던 1943년, 가난한 아버지의 용돈을 빌려서 고향의 뜰에서 볼펜 등을 팔아 모은 돈으로 어렵게 이케아를 설립했다.

캄프라드의 첫 작품은 울창한 스웨덴의 숲 속에서 탄생했다. 그는 모든 시민을 위한 값싼 물건을 만들어야 한다는 생각으로 홀로 숲 속에서 땀방울을 흘리며 좋은 나무를 골라 다듬고 부수고 맞춰나갔다. 외로운 작업에 골몰하면서 선을 보인 첫 작품은 나무로 만든 사다리꼴 모양의, 우유통을 쉽게 운반할 수 있는 도구였다. 그때가 1951년, 오늘날 세계적인 가구업체 이케아가 탄생하는 순간이다. 그는 이때부터 다른 것은 포기하고 오직 값싸고 품질 좋은 가구 생산에만 매달리게 된다.

이케아는 대형 백화점이 장악하고 있던 유럽의 가구 유통 구조를 단숨에 파괴해 버렸다. 기존의 유통 구조로는 운반 과정도 복잡했고 가격도 비싸게 책정될 수밖에 없었다. 누구보다 귀중한 땀방울을 흘리며 일하는 노동자에게는 그림의 떡인 가구들이었고 그는 그런 점이 슬펐다.

이러한 문제를 해결하기 위해 고안된 조립식 가구는 유럽의 가구업

파란 바탕 위에 노랗게 새겨진 이케아의 간판 로고. 실용적 가구 분야의 세계적 신화를 이뤄낸 가구업체이다.

계에 일대 혁명을 불러일으켰다. 가격의 절반은 조립하는 당신의 땀에 포함되어 있다는 모토로 가격을 대폭 낮추었다. 구매자가 직접 조립하는 이른바 DIY Do It Yourself이다. 하지만 땀 흘리는 수고보다는 조립하는 재미가 더 컸다. 새로움을 창조하듯 하나둘씩 맞추어가면서 드러나는 가구의 형상은 어른들의 성취감을 만족시키는 훌륭한 장난감이었다.

이케아는 산학 연계를 철저히 하는 기업이다. 세계 소비자의 눈을 사로잡은 심플하면서도 매혹적인 디자인은 멀리는 스웨덴 교육제도와도 관련이 있다. 복지의 나라인 북유럽의 스웨덴 · 노르웨이 · 덴마크 · 핀란드 등은 철저하게 기회 균등적인 교육을 통해 능력과 소질에 따라 인재를 개발한다. 이케아의 철저한 산학 연계가 특히 빛나는 분야가 바로 디자인 분야이다. 지금 북유럽의 뛰어난 학생들이 디자인의 위력을 알고 그 분야에 뛰어들고 있으며 직업학교는 직업학교대로, 기업은 기업대로 철저한 산학 연계를 통해 능력을 함께 키워준다.* 노키아Nokia, 볼보Volvo, 사브SAAB, 레고Lego 등 이름만 들어도 알 수 있는 기업들도 이러한 산학 연계를 통해 경쟁력을 높이고 있다.

1950년대 스웨덴 사회민주당이 민족 스웨덴을 외쳤을 때, 캄프라드는 '가구 스웨덴'을 위해 자신의 운명을 걸었다. "땀은 정직하고 좋은 것이다"라면서 근면과 절약을 강조했던 캄프라드는 실제로 자전거로 출퇴근했다. 노동자의 귀중한 땀과 자신의 땀을 사랑한 캄프라드는 직원들에게 이면지 사용을 지시하여 자신들에게 파괴되는 숲에 대한 미안한 마음을 표현하기도 했다.

오래전부터 스위스에 이주하여 살고 있는 세계적인 대갑부 캄프라드는 여느 할아버지 할머니처럼 동네 슈퍼에서 할인 행사를 할 때 필요한 것을 몽땅 구입해서 냉동고에 보관할 정도로 근검절약하는 것으로 유명하다. 그러나 사회를 향한 기부금만큼은 절대로 아끼지 않는다. 자연의 숲만큼 사회라는 숲을 사랑하는 사람이기도 하다. 죽을 때 동전 한 닢도 가져가지 않겠다고 약속했다. 세 아들이 있지만 그들의 삶은 자신들의 몫이라고 생각한다. 주변 여느 어버이들처럼 말이다.

---

* 스웨덴의 시스타(Kista)에 있는 사이언스 시티는 미국의 실리콘밸리에 이어 세계 제2의 첨단 기술 단지로 꼽히는 곳이다. 학교와 연구소, 기업들이 대거 밀집해 철저한 산학 연계가 이루어진다.

53

서유럽 구멍가게의 고급화 전략

대형 할인점과 영세 업체의 공존

마르크스의 진단에 따르면 공룡처럼 덩치를 키워가는 기업들의 치열한 각축전이 벌어지는 정글에서 패자는 실업자를 쏟아내면서 모조리 퇴출당하고, 남은 승자는 또 다른 경쟁 상대를 만나게 된다고 한다. 자본주의는 이렇게 병들기 시작하고 생산능력의 확장이 정지되는 시점에 이르면 오직 분배 문제만을 안은 채 고독한 싸움을 해야 할 것이며, 공산주의가 그 대안이 될 것이라는 주장이다.

M&A(인수합병)라는 단어가 일상어가 되어버린 지금, 마르크스의 진단은 한편으로는 설득력 있어 보인다. 하지만 병든 자본주의를 치료할 대안으로 내세웠던 공산주의는 자본주의보다 먼저 병들어 역사의 뒤안길로 사라졌다.

유럽 유통 시장에서도 덩치가 큰 대형 유통업체들이 시장을 장악하고 있다. 프랑스계 까르푸, 엥테르마쉐, 프로메데스, 네덜란드계 마크로, 영국계 막스 앤 스펜서를 비롯해 독일계 메트로, 레베, 에테카, 영국계 테스코 등의 대기업이 상품의 배분을 주도한다. 유럽 전역에 거점을 확보하고 치열한 경쟁을 펼친다. 그런데 자세히 들여다보면 대형 유통업체들은 국제시장에서는 치열하게 경쟁하면서도 정작 국내시장에서는 신중하게 대처하는 것을 볼 수 있다.

이전부터 독일에서는 FOCFactory Outlet Center* 개점을 놓고 산발적인 논쟁이 있어왔지만, 그것이 본격화된 것은 2000년에 들어서였다. 논쟁의 진원지는 구동독 지역인 메클렌부르크포어포메른Mecklenburg-Vorpommern의 주도인 슈베린Schwerin이었다. 베를린과 함부르크 사이의 고속도로에 초대형 할인 매점을 갖추고 유명 브랜드를 비롯한 갖가지 제품을 싼 가격에 판매하자는 것이다. 당시 슈베린 주 경제 내각이 앞장서서 FOC 설립을 추진했다.

독일에는 여름과 겨울 등 계절이 끝날 무렵에 실시되는 '슐루스페카웁Schluss Verkauf'이라는 바겐세일이 있다. 좋은 상품을 싼값에 거머쥘 수 있기 때문에 첫날 아침에는 문전성시를 이룬다. FOC 개설을 찬성하는 사람들은 독일 소비자들에게 연중 열려 있는 슐루스페카웁의 기회를 주자고 주장한다.

그러나 지역상공회의소나 기타 거래인 단체, 인근 지역 시장, 주민

---

* 우리나라의 대형 할인 매장과 유사한 것이다. 할인 매장(discount store)의 효시는 1948년 퍼카우프(Eugene Ferkauf)가 미국 뉴욕에 개설한 코베트(Korvette)로서 이후 할인 매정은 미국 유통업계의 대표적 유형으로 자리 잡아갔다.

들의 생각은 달랐다. 주변 상권을 흔들어 결국은 사회 전체에 손실을 초래한다는 것이다. 거래인도 줄어들고 전통 가게도 사라지고 투자도 줄어들고 전통 카페마저 문을 닫게 된다는 것이다. FOC는 자본의 위력만을 무기로 삼는 앵글로색슨 문화에나 어울리는 것이라고 주장했다. 할인점이 들어서면 주변 상권이 전부 고사 상태에 놓이는 우리와는 다르게 유럽의 구멍가게는 이미 제품과 품질에서 고급화의 이미지로 차별화하고 있었음에도 논쟁은 꼬리를 물었다.

FOC는 '재앙인가 축복인가?Fluch Oder Cool?' 논쟁을 보면 그것이 가진 두 얼굴, 야누스적 특징이 잘 드러난다. 비슷하거나 같은 물건을 싼 가격으로 판매하여 소비자의 효용을 증대시키는 것은 분명 축복이다. 또 소비자들을 집중화해 비경쟁적인 관계의 상권을 활성화시킨다는 점, 일정한 고용을 창출한다는 점에서도 긍정적이라고 할 수 있다. 그러나 축복만 있는 게 아니다. 주위의 빈곤을 가속화시키는 것이 사실이다. 예를 들면 값싼 제품을 대량 유통시킴으로써 그와 관련된 수많은 하청업자들의 임금을 조금씩 갉아먹게 만들며, 같은 제품을 취급했던 영세 업체들은 직격탄을 맞게 된다. 할인점에서 창출했던 고용은 영세 업체들의 퇴출로 상쇄되어 버린다. 그 와중에 자본은 소리 없이 할인점으로 집중되며 전체적으로 균형을 이뤘던 시장이 충격을 받으며 사회적 비용이 발생하게 된다.

때문에 서유럽에서 할인 매장이 들어설 때는 업체와 소비자인 시민, 주위의 재래 상권, 행정 당국 등이 머리를 맞대고 상생의 길을 찾는다. 이들은 결코 서둘지 않는다. 특정 자본의 효율성을 인정하지만, 건전한 시장의 균형 상태를 더 중시하는 것이다. 부르크가이스트의 하나인 평등적 공존정신을 가진 그들에게 이것은 절대 소홀히 할 수 없는 문제이다.

생산자와 소비자를 묶는 비장의 무기

우리나라에서도 대형 유통업체와 맞선 영세 구멍가게와 재래시장의 활성화 문제가 뜨거운 감자가 된 것은 어제오늘의 일이 아니다. 대형 할인 매장의 가격 · 물량 공세에 허덕이면서 끊임없이 생존의 길을 모색하고 있지만 사정이 좀처럼 여의치 않다. 여기서 유럽의 구멍가게들이 어떻게 살아남았는지를 살펴보는 것도 도움이 될 것이다.

구멍가게가 할인 매장과 같거나 유사한 상품을 취급하면서 가격 경쟁을 한다는 것은 계란으로 바위를 치는 것처럼 무모한 짓이다. 그렇다면 유럽의 영세 업체와 구멍가게들은 완전히 설 자리를 잃고 사라져 버린 것일까? 천만의 말씀이다. 이들은 도심지 골목마다, 그리고 시골 변두리 곳곳에서 튼튼한 아성을 쌓아가고 있다. 서유럽의 구멍가게는 공급 물량이 제한되어 대형 유통업체가 취급하기 힘든 소량의 최고급품만을 취급하는 경우가 많다. 최고의 치즈, 최고의 와인, 최고의 계란, 최고의 꿀, 최고의 구두, 최고의 모자만을 다루는 식이다. 유럽인들의 생필품인 치즈만 해도 그 종류가 수없이 많으니 구멍가게가 지켜나갈 수 있는 자리 수는 엄청날 것이다. 구멍가게 주인들은 특정 농가나 가족형 영세 업체들을 상대로 최고 품질의 상품을 지속적으로 공급받기 위해 부지런히 뛰어다닌다.

그들은 자기가 취급하는 품목에는 이미 확고한 전문가이다. 방목해 키운 젖소에서 나오는 우유로만 치즈를 만들어달라고 당부하기도 하고 최고 품질의 꿀을 확보키 위해 양봉 농가의 위치를 직접 선정하기도 한다. 사회적 자본이 충실히 형성되어 서로 간의 깊은 신뢰가 맺어져 있기 때문에 공급자와 호흡을 맞추어 장기적인 계획을 할 수 있다. 또한 이들은 공급 물량이 제한적이기 때문에 소수 고객 집단만을 상대로 하는 전략을 세운다. 소비자와 생산자의 매개 역할을 충실히 수행하면서 생존하는 것이다.

무리한 확장은 상품의 질을 떨어뜨리는 자충수로 이어진다. 절대로 욕심을 내지 않는다. 이들이 취급하는 품목의 상표에는 원료나 상품이 공급되는 허름한 농가의 모습들이 담겨 있다. 유효기간도 주인의 자필로 어설프게 쓰여 있다. 그러나 이것들은 백화점이나 대형 유통업체에서는 도저히 구할 수 없는, 명품에 가까운 최고품이 대부분이다. 이러한 구멍가게들을 '테마구멍가게'로 불러도 되지 않을까?

이러한 고급화 전략의 성공 배경에는 우리가 주목해야 할 중요한 요소들이 있다. 서유럽인들의 개성적인 소비와 다양하게 세분화된 직업교육이 유럽의 구멍가게나 영세 업체를 지탱하는 보이지 않는 힘으로 작용하고 있다는 점이다. 세분화된 직업교육을 받은 사람은 다양한 공급자층을 형성하고 다품종 소량 생산을 가능케 하기 때문에 구멍가게들이 비교적 쉽게 구색을 갖추고 경쟁력을 확보할 수 있게 된다. 또 소득수준이 높은 서유럽의 소비자들은 차별화된 제품에 쉽게 지갑을 열어준다. 획일적인 '미투me too 소비'가 아니라 비교적 개성적인 소비 성향을 갖는 것이다. 마지막으로 구멍가게 주인들 역시 무리한 욕심을 내지 않고 소명의식을 가지고 성실하게 자신의 가게를 운영하고 있다.

54

스위스의 시민 마케팅

건국일 축제, 하나되는 스위스

보덴 호수의 여름에서 압권은 화려한 대형 축포놀이다. 보통 8월 초로 축제일이 정해지는데, 스위스와 독일 각지에서 대낮부터 몰려드는 시민들의 자동차 행렬에 인근 도시의 교통이 마비될 정도이다. 축포놀이도 그렇지만 그것을 즐기려 그 먼 곳에서 마다치 않고 자동차를 몰아오는 분잡함, 그리고 그 속에서 읽을 수 있는 여유가 부럽다. 우리에 비하면 아기자기함이 덜하고 비교적 묵직한 사회 분위기 탓인지 이런 축포놀이에는 온 가족이 분주하게 나들이를 나선다.

콘스탄츠 지역에서 열리는 보덴 호수의 대규모 축포는 일몰과 함께 시작된다. 어두울수록 화려한 자태를 드러내는 불꽃을 감상하기 위해 호수 인근의 건물들은 잠시 불을 끈다. 하늘을 가르는 천둥소리와 함께 대형 폭죽이 보덴 호수 위를 뒤덮으며 화려하고 장엄한 광경을 연출한다. 불꽃은 지구의 평화나 보덴 호수의 영원함 등을 상징하는 갖가지 형상을 만들며 상공에서 춤추다 호수로 내려앉는다. 스스로 빛을 발하는 여름밤의 소나기가 호수 상공에서 곡예를 하다가 떨어지는 듯하다. 호숫가에서, 인근 언덕에서, 따로 마련된 연회장에서, 배 위에서 여름의 더위를 식히며 화려한 오케스트라와 함께 보덴 호수의 밤은 그렇게 깊어간다.

스위스와 그 인근 지역에서 행해지는 여름밤의 축포놀이는 스위스의 건국일이자 광복절인 8월 1일 근처로 날짜가 정해진다. 지금으로부터 약 700년 전인 1291년 8월 1일 슈비츠Schwyz 주를 비롯한 3개 주가 하나의 동맹으로 결성되면서 연방 스위스가 탄생했다. 그러나 이것은 단순한 동맹이 아니라 광복의 의미도 동시에 지니고 있었다. 당시 이 주들은 속국은 아니었지만 합스부르크 가 등 이웃 왕가들로부터 시달림을 받고 있었다. 이들은 이웃 왕가들의 억압에서 탈피하여 자유를 찾기 위해 뭉쳤던 것이다. 그래서 이날은 건국과 광복의 의미를 동시에 지니고 있다.

매년 8월 1일이 되면 건국 기념 행사 등 다채로운 경축 행사가 마련된다. 축포놀이는 그 하이라이트에 해당하는 행사이다. 집집마다 어른 아이 할 것 없이 밤늦도록 폭죽을 쏘면서 논다. 중국 등지에서 값싼 놀이 폭죽이 들어오지만, 그래도 대부분은 십자가가 새겨진 자국 제품을 구입한다. 십자가가 그려진 티셔츠를 입고 메이드인 스위스 축포를 쏘면서 하나의 스위스를 만드는 것이다. 이들은 이렇게 단순히 축제를 즐기는 것만이 아니라 축제를 통해 스위스라는 나라의 정체성을 표현하고 있다.

메이드인 스위스의 자부심

여론조사 기관인 유니폭스에 의하면 지난 20년 이래 최근 스위스인들의 애국심이 최고조에 달하고 있다고 한다. 실제 피부로 그것을 느낄 수 있었다. 축제 기간에도 스위스의 상징이자 국기인 빨강 바탕에 흰 십자가가 새겨진 티셔츠를 입는 스위스인들이 많아졌다.

13세기 신성로마제국의 황제가 슈비처 주에 하사한 빨간 바탕에 흰 십자가 국기는 기독교, 자유, 명예, 민주주의, 중립국의 의미를 간직한 채 오늘에 이르고 있다. 하지만 소련이 해체되고 동구권이 무너져 더 이상 중립국의 이미지가 의미를 갖지 못하게 된 오늘날, 스위스인들은 또 다른 정체성을 위해 가치 혁신에 몰두하였으며 그 결과 스위스 국기의 십자가는 스위스제 명품이라는 의미로 대체되고 있다.

십자가가 선명하게 새겨진 '메이드인 스위스'의 명품은 1,000여 가지가 넘는다. '맥가이버 칼'로 잘 알려진 '빅토리아녹스', 손목시계 '스와치', 동그란 초콜릿 '린트 스프링궐리', 봉봉 '리콜라', 압력냄비 '쿤 리콘', 치즈 '스브린츠', 건강음료 '바이오 스타라트', 생수 '하이디 란트', 군용향수 '벤거'……. 일일이 열거할 수 없을 정도이다.

때문에 스위스의 건국과 광복의 축제는 곧 시민 마케팅이자 메이드인 스위스에 대한 이미지 마케팅 그 자체이기도 하다. 갈수록 경쟁이 치열해져 가는 세계시장에서 기상천외한 마케팅만이 전부는 아니다. 신뢰에 바탕에 둔 마케팅이 아니면 성공하기 어렵다. 상품을 마주할 때 소비자는 기능적인 것과 동시에 상품의 이미지를 떠올리게 된다.

스위스는 오래전부터 세계적인 신뢰를 구축했고 세계는 그것을 인정하고 있다.

이와 같은 맥락에서 스위스 가정은 국기를 365일 게양한다. 관광대국인 스위스를 찾는 많은 세계인들에게 스위스 국기는 살아 있는 광고탑이 된다. 쉽게 넘겨버릴 일이 아니다. 빈궁한 지하자원과 강대국들 사이에 둘러싸인 지정학적 조건 등 우리와 닮은 점이 많은 스위스가 공평하고 효율적인 교육 시스템으로 인력자원을 개발하여 최고의 명품을 만들며 국민 모두가 한 몸이 되어 세계시장을 두드리고 있다. 통합된 사회에서 하나가 되어 국가와 사회에 대해 진정한 주인의식과 자부심을 가진다는 것은 이처럼 보이지 않는 많은 것들을 만들어낸다.

55

알프스와 진달래

신비의 사탕, 크로이터 봉봉

이제 사탕 이야기 하나로 매듭을 지을까 한다. 스위스인들의 주인의식은 참으로 대단하다. 스위스에 거주하는 외국인 노동자들은 관리자보다 오히려 같이 일하는 스위스인 노동자들의 눈치를 더 보아야 한다. 공장이든 회사든 스위스인들은 철두철미하게 맡은 바 작업에 몰두한다. 게다가 시스템과 장비도 초현대식이니 노동생산성이 세계 최고 수준에 도달하지 않을 수 없다. 방학이면 독일 대학생들은 스위스로 넘어와 아르바이트를 하고 싶어한다. 독일보다 인건비가 높기 때문이다. 경제에는 공짜가 없는 법. 인건비가 비싼 만큼 스위스 사람과 같이 일을 하다 보면 그만큼 땀을 더 흘리게 된다. 그 철저하다는 독일 사람을 그렇게 만들 정도라니, 역시 아무나 부자 나라가 되는 건 아닌 모양이다.

일할 때는 일개미처럼 맡은 일에 집중하지만 끝나고 나면 딴판이다. 천혜의 아름다운 자연, 산과 호수, 그리고 집집마다 가꾸어진 잔디와 꽃 속에서 여유를 즐기는 것이다. 스위스인들은 모두가 스위스의 주인들. 말로만 그런 것이 아니다. 똘똘 뭉쳐 일하고 똘똘 뭉쳐 함께 자연을 아끼고 가꾼다.

그 자연 속에서 '리~코올라~' 라는 느린 템포의 청량한 목소리가 긴 여운을 남기면서 알프스의 계곡으로 빨려 들어간다. 동시에 화려한 산비탈의 전경이 펼쳐진다. 이름 모를 봄꽃이 어우러져 있는 기막힌 절경. 청량제처럼 맑은 한 움큼의 공기를 뿌린다. 이것은 사탕으로 유명한 리콜라Ricola 사의 텔레비전 광고의 한 장면이다.

리콜라의 본사는 바젤Basel 변두리에 있다. 바젤은 로마와 중세의 흔적이 남아 있는 곳으로 프랑스 · 독일 · 스위스 3국이 국경을 접한 도시이다. 리콜라 사의 건물을 언뜻 보면 화장기 없는 처녀의 모습처럼 수수해 보이지만 내부에 들어서면 완전히 달라진다. 통기성이 완벽한 내부 공간이며 벽에 걸린 많은 예술품들은 현대적인 박물관을 연상케 할 정도이다. 역사를 읽을 수 있는 옛 자갈길이나 연못도 고스란히 남겨뒀다. 현재는 결국 내일의 과거, 3대째 한 우물을 팠던 선조의 정열이 지금도 투영되길 바라는 마음일 것이다.

리콜라의 창업주는 에밀 리히테리히Emil Richterich로서 현 사장인 펠릭스 리히테리히Felix Richterich의 할아버지이다. 그는 고객에게 영원히 사랑받을 수 있는 신비의 사탕을 만들기 위해 지하실에서 연구에 몰두했고, 결국 1940년 서양박하, 서양말오줌나무, 앵초, 찰질경이, 샐비어, 야생박하, 서양톱풀, 백리향, 알테아 등 13가지 약초의 추출물을 바탕으로 하고 15~16세기에 쓰인 책의 지식까지 활용하여 불후의 명작 '크로이터 봉봉'을 만들어냈다.

이제 리콜라는 독일과 프랑스인들로부터 미국인들에게까지 사랑받는 명품이 됐다. 입에 넣으면 약초 냄새가 은은하게 풍기지만 전혀 거부감이 들지 않는 신비로운 맛이다. 그 제조 과정 역시 신비의 베일에 가려져 있다. 리콜라에서 제조되는 사탕의 종류는 50가지에 이르지만, 매출액의 3분의 1은 크로이터 봉봉으로부터 나온다. 사탕 제조에 사용되는 약초는 알프스 산비탈 200여 곳에서 채취한 순수한 자연산인데, '리콜라의 약초'라고 불린다. 비료와 제초제는 절대로 사용하지 않으며, 방향제와 색소도 자연산으로 한정한다. 최고의 품질을 보증하기 위해 사탕의 제조도 스위스 내에서만 이루어진다.

리콜라는 매일 70여 톤의 사탕과 차茶를 생산하고, 이것들은 독일, 프랑스, 미국 등 세계 50여 개국에 수출된다. 1990년부터는 크로이터 봉봉에 오렌지를 가미해 미국인들의 입맛을 공략하기도 했다. 미국은 이제 리콜라의 세 번째 주요 수출시장이 됐다. 북미와 동구권도 리콜라의 중요한 공략 대상이다.

많은 것이 그러하듯 리콜라의 명성도 회사의 것만이 아니다. 메이드인 스위스 사탕 하나에도 스위스의 모든 것이 담겨 있다. 리콜라의 명성은 스위스인들이 한 몸이 되어 가꾼 아름다운 스위스의 자연이 없었다면 이룰 수 없었을 것이다. 아름다운 스위스의 자연 속에는 모든 스위스인들의 땀과 영혼, 사회적인 신뢰가 함께 담겨 있다.

대한민국이라고 그러지 못하겠는가? 열정적인 한국인과 아름다운 한국의 산하는 메이드인 코리아의 경쟁력을 높일 수 있는 훌륭한 무기이다. 한국인의 정서와 가장 잘 맞는 꽃이라는 진달래꽃을 생각해 본다. 한반도 야산 구석구석마다 찾아오는 소박하고 정겨운 꽃, 이쪽 산모퉁이에서 외롭게 피어나면 저쪽 산모퉁이에서 더불어 살자고 함께 피는 꽃, 화사한 분홍빛이면서도 무언가 못다 푼 한이라도 품은 듯 수줍게 피어나는 꽃 진달래. 우리가 에델바이스를 보고 알프스를 떠올리듯, 외국인이 진달래를 보고 대한민국과 그 아름다운 자연을, 그리고 그것을 가꾼 한국인의 저력을 떠올리지 못하란 법은 없지 않은가?

하지만 정말로 그렇게 되기 위해서는 앞으로 가야 할 길이 멀다. 그렇다고 지금까지 해온 것처럼 무턱대고 달리기만 해서는 그 길에 닿을 수 없다. 그래서 살 만큼 살게 되었으면서도 변함없이 불안하고 바쁘게 하루를 살아가는 우리들에게 '부르크가이스트'가 던져주는 메시지는 각별하다.

물론 몇 번이나 얘기했듯이 평등적 공존정신, 자생적 소명정신, 파생적 승복정신 같은 부르크가이스트의 요소를 한국 사회에 그대로 적용하는 데는 무리가 있다. 하지만 부르크가이스트를 품고, 또 끊임없이 재생산해 내고 있는 서유럽 선진국들의 모습이 우리에게 주는 교훈은 의외로 간단한 것일지도 모른다. 이제는 모두가 더불어 넉넉한 마음으로 행복을 누리는 사회로 도약해야 한다는 것, 그리고 그것이 한낱 '배부른 소리'가 아니라 대한민국의 진정한 경쟁력이 될 것이라는 사실이다.

지은이 김부환

1956년 경북 의성 출생. 안동고등학교를 거쳐 독일 콘스탄츠 대학에서 경제학을, 동 대학원에서 국제경제학을 전공했다. 한국경제신문 취리히 특파원을 지냈고, 경제주간지 ≪이코노미스트≫에 비즈니스 경제 칼럼인 '김부환의 유럽 산책'을, 시사주간지 ≪뉴스메이커≫에 '김부환의 유럽 다시보기'를 연재했다. 현재 안동대학교 경제학과 외래교수로 활동하고 있다. 17년간의 유럽 생활에서 모은 책과 자료를 중심으로 모든 사람이 횡적으로 활용할 수 있는 공익적 성격의 연구소 '유럽경제문화연구소'를 발족하여, 뜻 있는 사람들의 아이디어와 참여를 기대하고 있다.

유럽경제문화연구소 홈페이지 http://www.eecr.or.kr

유럽의 고성이 말을 걸어오다

부르크가이스트와 마고할미

지은이 • 김부환
펴낸이 • 김종수
펴낸곳 • 도서출판 한울
편집책임 • 김경아
편집 • 박희진

초판 1쇄 인쇄 • 2007년 8월 10일
초판 1쇄 발행 • 2007년 8월 20일

주소(본사) • 413-832 파주시 교하읍 문발리 507-2
주소(서울사무소) • 121-801 서울시 마포구 공덕동 105-90 서울빌딩 3층
전　화 • 영업 02-326-0095, 편집 02-336-6183
팩　스 • 02-333-7543
홈페이지 • www.hanulbooks.co.kr
등　록 • 1980년 3월 13일, 제406-2003-051호

Printed in Korea.
ISBN 978-89-460-3787-8　03810

* 책값은 겉표지에 표시되어 있습니다.